死の快走船

大阪圭吉

岬の端に建つ白堊館の主人キャプテン深谷は、愛用のヨットで帆走に出掛けた翌朝、無惨な死体となって発見された……堂々たる本格中篇「死の快走船」をはじめ、猟奇的エロティシズムを湛えた犯罪奇譚「水族館異変」、東京駅のホームを舞台に三の字づくしの謎に隠された意外な犯罪をあばく「三の字旅行会」、アパートの謎の住人“香水夫人”の正体とは？　ユーモア探偵小説「愛情盗難」ほか、防諜探偵横川禎介物、弓太郎捕物帖など、戦前随一の本格派、大阪圭吉の知られざる多彩な魅力を網羅した傑作選。

死の快走船

大阪圭吉

創元推理文庫

THE YACHT OF DEATH

and Other Stories

by

Keikichi Osaka

1934, 1935, 1936, 1937, 1938, 1939, 1940, 1941, 1942

目次

死の快走船

資料提供　小野純一・小林眞
編集協力　藤原編集室
挿絵　坪内節太郎（なこうど名探偵・人喰い風呂）
茂田井武（水族館異変）
吉田貫三郎（求婚広告）
嶺田弘（愛情盗難・空中の散歩者）
矢崎茂四（正札騒動）
松本かつぢ（香水紳士）
大森照保（夏芝居四谷怪談・ちくてん奇談）

死の快走船

一

太い引きずるような波鳴りの聞えるうらさびた田舎道を、小一時間も馬を進ませつづけていた私達の前方《まえ》には、とうとう岬の、キャプテン深谷《ふかや》邸が見えはじめた。

藍碧《らんぺき》の海をへだてて長く突出《つきだ》した緑色の岬の端には、眼の醒めるような一群の白堊館《はくあ》が、折からの日差しに明々《あかあか》と映えあがる。向って左の方《かた》に、ひときわ高く恰《あたか》も船橋《ブリッジ》のような屋上露台《テラス》を構えたのが主館《おもや》であろう。進むにつれて同じように白い小さな船室《ケビン》風の小屋が見えはじめ、小屋の傍らにはこれも又白く塗られた細長い柱《マスト》が、海近く青い空の中へくっきりと聳《そび》えだした。邸《やしき》の周囲には一本の樹木もなく、ただ美しい緑色の雑草が、肌目《きめ》のよい天鵞絨《びろうど》のようにむっちりと敷き詰って、それが又玩具《おもちゃ》のような白い家々に快い夢のような調和を投げかける。が私達が岬へ近づくに従って、それは雑草ではなく極めてよく手入れの行き届いた見事な芝生であることが判って来た。

深谷邸の主人と云うのは、なんでも十年ほど前まで某商船会社で、欧洲航路の優秀船の船長を勧めていたと云い、相当な蓄財《たくわえ》もあるらしく退職後はこうして人里はなれた美しい海岸に邸を構えて、どちらかと云えば隠遁的な静かな生活をしていた謂わば隠居船長なのであるが、永い間の海の暮しが身について忘れかねたのか、まるで大海《おおうみ》の中のような或は絶海の孤島のような荒れ果てたこの地方の、それも海の中へ突出《つきだ》した船形の岬の上へ、而《しか》もまるでそれが船の上の建物ででもあるかのような家を建てて日ねもす波の音を聞き暮すと云う。不幸にして、私はまだ一度もこの隠居船長に面識を持たないのであるが、そしていま又こうして夫人の重大な招きの電話を受けて始めて深谷邸を訪れる機会を持ちながらもいまはもう会おうにも会えない事情に立ち至ったのであるが、嘗《かつ》て私のところへ二三度薬を取りに来たこの家《や》の召使の言葉に依れば、なんでも深谷氏のこの奇妙な海への憧れは己れの住う家の構えや地形のみではあきたらず、日常生活の服装から食事にまでも海の暮しをとりいれて、はては夫人召使から時折この家《や》を訪《おと》なう外来の客にいたるまで己れを呼ぶにキャプテンの敬称を強要すると云う、それはまるで海の生活を殆んどそのまま地獄の果までも引っ提げて行こうほどの激しいひたむきな執念だった。されば既に還暦を越した老紳士で人柄としては無口な穏かな人でありながら、家庭と云うものにかけてはまことに冷淡で、わけてもひとつの妙な癖を持っていて屢々《しばしば》家人を困らしていたとのこと。それはひとくちに云えば並はずれたヨット狂で、それも朝から晩まで附近の海を我がもの顔に駈け廻ると云う程度のものではなく、夜になって辺りが闇にとざされる頃から青白い海霧《ガス》が寒む寒むと立てこむ夜中にかけて墨のような闇の海を何処《どこ》をなにしにほっつき廻るのか家人が気を揉んで注意をしても一向に聞きいれないとのこと。尤《もっと》も私のところへ取りに寄来した薬と云うのが凡《すべ》て主人の使うもので、それが皆一種の解熱剤であるのを見ても、大分無理な夜更しでもするらしいのは判っていたのだが、それなれば私がその折召使に伝言《ことづけ》した忠告も、恐らく家人の注意と同じように聞き捨てられたに違いない。可哀想に、年老いた頑《かたくな》なキャプテン深谷氏は、そうして我れと我が命を落すような怪我《あやまち》をしでかしたのではあるまいか。老人がそのような夜更しをするさえ既に危険であるのに、殊《こと》にこの辺りの海は夜霧が多く話に聞けば兇悪な大鱶《おおふか》さえも出没すると云う。私は、夫人の慌だしい招きの電話を思い出しながら、屹度《きっと》この予感は外れていないように思われるのだった。ともあれ私達は急がねばならない。

　軈《やが》て私達は石ころの多い代赭《たいしゃ》色の、美しい岬の坂道にかかった。恰度《ちょうど》日曜日で久々に訪ねて呉《く》れた水産試験所の東屋三郎《あずまやさぶろう》氏は、折角計画した遠乗りのコースをこのような海岸に変更されて最初のうち少からず鬱《ふさ》いでいたのだが、けれども途々《みちみち》キャプテン深谷氏に関する私の貧弱な説明を聞き、いま又こうして奇妙な岬の深谷邸を眺めるに及んで、はやくも心中にいつもの好奇の病が首を起したのか、いまはもう私の先に立って進みはじめた。

　私達の乗った馬は、倶楽部《くらぶ》中で一番優れたものだったし、岬の坂道は思ったよりも緩やかだったので、それから十分としないうちに私達は深谷邸の玄関《ポーチ》に辿《たど》りついた。折から待ち構えていた下男の手によって、間もなく私達の馬は建物の日蔭の涼しいところへ繋がれ、やがて私達は明るい船室《ケビン》風の応接室で、キャプテン深谷氏の夫人に面会することが出来た。

　地味な黒い平服を着て銀のブローチを胸に垂れた深谷夫人は、まだ四十を幾つも越さぬらしい若々しさだ。大粒な黒眼に激しい潤《うるお》いを湛えて、沈鬱な口調で主人の上にふりかかった恐ろしい災禍について語るのだった。

私は夫人の話すところを聞くうちに、先程私の抱いた予感が見事に適中しているのに驚いた。夫人の語るところによれば、キャプテン深谷氏は昨夜《ゆうべ》もあの奇妙な帆走《セイリング》に出掛けたと云う。そして今朝はもう冷たい骸《むくろ》となって附近の海に愛用のヨットと共に漂っていたのだ。私は医師としての職責を果すために、直《ただち》に夫人を促して、別室に置かれた深谷氏の屍体の検査をしなければならなかった。けれどもそこで私は、この事件をかくも異様な恐るべき物語にしてしまったところの驚くべき最初の事実を発見しなければならなかった。

キャプテン深谷氏の屍体は、片足を鱶にもぎとられた見るも無残な痛ましいものであったが、検死を進めるに従って、はからずも頭蓋の一部にビール瓶様の兇器で殴りつけられた、明《あきら》かに他殺の証跡が残されているのを発見した。

私は驚きに顫《ふる》えながらも、つとめて平常を装うようにして、静かに夫人に訊ねた。

「御主人の屍体は、ヨットの中にありましたか？」

すると夫人は私の顔色を見取ってか、急に不審気なおどおどした調子で答えた。

「いいえ、船尾《スターン》の浮袋へ、差通されたように引っかかって、ロープで船に引かれるように水びたしになっておりました」

「ヨットは最初誰が見つけましたか？」

私は再び訊ねた。

「下男の早川《はやかわ》でございます。あれは、白鮫号《しらさめごう》を見つけますと、直《すぐ》に泳いで、連れて来て呉れました。でも先生、なぜでございます」

「奥さん、これは、大変重大な事件でございます。――御主人は、昨晩何時頃にお出掛けになりましたか?」

「さあ……」と夫人は蒼褪《あおざ》めて小首を傾《かし》げながら不安気な様子で、「いつの間に出掛けましたか……なんでも今朝の七時に主人の寝室に参りました時、始めてそれと気づいたほどでございますので……それに、主人が夜中に帆走《セイリング》をいたすことなぞ、それほど珍らしくもございませんので……」

この時東屋氏が、怺《こら》えかねたように傍らから口を入れた。

「失礼ですが、御主人は、なぜ夜中になぞ帆走《セイリング》をなさるのですか?」

すると夫人は困ったように、

「……あれが、あの人の、道楽なのでございます」

そう云って淋しそうに、笑うとも泣くとも判らぬ表情《かお》をした。

「いつも御主人は、お独りで帆走《セイリング》されるんですか?」

私が訊ねた。

「はい……でも、時々家人を誘いますので、そのような時には、下男に供をさせることにいたしておりました。でも――」

「昨晩は?」

「昨晩は一人でございましたが――」

恰度この時、二人の紳士が室内へはいって来た。私達は満たされぬ思いでひとまず口を噤《つぐ》んだ。深谷夫人は立上って、二人の紳士を私達へ紹介した。

「こちらが、主人の友人で黒塚《くろづか》様と被仰《おっしゃ》います。こちらが、私の実弟で洋吉《ようきち》と申します。どうぞ宜《よろ》しく」

キャプテン深谷氏の友人黒塚と云うのは、見たところまだ四十を五つと越していない、かっぷくのいい隆《りゅう》としたアメリカ型の紳士で、夫人の実弟洋吉と云う方は、黒塚氏に較べて体も小さく年も若く色の白い快活そうな青年だ。二人共同じような純白の三つ揃いを着て、どことなく洒脱な風貌の持主だった。

形ばかりの簡単な挨拶を済ますと、私は早速夫人へ、前の続きを切り出した。

「失礼ですが、只今こちらの御家族は？」

「家族、と申してはなんですが、只いまのところ、この方達も加えまして、女中のおきみと下男の早川と、妾《わたし》達夫婦の六人でございます」

私は二人の紳士へ訊ねた。

「失礼ですが、御二人とも永らく御滞在ですか？」

「ええ、いや」と洋吉氏が引きとって答えた。「僕はずっと前からいますが、黒塚さんは、昨《ゆう》夜《べ》着かれたばかりです」

「昨夜、ああ左様ですか」と今度は夫人へ、「ではもう一度お訊ねしますが、昨晩御主人は、お独りで帆走《セイリング》に出られたんですな？」

「ええそれはもう」

夫人はそう云って、もどかしそうに私を見た。そこで私は思い切って乗り出すと、

「では申上げますが、実は皆さん……どうもこれは、私の力だけではお役に立たないことになりました。御主人の死は、御自身の過失によるものではありません。一応警察のほうへ、御電話して戴かねばなりません」

するとと今まで私の執拗な質問に、先程から何故か妙に落着のない不安気な様子を見せていた深谷夫人は、どうしたことか急に眼の前の空間を凝視《みつ》めたまま、声も出さずに小さく顫えだした。

二人の紳士は、さても面倒なことになったと云う様子で、暫く手を揉み合せていたが、やがて荒々しく室《へや》を出ていった。

居残った私達三人の間には、妙に気不味《きまず》い沈黙がやって来た。が、まもなく夫人は、なにか意を決したように顔をあげると、訴えるような様子で私達へ云った。

「……こんなことにでもならなければ、と思っていたのですが……実は、あの……昨晩から、主人の様子が、いつもと変っていたのでございます」

「と被仰ると?」

私は思わず訊き返した。

「はい、それが、あの……あれはなんでも、ラジオの演芸が始まる頃でしたから、宵の七時半か八時頃と思いますが、その頃から、なにかあったのか急に主人は落着きを失いまして、ひどくそわそわしはじめたのでございます……」

夫人が一寸《ちょっと》言葉を切ると、東屋氏が口を入れた。

「失礼ですが、その頃に御来客はなかったですか?」

「ございませんでしたが」

夫人が眉を顰《ひそ》めた。すると東屋氏は、扉《ドア》の方を顎で指しながら、

「只今の黒塚さんと被仰る方は?」

「あの方のお出《いで》になったのは、九時頃でございます」

「ああ左様《そう》ですか。ではその前、つまり御主人がそのようになられる前に、御主人と話をされたような御来客はなかったですな?」

「ええ、お客様はおろか、昨日《きのう》は郵便物もございませんでした。尤も、いつだって、此処《ここ》を訪ねて下さる方は、滅多にございませんが——」

夫人はそう云って先程のあの淋しげな顔色をチラッと見せた。が、直《すぐ》に次を続けた。

「……でも確かに、なにかひどく心配なことが起きたに違いございません。それは心配、なぞと云いますよりも、いっそ恐怖とでも申しましょうか……こう、ひどく困った風であちらの別《はな》館《れ》の方の船室《ケビン》の書斎へ籠りまして、暫く悶《もだ》えてでもいたようでございましたが、恰度心配してこっそり様子を見に参りました私は、そこで主人の、物に怯えるような独言《ひとりごと》を聞いたのでございます」

「どんなことです?」

私は思わず急《せ》き込んだ。

「はい、あの、恰度私の聞きましたのは、なんでも主人が、こう卓を叩いて、うわずった声で、『明日の午后《ひる》だ、明日の午后までだ』と、それから低い声で、怯えるように、『きっとここまでやって来る』とそれだけでございますが……それから急に主人は、さもじっとしていられないように立上って室《へや》を出て来たのでございますが、恰度そこに立っていました私を見つけますと、一層不気嫌になりまして、いままでついぞ口にしたこともないような卑しい口調で、お前達の知ったことではないと云うように叱りつけるのでございます……でも先生。まさかこのようなことになろうなぞとは、存じもよりませんでしたので、それに……こんなことを申上げるのもお恥かしい次第でございますが、あのひとは、平常《ふだん》から邪険な、変った人でございますので、逆らわないに限ると思いまして、心ならずもそのまま自室《へや》へ下って、先に寝《やす》んだのでございます……それが、もう今朝は、こんなことになりまして……」

夫人は茲《ここ》で始めて眼頭に光るものを見せると、堪え兼ねたように面《かお》を伏せてしまった。

私達は、顔を見合せて、席を外すことにした。

廊下に出ると、私は東屋氏に寄りそうようにして云った。

「……驚いたねえ……大変なことになったものだ」

すると東屋氏は、考え深そうに、小声で云った。

「深谷氏の怖れていた奴が、明日の午後、つまり今日、でなくて昨夜《ゆうべ》やって来たわけだな」とそれから急に改まって、「君、警察の連中が此処へ着くまでには、まだまだ時間があるよ。遠い凸凹《でこぼこ》道だから、三時間は充分かかる。ね、ヨットを見せて貰おう。昨夜深谷氏が乗ったと云うその問題のヨットだ。……僕はなんだか、ひどくこの事件に興味を覚えるよ」

そう云って彼は、私の肩に手をかけた。

本来私は、余り好事家《ものずき》のほうではないつもりだが、東屋氏にこう誘われると、どうしたものか理性より先に口のほうが「うん、よし」と返事をしてしまった。

そこで私達は来合せた洋吉氏に断って玄関《ポーチ》へ出ると、下男に案内を頼み、岬の崖道を下って岩の多い波打際へ降り立った。

二

恰度これから午後にかけて干潮時と見え、艶《つや》のある引潮の小波《さざなみ》が、静かな音を立てて岩の上を渫《さら》っていた。

キャプテン深谷氏のヨット、白鮫号は、まだ檣柱《マスト》も帆布《セイル》も取りつけたままで、船小屋の横の黒い岩の上に横たえてあった。最新式のマルコニー・スループ型で、全長約二十呎《フィート》、檣柱《マスト》も船体《ハル》も全部白塗りのスマートな三人乗りだ。紅《あか》と白の派手なだんだら縞《じま》を染め出した大檣帆《メンスル》の裾《すそ》は長い檣柱《マスト》の後側から飛び出したトラベラーを滑って、恰度カーテンを拡げたように展《てん》ぜられ、船首の三角帆《ブラウジブ》と風流に対して同じ角度を保たせながらロープで止められたままになっている。舵《かじ》は浮嚢《うきぶくろ》を縛りつけたロープで左寄り十度程の処へ固定され、緑色の海草が、舵板《ラダー》の蝶番《ちょうつがい》へ少しばかり絡みついていた。

東屋氏はロープの端の浮嚢を指差しながら下男に訊ねた。

「御主人の屍体はこの浮嚢へ通されて船尾《スターン》に結びつけてあったんですね？」

「ええ、そうです」

下男が答えた。

東屋氏は頷きながら、

「きっと、艤に片附けさすつもりだったんだな……ところで貴方《あなた》は、昨夜《ゆうべ》御主人のお供をしなかったのですね？」

「はい、いつでもキャプテンのお召しがない限り、お供はしないことになっております」

この物堅いハッキリした下男の答は、ひどく私を喜ばした。東屋氏はなおも続ける。

「いったいキャプテンは、何《な》にしに夜中になぞ、ヨットへ乗るんですか？」

「ただ帆走《はし》り廻られるだけです。あれが、キャプテンの御趣味なんです」

「結構な御趣味ですね」

東屋氏は皮肉に笑いながら、今度はヨットの中へ乗り込んだ。

「君、警察官が来るまでは、余り現場に触れないほうがいいんだよ」

けれども彼は私の忠告などには耳もかさず、大童《おおわらわ》になってあれこれと船中を物色していたが、やがて檣柱《マスト》の側《そば》へ近附くと、大檣帆《メンスル》の裾の一部を指でこすりながら、

「血が着いているよ。やっぱり深谷氏は、このヨットの中で殺されたんだな」

私も東屋氏の言葉につい動かされて、近附いて見た。成る程紅白だんだら縞のところに血痕

らしい飛沫の痕がある。東屋氏は一層乗気になってヨットの床を調べはじめたが、やがて今度は狭い桟《さん》の間から、硝子《がらす》瓶の缺《かけ》らしいものを拾い上げて私に見せた。で私は、

「やっぱり兇器は、ビール瓶だろう」

すると彼は私の肩を叩きながら、

「駄目だよ先生、これをビール瓶だなんて云っちゃあ。こ奴《いつ》は海流瓶だよ、まあビール瓶とよく似ているがね。この中へ葉書やカードを密封して、人目につき易《やす》いように、ほら、外側をこんな風にエナメルで着色して、海流の方向速度等を知るために、海の中へ投げ込む原始的な漂流手段だよ」

そう云って東屋氏は、今度は下男へ、

「この邸には、勿論《もちろん》海流瓶なぞいくつもあったでしょうな？」

「はい。やはりキャプテンの御趣味でして」

けれども東屋氏はそれには答えないで、

「まずこれで、兇器も現場も確かめられたわけだ、時に貴方が、今朝この船に泳ぎ着かれた時に、この他に何か船中に残っていませんでしたか？」

「別に、ございませんでしたが……食卓用の、ソフト・チョコレートのチューブが一つ落ちていました」

「それはどうしました？」

「空《から》でしたから、海の中へ捨ててしまいました」

「捨てた？」

東屋氏は呆れたように苦笑いしながらヨットを降りかけたが、ふと船尾《スターン》寄りの小さな船艙《せんそう》に眼をつけて、再び戻ると、その蓋を開けて中を覗き込んだ。が、軈《やが》て身をかがめてその中へぐっと上半身を突込むと、黒い大きな貝をひとつ拾いあげた。

「おや、面白い貝だね」私は覗き込むようにして云った。「恰度鳥の飛んでいるのを横から見たような恰好だね。なんと云う貝だろう？」

「マベ貝だよ。穢《きたな》い貝さ」

東屋氏が云った。すると下男が、

「この附近には、そんなものはいくらもあります」

けれども東屋氏は暫く黙ってマベ貝を弄《いじ》っていたが、軈て面白くもなさそうに再び貝を船艙に戻しながら、

「……どうも確かに、深谷氏と云うのは、変り者だね。よくよく海と縁が深いらしい……」

云いながら彼は、片手を船縁《ふなべり》に掛けるようにしてヨットから飛び降りた。そして今度は白く塗られた船体《ハル》の外側に寄添って、船底の真ん中に縦に突き出した重心板《センター・ボード》の鉛の肌を軽く平手で叩いて見ながら、

「いいヨットだなあ。バランスもよさそうだ」

と急に重心板《センター・ボード》の下端部を、注意深く覗き込みながら、

「こりゃ君、粘土が喰っ附いてるじゃあないかね？」

私と下男は、云い合したように東屋氏の側へ寄って覗き込んだ。

成る程重心板《センター・ボード》の下端部の、鉛と木材の接ぎ目の附近に、薄く引っこすったように柔かな粘土が着いている。

「この白鮫号は、今朝水から上げたなり、まだ一度も降ろさないですね？」

「ええそうです」

下男が答えた。

「するとこの粘土質の泥は新しいものだし、この附近は岩ばかりだし……」と東屋氏は私の方へ笑いながら、

「つまり昨晩《ゆうべ》深谷氏の乗ったこの白鮫号は、一度何処《どこ》か粘土質の岸に繋がれた訳だね。そして、この重心板《センター・ボード》が船底から余分に突出しているために、船底のどの部分よりも一番早く、一番激しく、粘土質の海底と接触する……」

「ふむ」

「そしてその海底には、ほら、その舵板《ラダー》の蝶番に喰っ附いている海草が、それは長海松《ながみる》と云うんだが、その奴が、一面に繁茂しているに違いない。その種の海草は、水際《みぎわ》の浅いところに多く繁殖するからね」

私も下男もこの推論には、ただ恐れ入るより他なかった。全く海のことにかけては、私などなんにもならない。

東屋氏は重心板《センター・ボード》を離れると、今度は横たえられた白鮫号の船体《ハル》に齧《かじ》りついて、スマートな

舷側に沿って注意深く鋭い視線を投げかけながら、透《すか》したり指で触って見たりしていたが、不意に私達を振り返った。

「一寸見に来給え」

そこで私達も船体《ハル》に寄り添って、東屋氏の指差す線に眼を落した。

なんのことはない。半分乾枯《ひから》びかかった茶褐色の泡の羅列が、船縁から平均一呎《フィート》ほどの下の処に、船縁に沿って、一様に船をぐるっと取り巻くようにして長い線を形造っているだけだ。何処にでも見受けられるありふれた現象だ。例えば、潮の引いてしまった岩の上にでも、砂の上にでも——。

「なんだ、泡の行列か……」

思わず云いかけた私も、併《しか》し意味ありげな東屋氏の視線に合って、直《ただち》に彼の云おうとしている意味を汲み取った。

「ああなるほど、君は底に粘土質の泥と長海松の生えている海岸の水面に、この茶褐色の泡が浮いていた、と云うんだね？」

「うむ、だが僕は、もっと素晴らしい事実に気がついたんだ」

そう云って今度は下男に向って、

「この辺は、波は静かでしょうね？」

「ええ、ま大体……」

「昨夜《ゆうべ》は？」

「海霧《ガス》があったほどですから、無論凪《なぎ》でしたでしょう」

「よし、兎《と》も角《かく》船を出そう」

東屋氏は進み出た。

この速製の探偵屋に最初のうち少からず危気《あぶなげ》を覚えていた私も、いまはもう躊躇するところなく、下男と力を合わせて白鮫号を水際へ押し出した。

軀てヨットが静かな磯波に乗って軽く水に浮ぶと、東屋氏は元気よく飛び乗った。そしてなにかひどく自信ありげに、

「さあ、これから、一寸興味ある実験を始める。船の水平を保つように、各自の位置を平均して取って呉れたまえ」

東屋氏は上機嫌で船縁に屈み込むと、子供のように水と舷側の接触線を覗き込んでいたが、不意に立上って私をふん捉《づかま》えた。

「君、何貫ある?」

「何貫って、目方かね?」

「そうだ」

「よく覚えていないが、五十瓩《キロ》内外だね」

「ふむ。よし」

と今度は下男に向って、

「君は?」

「私もよく覚えていませんが、六十瓩《キロ》以上は充分ありましょう」

「成る程。――僕が約五十六瓩《キロ》と……一寸君達、そのままでいて呉れ給え」

そう云って両手で抑えるように私達を制すると、そのまま岸に飛びあがって行った、が、間もなく大きな石を二つ程重そうに抱えて来て、船に積み込ませた。

「さあ、もう一度船の水平を保つために、各自の位置に注意して。いいですか」

そう云って東屋氏は、前と同じように屈み込んで舷側を覗き込んでいたが、間もなく微笑みながら立上って云った。

「よし。これで恰度よい――。ところで、先程僕が面白い発見をしたと云ったのは、これなんだよ。つまり、僕と君とそれから下男《あなた》と、そしてこの大小二つの石と、合計しただけの重量が、一層正確に云えばいまこの白鮫号に乗っかっているだけの重量と同じだけの重量が、そうだ、人間なら大人三人位の重量が、昨夜《ゆうべ》この泡のある海面に浮いていた同じ白鮫号の中に乗っかっていたのだ。つまり深谷氏は、昨夜一人だけでヨットへ乗っていたのではない。誰かと一緒に乗っていたのだ」

「成る程」

「そしてだ。その重量は、泡のある海面で、この白鮫号の上から、消えてなくなったのだよ」

「どうして？」

私は思わず問い返した。

「だって、若《も》しもそうでなかったなら、いま僕は、こうしてこんな発見をすることは出来ないよ。その泡の海から、波にびたつかれながら白鮫号がここまで漂って来る間に、柔かな泡は、すっかり波に洗われちまってる筈だからね」

「うむ。全くだ。判った、判った。つまり深谷氏の屍体が、その泡の浮いているところで水中に投げ込まれ、船尾《スターン》へロープで繋がれたんだな」

「そうだ。だがそれだけじゃあない。ただ深谷氏の屍体が船外に投げ出されただけではなく、号は深谷氏よりももっと重かった筈の彼以外の重量——人間なら二人の大人だ。そうだ。深谷氏の親愛なる二人の同乗者——それも、恰度その個所で船から降りてしまったのだ。つまり白鮫号はすっかり空《から》になったわけさ。ね、いいかい、深谷氏の体重が一つ減った位では、とても白鮫号はそんなに軽く浮かないからね。試みに——」

　云いかけて東屋氏は岸に飛び上った。

「それご覧。舷側の吃水線《きっすいせん》と、君の所謂《いわゆる》泡の行列って奴との間隔を注意して呉れ給え。僕が一人降りたって、二吋《インチ》とは隔てが出来ないだろう……キャプテン深谷氏だって、僕と大した違いはない筈だ。従ってそればかしの間隔は、船が漂っている内に、殆んど波に犯されてしまうべきだ。殊にヨットは、人が乗っていたりすると、揺れ易いからね。——さあ今度は、皆んな降りてみて下さい」

　で私達は、早速岩の上へ飛び上った。

　するとヨットは急に軽く浮き上って、泡の線と吃水線の間には、平均五吋《インチ》ほどの隔たりが出来てしまった。成る程これでは、小さな浪ぐらいでは、とても全部の泡を消すことなど出来っこない。東屋氏は再び続ける。

「つまり深谷氏の二人の同乗者は、その泡の浮いた粘土質の底の海岸で、深谷氏の屍体を船尾《スターン》へ繋ぎ、白鮫号をすっかり空《から》にして自分達も降りてしまったわけだ。ところで、この茶褐色の粘り気のある泡は、普通の潮や波の泡ではない。もっと複雑な空気中の、或は水中の埃《ほこり》その他無数の微粒子によって混成されているのだ。そしてこの種の泡は、広海面よりも、入江や、彎《わん》曲《きょく》した吹き溜りと云うような岸近い特殊な区域に溜っているものだよ。――ところで、この邸には秤《はかり》がありますか?」

東屋氏は下男に訊ねた。

「あります。自動台秤の大型な奴が、別館《はなれ》の物置の方に」

「結構、結構。――さあ、もうこれで、いまこの白鮫号へ乗った全部の重量と、深谷氏の体重を計りさえすれば、二人の同乗者の目方も判ると云うわけだ。極く簡単な引算でいい」

「こりゃあ面白くなって来た」

私は思わず呟《つぶや》いた。東屋氏は笑いながら、

「いやどうも有難う……ではもう、この位でいいだろう。引揚げよう。おっと、この二枚の帆の装置と云うか、トリムと云うか、固定された方向だね。こ奴《やつ》は、右舷の前方から吹き寄せる風に、ひとりでに押されるように仕掛けられた訳だ。そして、左寄り約十度に固定された舵――ははあ、つまり、船を自然に大きく左廻りに前進させようと云う――泡のある吹溜りで深谷氏の同乗者が仕掛けたテクニックだな。よし、さあ出掛けよう。君、その石を持って呉れ給え」

三

東屋氏は大きな方の石を、私は小さな方の石を、お互に重そうに抱えて、崖道を登りはじめた。軽く吹き始めた潮風が、私達の頰を快く撫で廻す。下男の早川は、ヨットの艫綱《ともづな》を岩の間の杭に縛りつけたり、船小屋からシートを取り出してヨットの船体《ハル》へ打掛けたりしていたので、私達よりもずっと遅れてしまった。

私達が崖道を半分ほども登った時に、深谷家の女中が馳《か》け下りて来て、仕度が出来たから昼食を認《したた》めるよう申出た。

ところが東屋氏は、早速彼女をとらえて短刀直入式に質問を始めた。

「こちらの御主人は、いつも夜中に海へ出て、いったい何をされるんですか?」

「さあ……」

と彼女は驚いたように眼を瞠《みは》りながら、

「でも、夜中にヨットへお乗りになるのは、キャプテンの御趣味なんですもの……」

「随分変った趣味ですね……貴女《あなた》も、お供をしたことがありますか?」

「ええ、暫く以前のことですが、一度ございます……綺麗な、お月夜でございました」

「ただこう、海の上を帆走《はし》り廻るだけですか?」

「ええ。でも素晴らしい帆走《セイリング》ですわ」

「お月様でも出ていればね」

と東屋氏は話題を変えて、「時に、昨日の夕方、他所《よそ》からのお客さんはありませんでしたか？」

「夕方ですか？　ええございませんでした」

「黒塚さんは？」

「あの方は九時過ぎでした」

「電話は？」

「電話？　ええ、掛りません。あの電話は、殆んど飾りでございますわ」

「昨夜《ゆうべ》御主人は、なにを心配して見えたんですか？」

「え？……さあ、少しも存じません。なんでも大変、お顔の色は悪うございましたが――」

彼女は不審気に東屋氏を見た。

「では昨夜は、誰れと一緒にヨットへ乗られたんですか？」

「いいえ、キャプテンお独りだけでございました」

「何時《いつ》頃出られたんです」

東屋氏は益々執拗だ。

「さあ、存じませんが……早川さんと私は、それぞれお先へ寝《やす》まして戴きましたので――」

「ではどうして、キャプテン独りで出られたのが判ったのです？」

「それは……」と彼女は明《あきら》かに困った風で、「でも、ヨットは今朝、キャプテン独りだけで漂っていましたので」

東屋氏は一息つくと、改めて云った。

「キャプテンは、随分変った方でしたね？」

「ええ。風変りでいらっしゃいました。……そして、なんでも『これは儂《わし》の趣味じゃ』と被仰《おっしゃ》るのが口癖でございました」

軈《やが》て私達は、崖道を登り詰めた。

「物置のある別館《はなれ》と云うと、あれなんですね？」東屋氏は岬の最尖端の船室《ケビン》造りの建物に向って、歩きながら言葉を続けた。

「もう少し、私と話をして下さい」

「はい」

彼女は仕方なさそうについて来た。

「あの黒塚さんと云う方は、どう云う人ですか？」

「ああ黒塚様ですか」と彼女は幾分元気づいた様子で、「なんでもあの方は、以前キャプテンの乗っていらした汽船で事務長をなさっていらっしゃるとかで、休航毎《ごと》にああしてお遊びに来られます」

「御年配は？」

「さあ、四十位？　と思いますが……まだお独身《ひとり》で、快活なお方ですから、キャプテンよりも寧《むし》ろ奥様や洋吉様とお親しい様子で……」

「ああその洋吉さんと云う方は、奥さんの御舎弟ですってね」

「ええそうです。チョコレートのお好きな、随分モダーンな方で、この春大学を御卒業なさってから、ずっとこちらにいらっしゃいますわ」

「チョコレートが好き?」

私は瞬間、先程の下男の言葉を思い出して、思わず口を入れた。「それで、昨夜何時頃《いつ》に寝《やす》まれましたか? 洋吉さんは」

「昨夜ですか? 存じません。なんでも黒塚様と御一緒に、久し振りだからって随分遅くまで御散歩のようでしたので――」

恰度この時、下男の早川が私達に追いついて来た。そしてもう別館《はなれ》の物置の入口まで来ていた私達へ、

「秤は此処にございます。一寸お待ち下さい」

そう云ってポケットから鍵を取り出した。

東屋氏は女中へ云った。

「いや、もう結構です。有難う」

そこで彼女は、ほっとしたように急いで、主館《おもや》の方へ引返《ひっかえ》して行った。そして間もなく私達は物置の中へはいって、銘々《めいめい》に秤へ懸《かか》りはじめた。

先《ま》ず東屋氏が**五六・一二〇瓩**《キロ》、次に私が**五五・〇〇〇瓩**《キロ》、下男の早川が**六五・二〇〇瓩**《キロ》。二

つの石は合せて一四・六〇〇瓩《キロ》。そして合計一九〇・九二〇瓩《キロ》。——

東屋氏は、以上の数字をノートへ記入しながら、

「合計一九〇・九二〇瓩《キロ》と、さあよし。つまりこれが、昨夜の白鮫号に加えられた、最高の重量と云うわけだ。……じゃあここらで、昼食にありつくとしようか」

そこで私達は物置の外に出た。けれども東屋氏は、物置の直ぐ右隣のスマートな船室《ケビン》風の室《へや》を見ると、思いついたように早川へ云った。

「これが、キャプテンの書斎ですね?」

「ええそうです。船室《ケビン》、船室《ケビン》と呼んでいる特別の室でございます。やはりキャプテンの御趣味に従って七八年前に建てられたものでして、お許しがなくては誰でも這入《はい》れないことになっております」

「成る程、じゃあもう、永久に這入れないわけですね」

東屋氏は皮肉を云いながら歩き出した。


ローンジを兼《かね》た美しい主館《おもや》の食堂では、窓に近い明るい場所にテーブルを構えて、深谷夫人と黒塚、洋吉の三人が、悲嘆のうちにも、もう和《なご》やかな食事を始めていた。そこで私達も席について気不味さを避けるように窓の外の美しい景色を眺めながら、人々の仲間に加わった。

ここから見ると、海の姿は一段と素晴らしい。遠く左の方《かた》には薄紫色の犬崎《いぬざき》が、私達の通って来た海岸へ続くのであろう、この大きな内海を抱きこむようにして、漂渺《ひょうびょう》たる汀《みぎわ》を長々と

横《よこた》えている。向って右側は、油を流したような静かな内湾地帯だ。幾つもの小さな岬が重なり合った手前には、ひときわ目立って斑《まだら》な禿山のある美しい岬が、奇妙に身を曲《く》ねらして海の中へ飛出している。凡《すべ》て右側の湾の多い陸地は、深い山が櫛《くし》の歯のように海に迫り、蜘蛛《くも》の子を散らしたような磯馴松《いそなれまつ》が一面に生い茂っている。この邸以外には人家らしいものとてなく、見渡す限り渺茫《びょうぼう》たる海と山との接触だ。青い、ぼかし絵のようなその海を背にして、深谷氏の船室《ケビン》が白々と輝き、風が出たのか白い柱《マスト》の上空を、足の速い片雲が夥しく東の空へ飛び去っていた。

聽て食事が済むと、紅茶のカップを持ったまま、窓の外を見ながら東屋氏が口を切った。

「あの柱《マスト》は、何になさるのですか?」

「ああれは、汽船《ふね》の気分——を出すためとか申しまして」

夫人が物憂げに答えた。「あれも主人の、趣味でございます」

「尖端《さき》の方に妙な万力が吊るしてありますな?」

「ええ、そう云えば、時にはあの尖端《さき》に燈火《あかり》を点けることもございました……年に一度か二度のことですが、なんでも、いつもより少し遠く、沖合まで帆走《セイリング》する時の、目標《めじるし》にするとか申しまして……」

「ははあ」

と東屋氏はいずまいを改めて、

「いや、随分いい眺望《ながめ》ですなあ」

「お気に召しましたか？」

洋吉氏が口を入れた。

「いや、全く美しいです。こんな美しい海岸でしたら、穢い泡などが浮き溜っているようなところはないでしょうなあ」

するど洋吉氏は、

「いや、ところがあるんですよ」

と窓の外を指差しながら、「ほら、あそこに、静かな内湾のこちらに、妙に身を曲ねらした、処々に禿山のある岬が見えますね。あの岬は鳥喰崎《とりくいざき》と呼ばれていますが、あの先端《さき》の向う側が、一寸鉤形《かぎがた》に曲っていて、そこに小さなよどみと云いますか、入江になった吹き溜りがあります。その吹き溜りには、濃い茶褐色の泡が平常《いつも》溜っています……去年の夏水泳をしながらあの中へはまり込んで、随分気味の悪い思いをしましたから、よく覚えていますよ」

「ああそうですか。……時に貴方は、大変チョコレートがお好きだそうですな？」

このぶっきら棒な質問には、明かに洋吉氏も驚いたと見えて、複雑な表情《かお》をして東屋氏を見返した。

「ああ、いや」と東屋氏は妙な独り合点をしながら、「実は今朝、ヨットの中にチョコレートのチューブがあったそうですので、私はまた、貴方が昨晩……」

「冗談じゃあない」

洋吉氏が流石《さすが》に色をなして遮《さえぎ》った。「成る程私は、チョコレートが好きです。が、あれは、昨日の午後に、姉と二人で帆走《セイリング》した時の残りものです。昨夜は、僕は黒塚さんと一緒に、おそくから山の手を散歩していたんです」

「ははあ。ではその御散歩中、ひょっと怪しげな人間に逢いませんでしたか？」

「逢いませんでしたよ」

と今度は、いままで黙って葉巻《シガー》を燻《くすぶ》らしていた黒塚氏が乗り出した。

「では、海の上に、白鮫号は見えませんでしたか？」

すると黒塚氏は、口元に軽く憫《あわれ》むような笑いを浮べながら、

「なにぶん闇夜で、生憎《あいにく》薄霧さえ出ましたからね……」

そこで東屋氏も笑いながら、

「お風邪を召されませんでしたか？」

とそれから急に真顔になって、「ところで、大変あつかましいお願いで恐縮ですが、貴方と洋吉さんのお二人に、一寸お体を拝借したいんですが？」

「よろしいですとも……だが、なにをなさると被仰るんです？」

「あの物置の、秤に懸って戴きたいです」

「と被仰ると……いったい又なんのためにそんな事をなさるんですか？」

「ええその、この事件に就いて、少しく愚案が浮びましたので……」

「はて？　少しも合点がいきませんな……我々の体を天秤へ乗っける——？」

「つまりですな……犯行当時の白鮫号に、人間が合計三人以上、正確に云えば、一九〇瓩《キロ》強の

重量が乗っかっていた、と云う私の推定に対する実験のためにです」

「ど、どうしてそんなことが断定出来たのですか?」

「先程拝見しました白鮫号の白い舷側の吃水線から、一様に五吋《インチ》程の上のところに、水平な線に沿って、茶褐色の泡の跡が残っております。でこの五吋《インチ》の開きは、正確な計算によりますと、約一九〇・九二〇瓩《キロ》の積載重量の抵抗、白鮫号の浮力に対する抵抗を証明しているのです」

するど黒塚氏は軽く笑い出した。そして急に乗り出すと、冷やかな調子で口を入れた。

「成る程ね。併《しか》しわれわれ玄人《くろうと》側から見ると、貴方のそのお考えには、少々異論が出ますな……」

東屋氏の顔が心持緊張した。私もついつり込まれて、思わずテーブルの上へ乗り出した。

「――貴方はローリング、つまり横揺れを考慮に入れていない」と黒塚氏が始めた。

「御承知の通り、このローリングは、どんな船にでも多少に拘らず必ず作用するものでしてね。で、この場合、空の白鮫号の吃水線上五吋《インチ》のところに泡の線が着いていたにしても、それを以《もっ》て直《ただち》に一九〇瓩《キロ》強の重量が積載されていたと断定するのは、甚だ早計な観測だと思うのです。と云うのは、仮令《たとえ》それだけの重量の抵抗がなかったとしても、ローリングによって船が左右に傾けば、その角度の大小に従って舷側の吃水線は上下します。そして若しも海上に泡が浮いていたとすれば、幾度か上下した吃水線のうちの最上の線に沿って、その泡は残ります。つまり空の船が水平に浮かされた場合の標準吃水線以上の位置に、貴方の見られた、第二の別な、泡の吃水線が、何にも乗らなくても、ローリングで作られるのです。成る程あの吹き溜りでは、波はなし、岬の陰で風も少い訳ですから、縦揺《ピッチング》などはしないでしょう。が、ローリングは、多少に拘らず必ずいたします。ですから支那の司馬温公《しばおんこう》みたいに、池に舟を浮べて象の重さを計るような具合には行きませんぜ。貴方の一九〇瓩《キロ》説は、少々早計でしたな」

そう云って黒塚氏は、葉巻《シガー》の吸い差しを銀の灰皿の中へポンと投げこんで、両腕を高く組みあげた。

成る程流石に専門家だけあって、論説もなかなか行き届いている。私は急に心配になって東屋氏の形勢を窺った。ところが東屋氏は一向に平気で、安心したように緊張を解くと静かに始めた。

「大変有力なお説です。だが茲《ここ》でひとつ、私の素人臭い反駁をさして貰いましょう。でその前にもう一度申上げて置きますが、あの泡の吃水線は、白鮫号の船体《ハル》の周囲、舷側全体に亘《わた》って同じ高さを持っているのです。つまり泡の吃水線は船首《プラウ》も船尾《スターン》もどの部分も一様に水平であって、少しの高低もないのです。――で、私の考えとしましては、只今被仰ったローリングの作用には、原則として必ず中心となる軸、と云いますか、まあこの場合白鮫号の船首《プラウ》と船尾《スターン》を結ぶ線、首尾線とか竜骨線とか云う奴ですね、兎に角その軸がある筈です。で若し、貴方の被仰ったように、あの泡の吃水線が積載された一九〇瓩《キロ》強の重量の抵抗によって出来たものではなく、ローリングに依って標準吃水線以上の位置に出来たものであるとすれば、そのローリングの軸である船首《プラウ》と船尾《スターン》の吃水線は、左右の舷側の吃水線に較べて、必ず低くなければならない筈です。逆に云えば、両舷側の泡の吃水線は、軸の両端の船首《プラウ》と船尾《スターン》を遠去かるに従って高くなる訳です。ところが、再三申上げた通り、白鮫号の吃水線はどの部分にも高低がなく、一様に水平を保って着いているのです。なんでしたなら、これからひとつ実地検分を願っても好いです。で、この論点からして、失礼ですが、あの泡の跡がローリングに依って出来たものであると云うお考えを否定しなければなりません。尤も私は、白鮫号が決してローリングしなかったとは思いません。現在《いま》残っている泡の線を壊さぬ程度の横揺《ローリング》はあったでしょう。併し、比較的波の多いこちらの海へ漂流して来る間に、ローリングをして尚且つ泡の線が殆んど全体に亘って無事でいられたのは、その吹き溜りで白鮫号が、すっかり空になり、急に軽くなって、吃水が浅くなったからです」

「……ふん、理窟ですな」

黒塚氏は口惜しそうに呟いた。

「では、先程のお願いを、お聞入れ願い度《た》いと思います」

そこでとうとう、二人は秤に懸ってしまった。

先ず黒塚氏が**六六・一〇〇**瓩《キロ》。続いて洋吉氏が**四四・五八〇**瓩《キロ》。合計**一一〇・六八〇**瓩《キロ》。

「義兄《にい》さんの体重も、お知りになる必要があるんでしょう?」

洋吉氏が云った。

「深谷氏のですか? ええ、是非ひとつ」

「恰度いいですよ。姉の『家庭日記』に、一月毎の記録がある筈ですから」

そう云って洋吉氏は、主館《おもや》へ向って大声で女中に命じた。

間もなく上品な装幀の日記帳が届けられた。洋吉氏は早速頁《ページ》を捲《め》くる。

「ええと、これは先月……これこれ、恰度三日前のが記入してあります」

「ははあ、**五三・三四〇**瓩《キロ》ですね……あ、この**三八・二二〇**瓩《キロ》と云うのは？　ああ奥さんのですな。いやどうも、有難うございました」

東屋氏の語尾が掠《かす》れるように消えると、瞬間、緊張した、気不味い沈黙がやって来た。

東屋氏はそれとなく身を反らして数字をノートへ記入しながら、素早く引算をするらしい。私も戸外を見るような振りをして、大急ぎで暗算を始める。例の一九〇・九二〇瓩《キロ》から深谷氏の五三・三四〇瓩《キロ》を引くと……**一三七・五八〇**瓩《キロ》——これが例の深谷氏の二人の同乗者の重量だ。ところが黒塚、洋吉両氏の合計は一一〇・六八〇瓩《キロ》。同乗者の乗量より二六・九〇〇瓩《キロ》も少い。——昨夜《ゆうべ》深谷氏と共にヨットへ乗っていたのは黒塚、洋吉の両氏ではない。私は何故か軽い失望を覚えて東屋氏を見た。すると彼は、黙ってノートをポケットへ仕舞って、静かに外の芝生のほうへ歩き出した。

大分風が強くなったと見えて、相変らず足の速い片雲の影が、芝生の上に慌だしい明暗を残して掠《かす》め去る。——何気ない風を装いながらも、あれで東屋氏も私と同じように、失望したに違いない。が、軈て彼は振り返ると、さも平気な様子で、

「如何ですか黒塚さん。白鮫号の泡の跡を御検分なさいますか？」

「もう、それにも及びますまい」

「そうですか。では、警察官が着くまで、暫く白鮫号を、私達にお貸し下さいませんか？」

「どうぞ御自由に」

すると東屋氏は、私の肩を叩きながら、態《わざ》と向うへ聞えるような大声で、

「おい、鳥喰崎へ行って見よう」

四

低気圧がやって来ると見えて、海は思ったよりもうねりが高かった。急に吹き始めた強い南風に先の尖った小さな無数の三角波を乗せて、深谷邸のある岬の方へむくむくと押しかけて行く。堪えられないほど陰気な色の雲が、白けた太陽の光を遮る度に、或は濃く或は薄く、水の色が著るしく映え変る。と、横ざまの疾風《はやて》を受けて、藍色の海面《うみづら》は白く光る、小さな風浪《かざなみ》に覆いつくされ、毒々しい銀色にきらめき渡る。白い冷たいその海の彼方には、暗緑の鳥喰崎が、折からの雲の切れ目を鋭い角度で射通した太陽の点光《スポット・ライト》に照らされて、心持ち赤茶けながらくっきりと映えあがって来た。

私達の乗った白鮫号は、左舷の前方から強い南風を受けて、射るように速くうねりを切って走り続ける。私も東屋氏もヨットの帆走法《セイリング》は心得ていたし、それにこのシックなマルコニー・スループは、恐ろしく船足が軽い。軈《やが》て私は、軽く面舵《おもかじ》を入れた。白鮫号の船首《プラウ》は、緩や

かな弧を描いて大きく右転しはじめる。鳥喰崎に近附いたのだ。進むにつれて右舷の海中へ、身を曲《く》ねらして躍り出た巨大な怪獣のような鳥喰崎の全貌が、大きくのしかかるように迫り寄る。すると、その出鼻を越して私達の視野の中へ、鏡のような内湾が静かに横わって来た。船は緩やかにその内湾の入口に差し掛る。間もなく私達は、無気味な吹溜りを擁していると云う小さな鉤形の岬を曲り始めた。内湾を左に見て段々私達がその岬を折れ曲るに従い、鳥喰崎の陰鬱な裏側が見え出して来た。確かにそれは陰鬱だった。

水際《みぎわ》には少しも岩がなく、それかと云って、何処の浜にでもある砂地とても殆んどなく、一面に黒光りのする岩のような粘土質の岸の処々《ところどころ》に、葦《あし》に似た禾本科《かほん》の植物類が丈深く密生して、多少凸凹《でこぼこ》のある岸の平地から後方鳥喰崎の丘にかけて、棘《いばら》のような細かい雑草や、ひねくれた灌木《かんぼく》だの赤味を帯びた羊歯類の植物だのが、遠慮なく繁茂している。そしてその上方には、原始的な喬木《きょうぼく》の類が重苦しいまでに覆い重なっている。船がこの陰気な小さい入江にはいると、不思議に風がなくなってしまった。少しの横揺れもしない白鮫号は、惰性の力で滑るように動いている。恰度この時、いま迄海面《うみづら》にギラギラ反射しながら照りつけていた太陽の光りが、深い雲の影に遮られると、急に辺りが暗く、だが気味悪いほどハッキリして来た。私は思わず水面を見た。

この小さな海の袋小路の上には、どろどろした、濃い、茶褐色の薄穢い泡の群が、夥しく漂っている。そしてそれが、入江の奥へ行くに従ってどんどん密度を増し、とうとう一面の泡の海と化して来た。

「この辺へ着けよう」

東屋氏の言葉に従って重心板が海の底へ触れないように、なるべく深味のところを選んで私は船を着けた。

恰度私達が、しっとりした岸の上へ降り立った時に、

「シイッ！——」

と東屋氏が、不意に私を制した。

辺りが恐ろしいほど静かになった。と、その静寂《しじま》を破って、遠く、低い、木の枝を踏みつけるような、或は枝の葉擦れのような、慌だしい跫音《あしおと》が私の耳を掠め去った。誰かが大急ぎで、密林の中を山の方へ駈け込んで行くのだ。

「誰れだろう？」

私は東屋氏を振り返った。が、彼はもう跫音などには頓着なく、五米《メートル》突ほど隔てた岸に立って、黒い粘土の上を指差しながら私へ声をかけた。

「一寸見に来たまえ」

そこで私は東屋氏の側へ歩み寄って、指差された地上へ眼を落した。水際の粘土質から草地の方へ掛けて、引っこすったような無数の妙な跡がある。確かに足跡を擦《す》り消した跡だ。

「昨晩、キャプテン深谷氏を殺した男達の足跡だよ。それを、いま密林へ逃げ込んで行った男が消したわけさ」

「追っ駈けて捕えよう」

私は思わずいきまいた。

「もう駄目だよ。こんな勝手の知れない山の中では、僕等の負けにきまってる」

「ふん……じゃあ怪しい奴は、まだうろうろしてたんだな」

私は口惜《くや》しそうに云った。

「そんなことはきまってるさ」

と東屋氏は、それから意外なことを云った。

「君は、深谷氏を殺した男達が、外部《そと》から来たと思っているのかい？」

全く私は、先程の秤の実験に失敗してから、今更深谷氏の妙な独言を思い直して、深谷氏の恐れていたのは黒塚ではなく、全く別の、外部《そと》から来た男だと考え始めていた矢先きだったので、東屋氏のこの言葉には少からず驚いた。

「そりゃあ僕だって」と東屋氏は笑いながら、「君と同じように、黒塚と洋吉を臭いなと思ったが、先刻《さっき》のあの実験に失敗してからは、どうやら犯人は我々の知らない全々別の外部の者だな、と思っていたさ。けれども、いまはもう違う。何故って、この消された足跡を見給え。若しも犯人が外部の者だったなら、何故僕達が鳥喰崎へ来ることを早くも知ったり、足跡を消したりなぞしたんだ。……犯人は、間違いもなく、深谷家に現在《いま》いる人々の中にある」

「成る程。じゃあやっぱり、現在深谷家にいる人々の中に、昨夜深谷氏の恐れていた奴がいるんだね？」

「そう考えるから六ケ敷《むつかし》くなるんだよ。なにも深谷氏の恐れていた奴が、必ずしも犯人だとは限るまい」と東屋氏は改まって、「……兎に角、この辺に、白鮫号の重心板《センター・ボード》が、喰い込んだ跡がある筈だ」

そこで私達は、恰度干潮で薄穢い泡を満潮線へ残したまま海水の引いてしまった水際へ屈み込んで、どろどろした泡を両手で拭《ぬぐ》い退《の》けはじめた。この仕事は確かに気持が悪かった。が、間もなく私達は、干潮線の海水に三分の一程浸《ひた》った幅一吋《インチ》程の細長い窪みを発見した。そしてその窪みから一呎《フイート》程のところに、海の底が岩になっていて、深緑色の海草、長海松の先端が三四本縺《もつ》れたようにちょろちょろと這い出ていた。

「これで見ると、この重心板《センター・ボード》の窪みは、昨晩の満潮時につけられたものだね。昨晩の満潮時と云うと、恰度十二時頃だ。さあこれでよし。今度は、足跡の方向を尋ねて見ようか」

私達は、掻き消された足跡を辿って、草地の方へ歩き出した。二回程海岸と草地の間を往復したらしく、消された足跡は、外《は》み出したり重複したりして沢山着いていた。そして、その足跡の列の左側に、処々足跡をオーバーして、重い固体を引きずったような幅の広い線が、軽く着いているのに私達は始めて気附いた。

「なんだろう？　深谷氏の屍体を運んだ跡だろうか？」

私は東屋氏へ声を掛けた。

「うむ、だが併し、そうとすると、深谷氏は船中で殺されそのまま船尾《スターン》へロープで縛って海中へ投げ込まれたと云う僕の考えは、一応覆えされることになる……」

東屋氏は考え込みながら草地の処までやって来た。足跡の消された跡は、そこから見えなくなってしまった。昨晩踏みつけられ、又重い物を引きずられた時には、屹度《きつと》草も敷き倒されたに違いない。が、時間が経ているためにもう、皆んな生々と伸びあがっている。

軈て処々に生い茂った灌木の間を縫うようにして、草地を歩き廻っていた私達は、ひときわ高く密生した木蔭の内側で、小さな池を発見した。そしてその細かい草の敷かれた岸辺には、大型のアセチリン・ランプがひとつ転がっていた。そしてもっと私達の注意を惹いたことには、先程海岸の土の上で私達が見たと全く同じな重い物を引きずったような跡が、池の中から出たらしく岸の小石を濡《ぬら》して草地の中へ、併《しか》もいま私達がやって来た海岸の方とは反対に、山の方へ向けて着いていた。重い品物は、ほんの数分間前に池から上げられて引きずられたと見え、草は敷き倒されたままびっしょりと、一面に濡れていた。

私達は昂奮しながら、それでも黙って跡を辿りはじめた。軈て細長い草地が行き詰って、密林に立ち塞《ふさ》がれた前方の、今私達が辿っている奇妙な跡の延長線上に、恰度大きな黒犬が蹲《うずくま》った位の、訳の判らぬ品物が見えて来た。私達は心を躍らしながら、大急ぎで駈け寄った。

が、再び私達を驚かしたことには、その黒い品物と云うのは、貝類採取用の小さな桁網《けたあみ》に、先程深谷邸で白鮫号の浮力の実験をした時に東屋氏が発見したと同じなマベ貝の兄弟達が、ギッシリ詰っていた。網の口は、中味が零《こぼ》れないように縛りつけてある。私達は立ち竦《すく》んでしまった。

「……やっぱり深谷氏の屍体なぞではなくて、こ奴だったんだな。だが、いったいこれはどうしたことだろう？　こんな貝を、併もこんなに沢山集めて、何んにしようと云うのだろう？

そしてなによりも、何故先刻《さっき》この木立を逃げて行った人間は、我々にこんなものを見られたくなかったのだろう?……」

東屋氏は、そのまま暫く考え込んでしまった。が、軈て困ったように顔を上げると、急に元気のない調子で、

「……どうも僕は、いま迄大変な感違いをしていたらしい」

「と云うと?」

「いや……後で話そう。兎に角、もう此処はこれで沢山だ。引き揚げよう」とそれからマベ貝の詰った桁網の上へ屈みながら、

「済まないが、君も手伝って呉れ給え。こ奴は大事な証拠品だから」

私はなんのことだか判らぬながらも、取敢《とりあえ》ず彼の申出に従った。軈てひどく重いその荷物を二人してやっとこ提《さ》げながら、先程の小池の岸へ出て来た私達は、其処《そこ》でアセチリン・ランプをも荷物の中へ加えて、間もなく元の海岸へ出た。

重い荷物を白鮫号に積み込んだ私達は、この吹き溜りには風がないので、岸伝いに白鮫号の艫綱《ともづな》を引っ張って、風のある入江の口までやって来た。

「此処で昨晩の加害者も、帆《セイル》や舵の位置を固定して、白鮫号を放流したのだよ。見給え。ほら、やっぱり擦り消された足跡が、ずっと続いて着いている」

東屋氏にそう云われて、始めて私はそれに気がついた。こちらの足跡は最初上陸した附近の足跡よりも先に消したと見えて、消し方がずっと丁寧である。

「さあ。僕等もこの辺で出帆しよう。大分風も強くなって来た」

私達は船に乗り込んだ。大きな大檣帆《メンスル》は暫く音を立ててはためいていたが、軈てその位置を風向きに調節されると、白鮫号は静かに走り出した。

東屋氏は紙巻《シガーレット》に火を点けると、舵手の私に向って口を切った。

「やっぱりそうだ。僕は今迄大変な誤謬を犯していたよ。つまり、先刻《さつき》この浮力の実験をした時に、僕は、昨夜この白鮫号に深谷氏も加えて三人の人間が乗っていたと断定したね。あれが抑《そもそ》も過失なんだ。勿論重量の一九〇瓩《キロ》強と云うのは間違ってはいないさ。ただ人間の頭数だ。人間の頭数が三人ではないと云うんだ。では何人か？　二人だ。勿論、一九〇瓩《キロ》と云う重量は、二人の人間の重量としてはひどく重過ぎる。そこで僕等は、こ奴《いつ》を思い出せば好いんだ。このマベ貝やらアセチリン・ランプやらの重量をね。確かにこれ等の荷物が、昨夜、深谷氏と加害者の二人に加わってこの白鮫号に乗っていたと云うことは、も早《は》や誰にだって理解出来る筈だ。つまり犯人は二人でなくて一人なんだ。で、僕は茲《ここ》数十分後に、犯人の大体の体重を知る事が出来る。つまり、一九〇・九二〇瓩《キロ》から深谷氏の五三・三四〇瓩《キロ》とこの荷物の重量とをマイナスしたものが、犯人の体重と云うことになるんだ」

「成る程、合理的だ」と私は乗り出して、「じゃあもう、この荷物を秤に懸けさえすれば、それでチョンだね？」

「いや君、ところがこの事件は、それでチョンになるような単純なものではないよ。犯人は間もなく判るさ。だがそれは、この事件の大詰めではない。例えば、まずあの『明日の午後だ。

明日の午後までだ、きっとここまでやって来る』と云う怯えるような深谷氏の独言を思い出し給え。いったい深谷氏はなにをそんなに待ち恐れていたのだろう?……茲で深谷氏の、奇妙な日常生活も一応考えねばならん。そして又、桁網でこんな貝をこんなに沢山拾い集めて、なにをしようと云うのだ?……ね、いくら深谷氏だって、まさか『これも儂《わし》の趣味じゃ』なんて云えまいて……」

東屋氏はそう云って、苦々しく紙巻《シガーレット》の吸いさしを海の中へ投げ込んだ。真艫《まとも》に強い疾風を受けた白鮫号は、矢のように速く鳥喰崎を迂廻《うかい》する。陰気な雲は空一面にどんよりと押し詰って、もう太陽の影も見えない。

それから程なくして深谷邸に帰り着いた私達は、重い荷物を提げて崖道を登って行った。

私達の留守の間に先発の警官達が着いたと見えて、崖道を登り詰めると、顔馴染《なじみ》の司法主任が主館《おもや》の方から笑いながらやって来た。

「やあ、先生。殺人事件だと云うのに、ヨット遊びとは驚きましたなあ」

そこで私は、東屋氏による事件探査の異常な発展振りを、簡単にかいつまんで説明した。すると司法主任は、

「先手を打たれたわけですな。いや、結構です。じゃあひとつ、その秤の実験に立会わして下さい」

そこで私達は、早速別館《はなれ》の物置へやって来た。

もういま茲《ここ》で、犯人が判るのかと思うと、私は内心少からず固くなった。が、東屋氏は頗《すこぶ》る冷淡で、さっさと私に手伝わすと、二つの荷物を秤台の上へ乗っけてしまった。

計量針が、ピ、ピ、ピッと大きく揺れはじめる。そして見る見るその振幅が小さくなって、神経質に震えながら――チッと止まる。

七一・四八〇瓩《キロ》！

瞬間、東屋氏は眼をつぶって暗算を始める。と、急に、どうしたことか、手に持っていたノートを、ばったり床の上に落してしまった。

彼の眼には、顔には、見る見る驚きの色が張《みなぎ》り始める。そしてその驚きの色は、直ぐに深刻な、痛々しい、困惑の影によって覆われてしまった……が、間もなく、微《かすか》に希望が浮ぶ。そして追々に明るく、強く、自信に満ちて……

「判りましたか？」

司法主任が云った。

「判りました」

「犯人は誰です？」

「犯人は……」

云いかけて東屋氏は、

「一寸待って下さい」

と今度は私の肩を叩いて笑いながら、

「君は、判ったかい？」

「うん、いまその、計算中だよ」

私は周章《あわ》てて答えた。すると東屋氏は再び微笑しながら、

「おい先生、僕は君に挑戦するぜ。ひとつ、犯人は誰だか、当てて呉れ給え。もう君は、この事件の関係者の中で、誰の体重がどれだけあるか？　そしてどうすれば犯人の体重が判るか？いやそれだけではない、少くとも犯人を自分で推定することの出来るだけの、凡《すべ》ての必要な材料《データ》を心得ている筈だ。さあ、見事に当てて呉れ給え」

東屋氏はそう云って、私のためにノートを拾いあげて呉れた。

「判っていられたなら、さっさと云って下さい」

司法主任だ。

「一寸待って下さい」

と今度は私が遮った。――こうなったら意地でも計算しなければならん。間違わぬように……

――先ず、問題の一九〇・九二〇瓩《キロ》から、深谷氏の五三・三四〇瓩《キロ》を引く……すると、一三七・五八〇瓩《キロ》だ。さて今度は、これからこのマベ貝やランプの七一・四八〇瓩《キロ》を引く……ええと……六六・一〇〇瓩《キロ》だ。**六六・一〇〇瓩《キロ》**！……はて、なんだか覚えのある数字だぞ。私は大急ぎでノートの記号を辿る……と、ああ正《まさ》に、黒塚氏が**六六・一〇〇瓩《キロ》**！

で早速東屋氏へ、

「判ったよ」

「なに判った？」

と東屋氏は、私の顔をしげしげと見詰めながら、

「よく考えて見ましたか？」

「馬鹿にし給うなよ」

「じゃあ云ってご覧」

「犯人は黒塚だ！」

「違う！」

五

「違う？……冗談じゃあない」

私は思わず吹き出した。

「全く、冗談じゃあないよ」

と東屋氏は大真面目だ。

そこで私は、いささかむッとして、

「君こそ計算違いだ」

「どうして？」

「だって、いいかい……一九〇・九二〇瓩《キロ》から、深谷氏とこの荷物の重量を引けば、六六・一〇〇瓩《キロ》じゃないか。そしてこれこそは、正に黒塚氏の体重だ。併も、ピッタリと合う……」

「だから違うんだよ」

と東屋氏だ。

「何んだって?」

「何んでもないさ」と東屋氏が始めた。

「つまり、ピッタリ合うから、違うんだ。判るだろう?……成る程、君の算術には間違いはない。が、君は、算術と現実とをゴッチャにしてしまった。だからいけないんだ。ね、考えて見給え。僕達は、昨夜犯行当時の白鮫号の中味を、そっくりそのまま秤に懸けたわけじゃあないんだ。今日になってから、併もあっちこっちバラバラの寄せ集め式計算だ。おまけに、浮力の実験に際しても、厳密に云えば必ず多少の不正確さは免れなかった筈だし、搭乗者の服装やその他の細かな変化も、多少とも見逃しているのだ。だから一九〇・九二〇瓩《キロ》と云う数字は、いや、深谷氏の数字もこの荷物の数字も、凡て犯人推定の引算の為めに、なくてはならぬ大事な数字には違いないが、それはあくまで大体の数字であって、その大体の数字に依る計算の現実の結果が、ピッタリ合う筈はない!……だから、いま、引算の結果が黒塚氏の体重にピッタリ合った時には、僕は全くびっくりした。実に見事な偶然だよ。余り見事過ぎて、君は罠に引っ掛かったのだ」

「じゃあいったい、犯人は誰です」

司法主任が云った。

東屋氏は私の手からノートを取ると、

「六五・二〇〇瓩《キロ》の下男の早川です」

すると司法主任は浮き腰になり、

「下男？——失敗《しま》った。そ奴《いつ》は私達の着く前に、町の郵便局まで出掛けたそうです」

「郵便局？」

今度は東屋氏が乗り出した。

「飛んでもない。——この岬から西南の海岸一帯に亙《わた》って、非常線を張って下さい。山も木立も、それから鳥喰崎も……あ奴《いつ》の『郵便局』はその辺にあるんです」

と私の方をチラッと見て、

「現に僕達は、先刻《さつき》鳥喰崎の端っぽで早川氏の跫音を拝聴したんだ」

司法主任は直《すぐ》に飛び出して行った。

東屋氏も立上った。

「さあ、忙しくなって来たぞ」

軈《やが》て東屋氏は主館《おもや》の玄関《ポーチ》へやって来ると、そこで急に騒ぎ出した警官達を見ながら女中と二人でうろうろしていた深谷夫人を捕えて、早速切り出した。

「奥さん。兇悪な犯人が判りました。下男の早川です」とそれから驚いている夫人へ丁寧に改まって、「時に、甚だ済みませんが、一寸御主人の船室《ケビン》を拝見さして戴きたいのですが——」

「ああ書斎でございますか？」

と夫人は一寸躊躇の色を見せたが、直《す》ぐに、

「畏《かしこ》まりました」

そう云って奥へはいって行った。が、間もなく戻って来ると、小さな銀色の鍵を東屋氏に渡しながら、

「どうぞご自由に、お調べ下さいまし」

軈て私達が再び別館《はなれ》の前まで来ると、東屋氏は、物置の秤台に置かれた桁網の中からマベ貝を二ツ三ツ摑《つか》み出して来て、キャプテン深谷の船室《ケビン》へ這入《はい》った。

けれどもその室《へや》は、ただ船室《ケビン》式に造られていると云うだけで、中は割に平凡なものだった。海に面して大きく開いている桟のはまった丸窓の横には、立派な書架《しょだな》が据えられ、ギッシリ書物が詰っている。総じて渋い装幀の学術的なものが多い。書架と並び合って、大きな硝子《がらす》戸棚が置かれてあり、その中には、わけのわからぬ道具や品物がいっぱい詰っていたが、黄色い硝子のはまった大きなひとつの吊りランプが私の眼を惹いた。部屋の中央には、およそこの部屋に不似合な一脚の事務机が据《すえ》られてあり、その上の隅には、書類用の小簞笥《こだんす》が乗せてある。

東屋氏はひと亙り室内を見渡すと、机の上へマベ貝を置いて、椅子に腰掛け、暫くジッと考え込んでいたが、軈て書架の前へ歩み寄ると、鼻先を馬のように蠢《うごめ》かしながら、なにか盛んに書物を漁《あさ》り始めた。私は、ふと自分達の乗って来た馬のことを思い出した。この邸へ来た時に日蔭へ縛りつけたなり、まだ一度も水をやってない——で、急に心配になった私は、そのまま

そそくさと船室《ケビン》を出た。

冷たい水を馬に飲ませている間に、私は、天候がひどく悪化した事に気付いた。辺りはますます暗く、恐ろしい形相の黒雲は、空一面に深く低く立ち迷って、岬の先の崖の下からは、追追に高くなった波鳴りの音が、足元を顫わせるように聞えて来る。

私は玄関《ポーチ》の横の長く張り出された廂《ひさし》の下を選んで、馬を廻した。これ等の仕事を、随分手間取ってやっと為《な》し終えた時に、東屋氏がやって来た。

「君、多分この家の電話は、長距離だったね？　済まないがひとつ交換局を呼び出して呉れ給え。そして三重県へ掛けたいのだがね、番号が判らないんだ。多分、鳥羽《とば》の三喜山《みきやま》海産部で好いと思うが、ま、そう云って問い合して見て呉れ給え。そして、大急ぎでそ奴《いつ》を呼び出すんだ」

東屋氏はそのままホールの方へ這入って行った。私は廊下の電話室で、命令通り交換局へ問合した。そしてその呼び出しを依頼して電話室を出ると、廊下伝いにホールの方へやって来た。

そこでは深谷夫人と黒塚を相手にして、東屋氏が何か尋ねているところだった。

「――すると御主人は、十年前に日本商船をお退《ひ》きになると、直ぐにこちらへお移りになったんですね」

「左様でございます」

夫人が答えた。

「で、下男の早川は何年前にお雇《やとい》になりましたか？」

「恰度その頃からでございます」

「お宅でお雇いになる以前に、早川は何処にいたかご存じですか?」

「あの男の雇入れに関しては、全部主人の独断でございましたので、私は少しも存じませんが――」

「ああそうですか」と東屋氏は頷きながら、

「ところで、あの船室《ケビン》の前の白い柱《マスト》の尖端《さき》へ、御主人が燈火《あかり》をお吊るしになったのは、度々のことではないですね?」

「ええ、それはもうほんの、年に一度か二度のことでございます」

「ではもうひとつ、これは、妙なことですが、昨晩お宅では、ニュースの時間に、ラジオを掛けてお置きになりましたか?」

「ええ、あれはいつでも掛っております」

「有難うございました」

東屋氏は紙巻《シガーレット》に火を点けて、ソファの肘掛けに寄り掛った。

恰度この時電話室の方でベルの音《ね》が聞え、軈て女中がやって来た。

「どなたか、鳥羽へお電話をお掛けになりましたか?」

「ああ僕です。有難う」

東屋氏は立ちあがって、そそくさとホールを出て行った。

私達はさっぱりわけがわからないので、ホールの中でキョトンと腰掛けたまま、ろくに話しも出来ずに東屋氏の帰りを待っていた。

が、十分程すると東屋氏は、折から後続の警官達が着いたと見えて、私とは顔馴染の警察署長を連れてやって来た。そして満面に、軽い和やかな微笑を湛えながら、

「さあ、これでどうやら、この事件も解決が出来ました。これからひとつ御説明を致します。どうぞ別館《はなれ》の船室《ケビン》へお出で下さい。あちらの方に色々材料が揃っておりますから――」

そこで私達はホールを出た。深谷夫人は頭が痛むと云うので主館《おもや》に居止《いとどま》り、東屋氏と私と黒塚、洋吉の両氏、そして署長を加えた五人は、強い疾風の吹き荒《すさ》ぶ中庭を横切って、別館《はなれ》の船室《ケビン》――キャプテン深谷氏の秘密室《ブラック・チェンバー》へ走り込んだ。

六

とうとう、嵐がやって来た。

私達が深谷氏の船室《ケビン》へはいると間もなく、海に面した丸窓の硝子扉《ど》へ、大粒な雨が、激しい音を立てて、横降りに吹き当り始めた。

高く、或は低く、唸《うな》るような風の音が、直ぐ眼の下の断崖から、岩壁に逆巻く磯浪の咆哮《ほうこう》に反響して、物凄く空気を顫わせ続ける。

私達を前にして椅子に腰掛けた東屋氏は、劈《つんざ》くような嵐の音の絶え間絶え間に、落着いた口調で事件の真相を語りはじめた。

「まず、兇行の行われた当時の模様を、大体私の想像に従って、簡単に申上げましょう。――昨晩の十二時頃、恰度満潮時に、海流瓶で殴り殺された深谷氏の屍体と、加害者の早川と、例の奇妙な荷物を乗せた白鮫号は、あの無気味な鳥喰崎の吹溜りへ着きます。船底の重心板《センター・ボード》は粘土質の海底に接触し、舵板《ラダー》の蝶番には長海松が少しばかり絡みつき、そして舷側《ふなべり》の吃水線には、一様に薄穢い泡が附着します。さて、そんな事も知らないで下男の早川は、荷物を岸に投げ降ろし、深谷氏の屍体を海中へ投げ込んで船尾《スターン》へロープで結びつけます。そして、岸伝いに白鮫号を引張って入江の口までやって来ると、帆《セイル》と舵を固定して、船を左廻りに沖へ向けて放流します。それから早川は元の場所に戻って、荷物を引きずって草地へ這入ります。草地の奥の小さな池の岸にアセチリン・ランプを置き、池の中へ桁網に詰めたマベ貝を浸すと、犯人はそのまま陸伝いにこっそり深谷邸へ帰ります。一方、深谷氏の屍体を引張った白鮫号は、一旦沖へ走り出しますが、御承知の通り昨晩は凪《なぎ》でしたので、犬崎から折れ曲って逆流している黒潮海流の支流に押されて、この岬の附近まで漂って来ます――」

茲《ここ》で東屋氏は一寸語《ことば》を切った。

外の嵐は益々激しさを増して来た。遠く、掻きむしるように荒れ続ける灰色の海の水平線が、奇妙に膨れあがって、無気味な凸線《とっせん》を描きはじめる。多分颶風《ぐふう》の中心が、あの沖合を通過しているに違いない。東屋氏は再び続ける。

「――只今申上げた通りで、一通りの犯行の過程はお判りになったと思います。が、まだ皆さんの前には、不思議な理解し難い幾つかの謎が残っている筈です。そしてその謎は、最初この事件の解決に当って、割合に単純なこの殺人事件を頗る複雑化したところの代物なんです。例えばまず第一に、不明瞭なこの事件の動機です。そして昨晩ラジオの演芸時間の始まる頃から、急に変られた深谷氏の妙な態度——併も夫人は、深谷氏の怯えるような独言を聞かれました。いったい深谷氏は『明日の午後』つまり今日のこの午後までに、なにを待ち恐れていたのでしょう？　そして又桁網にいっぱい詰ったマベ貝——併も早川は、私達にそれを見られることをひどく恐れていました。更に又夜中にヨットへ乗る深谷氏の奇癖。そして、むっつりした邪険な、それでいてひどく海には執心のあった妙な生活。白い柱《マスト》の尖端《さき》の信号燈——等々です。で、これ等の謎を解くために、最も常識的な順序として、ただ一つの現実的な手掛かりであり、私の最も興味を覚えた品である、このマベ貝の研究にとりかかりました。この方面で生活している私が、いまさらマベ貝の研究などを始めたんですから、全くお恥かしい次第です。ところが、そうして色々ひねくり廻しているうちに、私はふとこの貝が近頃人工真珠養殖の手段として、少しずつ実用化されるようになって来た事実を思い出したんです。これはマベ貝が、普通の真珠貝、つまりアコヤガイに比較して、大型の真珠を提供するからですが、で、ふと軽い暗示に唆《そその》かされた私は、早速このマベ貝を一つ打ち砕いて見ました。私の予感は適中しました。これをご覧下さい」

そう云って東屋氏は、ポケットから一粒の大きな美しい真珠を取り出した。そして、驚いている私達の眼の前の机の上へ、そっと転がしながら猶《なお》も語り続けた。

「御覧の通り、これは立派な人工真珠です。ところが、皆さんの御承知の通り、人工真珠の養殖は特許になっています。三重県の三喜山氏が特許権の所有者です。従ってこの真珠は、特許を冒《おか》して密造されたものになります。そして同時にその密造者は、養殖技術をも特許権の所有者から盗み出した事になるのです。ではその密造者は誰か？　深谷氏か？　下男の早川か？　それとも二人の共謀か？　私は仕事の大きさから見て、殆んど直感的に深谷氏と早川の共謀である事を知りました。そして私は、三重県の三喜山養殖場へ、早川が十年前に何等かの関係があったかどうかを電話で照会して見ました。すると果して、十年前に早川を解雇した事があるとの返事です。そこで、今度は、ひとつこれを見て下さい」

東屋氏は、書式張った商業書類らしい紙片を数枚取り出しながら、

「これは、この戸棚の書類金庫から一寸拝借したものです。頗る略式化した一種の商品受領証と云ったようなものですね。欧文です。で、文中商品の項に青提灯とか、赤提灯とかしてありますが、勿論これは真珠を指し示しているのです。そして、この下の処に、T・W・W――としてあるのが、荷受人のサインです。お判りになりますか？　つまり深谷氏は、早川と共謀して、外人相手に真珠の密造並《ならび》に密売をしていられたんです。そして、この七枚の書類の日附けを、深谷夫人にそれぞれ辿って頂いたならば、屹度御夫人は、その各《おのおの》の日の夜遅く、あの白い柱《マスト》の尖端に黄色い信号燈が挙がっていた事を思い出されるでしょう。そして正にその時、この海の暗い沖合遥かに一艘の怪し気な汽船の姿を、皆さんは想像する事が出来るでしょう――」

東屋氏は一息ついた。

いつの間にか知らない内に、崩れるような激しい嵐は消え去って、風雨は忘れたように遠去かり、追々に、元の静けさが蘇えって来た。

軈て東屋氏が、

「最後に、私は、キャプテン深谷氏のあの奇妙な、怯えるような独言に就いて――」

と、この時である。

主館《おもや》の露台《テラス》の方で、女中の、悲しげな、鋭い絶望的な叫び声が、不意に私達の耳に聞えて来た。

「まあ!……いったいどうしたんだろう。海の色が、まるで血のようだ……」

私達は、驚いて窓の硝子扉を、力一杯押し開けた。

と――今までの灰色の、或は鉛色の、身を刺すような痛々しい海の色は、いつの間にか消え去って、陰鬱な曇天の下に、胸が悪くなるような、濃い、濁った褐色の海が、気味悪い艶《つや》を湛えて、一面に伸び拡がっていた。そして見る見る内にその色は、ただならぬ異状を加えて行く。最初は、ただ濃い褐色だった海が、瞬くうちに、暗い血のような毒々しい深紅色の海と化して来た。

不意に東屋氏が力強い声で始めた。

「これです! この物凄い赤潮です。こ奴を深谷氏は恐れていたのです。皆さんも屹度お聞きになったでしょう? 昨晩のラジオのニュースで、黒潮海流に乗った珍らしく大きな赤潮が、九州沖に現れ執拗な北上を始めたと云う事を。そしてその為めに、沿海の漁場、殊に貝類の漁場は、絶望的な損失を受けていると云うニュースをですね。――深谷氏もそれを聞いたのです。そしてこの、赤褐色の無数の浮漂微生物の群成に依る赤潮が、真珠養殖に取っての大敵である事を思い出したのです。だから深谷氏は、九州沖からこの附近までの間に於ける黒潮海流の平均速度を、二十四時、つまり一昼夜五〇浬乃至八〇《かいりないし》浬《かいり》と見て、赤潮の来襲を、今日の午後まで、と大体の計算をしたのでしょう。そして今日の午後までに、昨日にしてみれば『明日の午後まで』に、真珠貝《まべ》の移殖を行わなければならない。そこで深谷氏は、用意を整え、下男――実は共謀者の早川を連れて、ひそかに邸を出帆したのです。そして、第何回目かの作業を終った時に、早川の胸裡に恐ろしい野心が燃えあがったのでしょう。恐らくその作業場と云うのは、あの鳥喰崎の向うの、美しい、静かな、鏡のような内湾《うちうみ》に違いないです。――だが、もうこれで、あのキャプテン深谷氏の秘密人工真珠養殖場のマベ貝は、完全に全滅です――」

東屋氏は云い終って、煙草の煙を、ぐっと一息深く吸い込んだ。

私達は一様に深い感慨を以て、血のような鳥喰崎の海を見た。斑《まだら》な禿山の上には、何に驚いたのか鴉の群が、折からの日差しの中に慌だしく舞い上り、そしてその岬の彼方の沖合には、深谷氏の片足をもぎ取った奴であろう、丈余《じょうよ》に亙る暗灰色の大鱶が、時々濡れた背中を鋭く光らしながら、凄じい飛沫を蹴立てて疾走していた。

（『死の快走船』ぷろふいる社、昭和十一年）

なこうど名探偵

なかうど名探偵

大阪圭吉

洗濯屋の親方多田《ただ》音平《おとへい》は、団扇《うちわ》を片手に一寸《ちょっと》いい御気嫌だった。

……なにごとならんときいてみればああああ……

外は、いきりの抜けた気持のいい夏の月夜だ。ふらふらと町通りを出外れた処で、洗濯屋の親方多田音平はふいと立停《たちどま》った。——路傍《みちばた》の板塀から塗り立ての防腐剤《クレオソート》が、親方の猪鼻《ししばな》を通していい気持の頭へツンと来たからだ。

低い板塀のとッつきにはどうやら門らしいのがあって、「大手果菜園、大手《おおて》鴨十《かもじゅう》」の標札が、門燈に照されて少からずボンヤリして見える。

「いや、なにかと言ううちに、はやこれじゃ。……うい……」

門を這入《はい》ると、どうやら葉の大きな植物のトンネル道だ。暗い。暗い。と、とたんに親方の頭へなにかがぶつかった。ハッとして体を躱《かわ》しながら、葉蔭《はかげ》をもれる月明りに透《すか》して見ると、親方の足程もあろうと言う大きなへちまである。よく見るとあちらこちらにも、大小様々な奴《やつ》が、いくつもいくつもブラ下っている。

むーン……臍下丹田《せいかたんでん》と察せらるる辺《あたり》に力を入れて、兎《と》に角《かく》、親方は歩き出した。

へちまのトンネルはなかなか長い。およそ三十間《けん》も歩いた頃に、やっと親方は、こぢんまりした平家《ひらや》――大手鴨十氏夫妻の住居《すまい》へ飛び込む事が出来た。

「こ、こんばんは」

「はい――」

二十歳《はたち》を五つか六つ越したらしい若い美人の細君が、疑い深く顔を出した。親方は揉み手をしながら、

「――へえ、こんばんは……私は、町通りの洗濯屋の多田ですがね……実は、昨夜《ゆんべ》、こちらの旦那の端書《はがき》で、上《あが》るんでしたが、一寸都合が悪くて今晩出ましたんで、旦那、おられるかね？」

「……お前さん、何かうちのひとに頼まれてたんだね？」

「へえ、その、是非用事があるからってね」

洗濯屋の親方は、鴨十氏の細君に連れられて、ずッと遠慮なく居間へ通ると、そこのメリンスの座蒲団《ざぶとん》の上へドッカリと腰を下ろし、浴衣《ゆかた》の兵児帯《へこおび》から団扇《うちわ》を抜き出して、フワリフワリとやりながら、さて、開け放された奥の間を、簾越《すだれご》しに何気なく眺めたものである。ところが、

これがそもそもよくなかった。

親方は団扇をパラッと落すと、それなり固くなって動きがとれなくなって了《しま》った。そして膝頭をガクガク小刻みに顫《ふる》わせながら、

「ダ、旦那は、ど、どうか……?」

「お前さんも怖がりやだねえ」

と鴨十氏の細君は、奥の間で枕元に線香を焚かれながら、頭へ白い布を被せられて寝ているものを、白い頤《あご》で指しながら、

「うちのひとは、ついいまし方、死んで了ったんだよ……」

「ジョ、冗談じゃない……一体、ナ、ナニ病……」

「それがねえ、お前さんまあ聞いて頂戴。うちのひとは妾《わたし》より二十二も歳上なんだもの、いずれ妾より先へ行くことは判ってたンだけど、まあお蔭でいままでこれと云う病気もしなかったのさ。ところがねえ洗濯屋さん、それが、この四五日前からナニがあったのか知らないが、急に鬱《ふさ》ぎ込んで了って、そしてね、妙な事には、変な探偵小説なンぞを読んでるのよ……お前さん……探偵小説なンて、一体どう言う気持の時に読むものなの?……まあまあそれはいいとしても、それから一昨日《おととい》になってね、うちのひとはてんかんを起したのさ。けれども、その時は直《す》ぐ治って、一人でお医者さんへ出掛けて行ったの……でも、お医者さんから帰って来た時の顔色ったら、そりゃ見られなかったわ。こう真ッ蒼な顔でね、『儂《わし》はタチのよくないてんかんに伝染《うつ》られてしまった。もう絶対に見込みはないそうだ』そう云って寝就《ねつ》いて了ったのさ……

だから、それからいま迄《まで》、妾は一歩も家の外へ出る事も出来ずに、あのひとが時々ツバみたいな泡を吹くのを、此処《ここ》でこうして見ていなくちゃあならなかったの。そして、ホンのいまし方、『儂はもう死ぬ。儂のてんかんが伝染らぬ様に、儂に触らん様に気を付けな』って、それなりガックリとなって了ったの……お前さん、てんかんッて伝染るの？……」

「さあ……私は無学だで、一向《いっこう》に知らんが、兎に角お気の毒でしたナ」

「ねえ、洗濯屋さん」と細君が急に、改まった調子で切り出した。「でもほんとにいいところへ来てお呉《く》れたよ……他でもないけど……お前さん、ホンの少しの間、此処で留守居をしていて呉れないかね？　妾は一寸行ってこのひとの死んだ事を知らせたいの。直ぐ近くに妾達の身内が一人住んでるんだから――」

「そりゃあいいとも、お内儀《かみ》さん」と親方は奥の間の白い布を被ったものを一寸見て、それから急にオドオドしながら、「だけどお内儀さん……私はもう、旦那さんの用事を訊く必要はなくなったんだし、それにお前さん、このことはお医者さんへも知らせなくっちゃいけないんだろ。私が、その使にいってあげよう」

けれども鴨十氏の細君は立上って、後《うしろ》も見ずにその儘《まま》さっさと出掛けて行って了った。

後に残された洗濯屋の親方は、先刻《さっき》表のトンネル道でへちまに突当った時、あの儘《まま》戻って了えばよかったにと、しみじみと後悔し始めた。

ああいやだいやだ。この一軒家に、死人とタッタ二人で……そう思うと親方はもうたまらなくなった。

と、この時である。

「ハッ、ハックション！」

——突然大きなくさめが奥の間で起った。

見れば奥の間では、死んだ鴨十氏が寝床の上へ起直って、ボリボリ鼻の頭を掻《か》きながら、簾越しに居間の親方へ話掛けた。

「可怖《おっ》かながらんでもいいよ……よく来て下さった。なあ、洗濯屋さん。もっと、こっちへ来てくんな」

「……お、お前さん……シ、死んではいないのかい？」

「誰が死んどるもんか！　それよりお前さん、そこの水差を取ってお呉れ……永い間、てんかんの真似《まね》をしてツバを出して了ったら、ノドが乾いて火がつきそうだ……ハァ、ハァ、ヒックション！……ああ、どうやらひどい風邪を引いたようだ。女房の奴め、儂が死んだら、着蒲団《きぶとん》を取って了いやがってね……」

洗濯屋の親方は、恐る恐る水差を奥の間へ届けながら、

「ダ、旦那は、ナニか深い理由《わけ》があって、そんな真似をしとるんですかい？」

「——あるとも……ああ、うまい水だ……が、まあ儂の話をひと通り聞いてお呉れ……一寸すまんが、儂の体の上へ布を元通りに掛けてお呉れ……おやお前さん、手が顫えてるじゃあないか。こうして置かんと、女房が帰って来ると困るからな……さて、話を始めよう。おッと、その線香を蚊取線香と換えてお呉れよ。ブンブンうるさくてかなわん……」

親方は、余儀なく鴨十氏の言葉通りに従った。そして間もなく、再び元の死人に戻った鴨十氏は傍《そば》に小さくなっている洗濯屋の親方へ、低い声でボソボソと憚《はばか》る様に語り続けた。

「実はな――儂は探偵をしていたんだよ……洗濯屋さん。ハッ、ハックション……だが儂が、どうして探偵になったかと言うと、つまりそもそもの話の始まりと言うのは、五日前の満月の晩に遡《さかのぼ》るんだ。

お前さんは洗濯屋だから知るまいが、へちまの根茎《ねぐき》を切って、美人水にする糸瓜水《へちまみず》を取るには、満月の夜が一番いいのだ。で、儂はその晩、一人で遅く迄かかって、ビールの空壜を、家中のへちまの根茎へ結びつける仕事をした。ところが、そうだ、かれこれ十一時頃だったろう。儂はひと休みするつもりで、この裏の足洗場で、石に腰かけて巻煙草を吸っておったのさ。するとカラタチの生垣越しに、向うのかぼちゃ畑の側《そば》のトマト畑の中に、儂は、黒い人影が月に照されて立っておるのを見た。で、よく見ると、帽子を冠《かぶ》っていない洋服の男らしく、どうやらこちらを向いて、トマトの立食いをやっているらしい。

「誰れだい」

と兎に角儂は立上って大きく声を掛けてやったよ。

するとその男は、急に身を伏せる様にして走り出した。そしてそのトマト畑のもうひとつ向うにある小さなトマト畑――そこのトマトは、数は少いけれど、一番上等の品種の奴で、眼の中へでも入れてやりたい位に、大切にしている奴なんだが――そこを通りながら、どうだいお前さん、その男は、そ奴《いつ》を手当り次第に千切《ちぎ》り始めたんだ！

これはどえらい事になった——儂はそう気付いて駈け出した。するとトマト泥棒も駈け出した。そして到頭《とうとう》、あのへちまのトンネルを潜《くぐ》って逃げ出して了ったんだよ。

調べて見ると、皆で六ツも盗《と》られとる。とても儂には諦める事は出来なかったんだ。それで、その翌《あく》る日から、儂は到頭探偵になった。

ところで、先《ま》ず探偵を始めるには、第一に現場検証って奴が大切だ。ハッハクション！……お前さんにも判るだろうが、儂の邸《やしき》の地面は何処《どこ》の家の地面よりも、柔かで湿りがある。だから翌る朝、早速、儂は昨夜《ゆんべ》のトマト泥棒の足跡を調べ始めた。沢山な靴跡が発見《みつ》かったよ。そしてその靴跡は、なかなか華奢で恰好が好く、随分大股にボトンボトンと附いていた。ところが、そうして足跡を調べている内に、儂はな、そのトマト泥棒の逃げた道の上から男持ちの真新しいハンカチをひとつ拾い挙げたんだ。トマト泥棒が落して行ったのさ。そしてそのハンカチには、香水の匂いがしていたよ。それから儂は又、青枯病《あおがれびょう》に罹《かか》ったトマト畑の中で、トマトの食べ残しを拾い上げたんだ——儂が現場検証で拾い上げた手掛りと言うのは、まあその三つだったのさ。そしてその日から儂は、それ等の

手掛りを色々な方面から考え廻して、トマト泥棒の正体を突止めようと言う、つまり推理の段取りに這入ったのだ。
　ところが、その日一日置いてその翌る日の晩、儂はまだキュウキュウとして、泥棒の探索にボットウしとるチウのに、どうだい、洗濯屋さん、又してもトマト泥棒がやって来たんだ！
　それはなんでも十二時頃の事だった。この直ぐ隣の小さな事務所で寝ていた儂は――この頃はいつも其処《そこ》で寝る事にしてるんだが――裏に飼ってあるコオチン鶏《けい》が、いやにバタバタ騒ぐので、起上って硝子《がらす》戸越しに月明りの戸外を眺めたものだ。すると、トマト畑の中で、まさしく先夜の泥棒が、帽子も冠らずに洋服を着込んで、馬鹿見たいに立停った儘《まま》、ジッとこっちの様子を窺《うかが》ってるじゃないか。――儂はハッとなって思わず側《そば》の箒《ほうき》を取上げた。そして主屋《おもや》の女房を起そうかと思ったが、まてまて女を起しても仕方はなし、それにふと妙案が浮かんだので、その儘儂は静かに家を抜け出して、泥棒に気付かれない様に、先廻りをしてへちまのトンネルを抜け、平常《ふだん》閉めた事もない表門を閉めて了ったのだ。それから儂は、下っ腹へウンとひとつ力を入れて、箒を振り上げ、トマト畑めざしてものも言わずに飛び出した。

ところが洗濯屋さん……トマト泥棒は、表門を閉められたと知ると、今度は無我夢中で板塀に飛びつき、そ奴《いつ》を乗り越して、残念ながら又しても逃げ失せて了ったのだ！——でも幸い今度は、大事なトマトは盗られなかった。そして儂は又塀の外で、泥棒が穢《よご》れた手を拭いて捨てて行ったらしい香水の匂いのする新しいハンカチを拾ったんだよ。

——所で儂が丸二日とひと晩かかって、どんなに見事な按配に手掛りを解決したかと言うと、先ず第一に、大股についておった華奢な、靴跡なんだがな、これは取りも直さず、その男がスンナリした細身の背高だ、と言う事を証明しとる……儂はそう言う工合に解釈した。どうだい？——それから次に、その度毎に落して行った香水の匂いのする真新しいハンカチだが、こ奴は屹度《きっと》、それを胸のポケットへ一寸行儀よく差込んでいたに違いないその男の、ミダシナミの深さを意味しとるじゃないか……え？……けれども、そのスラリとしたお洒落《しゃれ》なタシナミの深い青年紳士は、惜しい哉前歯《かな》が一本どえらい反歯《そっぱ》である……と言う事を、あの晩畑に捨てられてあった食べ残しのトマトがコッソリ儂に聞かせて呉れるのだよ。いいかい。そしてその紳士は、それ程キチンとした殿方なんだが、夜とは言え、帽子を冠っていなかったために、この附近に住《すま》ってる人である事を、儂に見破られチまったのだ。そしてその紳士の職業は、と言うと、ヘン、なンの事はない——ガソリン屋のお客様なんだよ。と言うのは、あの二枚のハンカチの片隅には、それぞれにガソリン屋の小さなスタンプが押してあったからなんだ——つまり、タクシーの運テン手って訳さ。……どうだい、こう見えてもあんまりかいいアタマだろう？——さて、他でもないが、その運テン手の泥棒紳士が、あの晩マンマと乗り越して行った板塀だが、どっこいこ奴が、恰度《ちょうど》その日の昼間儂のこの手で偶然にも、トマト泥棒の謎を考え考えしながら、少からず念入りな防腐剤《クレオソート》の塗替作業を施された代物なんだよ。そしてあの綺麗好きな泥棒紳士が、恰度あの板塀の外で、防腐剤《クレオソート》に穢れた手をハンカチで拭いたと同じ様に、防腐剤《クレオソート》で穢れた洋服を、この附近にタッタ一軒しかないお前さんの店へ、洗濯に寄来《よこ》すのも道理《もっとも》な話じゃアないか？——洗濯屋さん、昨晩《ゆんべ》お前さんに来て貰おうと思ったのは、つまりその為《た》めなんだよ。そう言うお客さんが、この二三日の内にお前さんの店へ来たかどうかを聞こうと思ってさ——」

　そう言って大手鴨十氏は、白い布を被せた儘の顔をヒョイと曲げて洗濯屋の多田音平を布ごしに改めて見直したものである。

「——成る程、お前さんの眼力は大したもんだ。来ましたとも。お前さんの言ったような立派な若者が、二日前に防腐剤《クレオソート》で穢れた洋服を持って……」

「やっぱり来たかい。そ、そりゃ何ンチう名前の男なんだい？」

　鴨十氏は白布を捲《ま》くって、顔をもち上げた。

「まあ旦那さん、そんなにひきしまった顔をしなさんな……お前さんの探偵は、成る程よく当っとる……けれども、タッタひとつだけ間違ってるところがありますよ」

「そ、そりゃあ、どう言うんだね？」

「つまり、その運チャンの身分なんだがね——私は近所の事で一寸お前さんより詳しいんだが——その男は、静川浩《しずかわひろし》って名前で、運チャンと言っても他人に雇われとる運チャンじゃなくって独りもんだがチャンと一軒構えた立派な若者で、金だってあるし、どうしてなかなか、トマトを盗む様なオ寒い根性の男じゃあ有りませんよ」

すると鴨十氏は、ツンとなってフン反り返り、枕に頭を投付けながら、

「けれどもお前さん事実ッちうものは動かす事の出来んものなんだ。そこで儂は、一生懸命に考えた。……トマト……トマト……トマトを盗んでなんにする、ってな……ああだが、お前さん……広く、大きく、客かん的に考えたその結果、到頭儂は、タッタひとつの結論に達したのだ……ああそれは、どうも全く、飛んでもない事だ」

親方は、思わず乗出したものである。
「そうだよ。そしてそれを確かめる為めに、儂は一昨日《おととい》からてんかんになって、そして到頭今夜、こうして死んで了ったのさ。だが、どうやら儂のその結論は、カッキリ当っとるらしい。いやどうも、実に偉大なる悲劇だ」

「なんでもお前さんちのお内儀さんは、うちのひとのてんかんはタチがよくないって言ってたが、お前さん……」
「なにがてんかんなもんだい！　おや、遠くで足音が聞える！……ああ、どうやら女房が帰って来た。お前さん、早く布を被せてお呉れ……おや、どうやら誰かと、話をしながらやって来るな。ふン、あれが儂ンちの悪い女房の、いわゆる身内って奴で御座ンすかい？……飛んでもねエこった。なあ洗濯屋さん、正直なところ、儂の親類縁者なんて言うのは、天にも地にも、あの女房のおすみ一人ッきりの筈なんだ！　ああお前さん、すまんが、そこの柱にかけてある蝙蝠傘《こうもりがさ》を取ってお呉れ、ふン、あの野郎、出様によっては……いや、お前さん、いまに面白い芝居が見られるよ」
　洗濯屋の親方は、只事《ただごと》ならぬげな空気の中で、それでも、半分は事情が飲み込めた様でもあるし、又、どうやらタチのよくないてんかんが伝染《うつ》った様でもあるし、実のところしどろもどろで立ったり坐ったり、暫《しばら》くは落着く事も出来なかった。

が、間もなく玄関の格子扉《こうしど》が開けられて鴨十氏の細君の声が、

「――まあ、浩さん。遠慮しなくッたっていいことよ。さっさと上ンなさいな……うちの『あひる』は、もう死んじまったんだからさ」

「ええ、上らして頂きます……でもスミさん、なんだか僕は、ゆめの様な気がいたします……こんなにも早く、幸福《しあわせ》が……」

到頭やって来た。

そして、細君の後から居間へ這入って来た、シャンとした洋服の男が、タッタいま、大手果菜園のトマト泥棒と断定された、他ならぬタクシー屋の静川浩君である事を知った洗濯屋の親方は、大体がいままで親方の頭ン中でボンヤリしていた処へ持って来て、突然トマト泥棒が出現したんだから、いや驚いたのなんのって、さあもう、ドタマの素天辺《すてっぺん》までチンチンに昂奮して了った。で、早速細君を捕えて、

「おやおや、お内儀さん大したお手柄だね……ど、どろぼうを連れて来たんだね？」

すると彼女はキッとなって、

「なんだって、お前さん、浩さんが泥棒だって！」

「そ、それは、そのう……ワシはその一昨日《おととい》この家の旦那さんから聞いたんだ！」

「え？　うちのひとから、だって？」

「待って下さい」と、観念したらしく御本人の静川君が、反歯《そっぱ》をムキ出して口を入れた。

「……そうです。僕は此家《ここ》のトマトを、泥棒いたしました。申訳もありません」

と、驚いた親方が、

「……やっぱりそうだったか！　飛んでもないこった……だが一体、何故又お前さんともあろう者が、他人の大事なトマトなんぞに――」

「……つい出来心でした」

すると今度は細君が、

「まあ、洗濯屋さん、お待ちよ。……若《も》しも本当にそうだったとしても、大体、うちの『あひる』はもう死んで了ったんだもの、証人にはなれやしないよ。それに、第一この浩さんは、そんな出来心で、トマトを盗ったりなんぞする様な、貧弱なひとじゃあないんだよ。このひとが、うちの『あひる』に泥棒と見誤られたのは、屹度浩さんが妾のところへ――」

「スミさん」

と静川君は遮《さえぎ》る様にして「心配なさらんでもいいです。貴女《あなた》は何の関係もないんです……さあ、洗濯屋さん、警察へなりと何処へなりと、連れてって下さい」

「だって、お前さん……アレッ！」

恰度この時、奥の間でいつの間にか立上っていた死人の鴨十氏が、その右手に振上げていた蝙蝠傘を、どうした事かバタリとばかり取落して了ったので、さあ、大変だ。

だが、死人の鴨十氏は、のこのこと居間へやって来ると、その丸顔に、いかにも人の好さそうな泣き笑いを浮べながら、そこに平伏して了った二人の若い男女へ、いとも沈痛な調子で口を切ったのである。

「いいよ、いいよ……死んだ『あひる』は、もうなにもしやせんよ……いや、もともと儂が悪かったんだ……さあ、何て言ったらいいか……えて、こういう種類の出来事と言うものは……本来そのう……老人《としより》の亭主が、にんじんや、そらまめや、トマトを作る事にばかり、夢中になっとるから起るんだ」と、それからドッカリと畳の上へ座り込んで、溜息《ためいき》をもらしながら、

「……儂は最初、いろんな意味でお前のこのひとを、殴ってやろうと思ったよ。けれども、このひとは、媾曳《あいびき》の晩に泥棒に早変りして、可愛いお前の名誉を守ったと同じ様に、今夜も又、正直に自分の罪を認めて、お前を守り通そうとしているんだ……いいよ、いいよ、助けてやるよ……さあさあ安心して……二人一緒になるがいい……」


（「新青年」昭和九年七月号）

塑像

考古学者兜山博士の特別古物蒐集室は、N美術研究所から公園へ通ずる山の手の静かな道路に面して、美しい秋楡《にれ》の繁みに三方を包まれながら、古風な、そしていとも陰鬱な姿を横《よこた》えていた。

毎日夕方が来て、道路に面したその二重張りの高い厳重な硝子《ガラス》窓に、仄《ほの》白い室内の灯がボンヤリと映え渡る頃になると、美術研究所の生徒達は、一日の精進に疲れた足を引き摺《ず》って灯の街の娯しい休息を求める為《た》めに、静かな道路を公園の方へ下って行った。そして年若い彼等は、博士の蒐集室の前を通る度毎に、言い合した様にその高い窓を見上げるのだ。――重苦しい曇硝子には、薄暗い室内の灯に照らされて、均斉的《シムメトリカル》な女人の彫像が、大きな影を映していた。

兜山博士は、恰度《ちょうど》三年前の五十歳で、十九の処女と結婚した。そして博士は、その若く美しい花嫁を、蒐集室に安置された上古時代の埴輪《はにわ》類にもまして、吾が子の様に愛していた。けれども茲《ここ》に悲しい事には、結婚後二月三月と日を経るにつれて、生来余り丈夫でなかった美しい彼女は、次第次第に瘦せ細って行った。そして、到頭《とうとう》、限りない博士の愛惜の内に、花嫁の魂は、天国へ登って了《しま》ったのだ。――それからと言うものは、博士は再び結婚前の独身に戻って、ひたすら考古学の研究に没頭し始めた。そして何日《いつ》の頃からとなく、夜が来て、その部屋に仄白い灯の点く頃になると、窓の曇り硝子には、均斉的《シムメトリカル》な女人の裸像が、大きな影を映すようになっていた。

N美術研究所の生徒達は、だから、堪え難い寂しさへのせめてもの慰めとして、早世した美しい花嫁の塑像《そぞう》を、貴重な古物と共に飾り立てたのであろう兜山博士の気高い愛情の具現を忍び仰いでは、芸術家らしい感激に浸っていた。

が、暫くする内に、若い多感な生徒達の間に、世にも不思議な噂が、水の様に湧き拡ろまって来た。

――花嫁の塑像が痩せる！

勿論《もちろん》、始めの内は、誰もこの馬鹿気た噂を信じようとはしなかった。

が、日を経るにつれて、それが動かし難い事実である事に、彼等は気附いて来た。毎日夕方になると、帰り途の生徒達は、前よりも熱心に、なかば猜疑となかば恐怖の眼を以って、あの老いたる考古学者の陰気な蒐集室の窓を仰ぎ見る様になった。

確かに花嫁の塑像の影は痩せて来た！

二月三月する内に、追々に美しい均斉《シムメトリー》は破壊されて、恰度死の直前に置かれた嘗《か》っての博士の花嫁がそうであった様に、恐ろしい迄《まで》にゲッソリと醜く痩せ衰えて来た。

博士の愛撫が激し過ぎるのだ！――内心恐怖に顫《ふる》えながらも、生徒達は、この不思議な塑像に対して、無理にもそんな風に解釈をつけて見た。そして、花嫁の塑像の痩せ細るに比例して、生徒達の博士に対する気持は、ひとつの「美術への汚損」に対する言い様のない焦燥と共に、尊敬から疑惑へ、疑惑から非難へと変って行った。

間もなく花嫁の塑像の最後が近附いて来た。

硝子窓に映った黒い塑像の影は、骨と皮ばかりに痩せ衰え、身長は無気味な迄にちぢこまって来た。

そして到頭或る晩の事――

糸の様に細められた花嫁の首は、音もなく折れ落ちて、高い窓ガラスから、その影を消して了った。

若い美術家達の焦燥は、亢奮の絶頂へ吹き上げられた。博士の愛情の盲目性を批判し、芸術品に対する愛護の情を喚び起す為めに、――とは言え、内心「痩せる塑像の秘密」への押え難い好奇に馳《か》られながら、到頭彼等は無遠慮にも玄関のドアを打ち開いて、兜山博士の特別古物蒐集室に躍り込んだ。

黒染《ず》んだ、或は樺《かば》色の、見るからに古びたさまざまの古物に満たされたその部屋の高い硝子窓の内側には、木乃伊《みいら》の様に痩せこけた首のない花嫁の塑像が、灯に白くギラギラと輝きながら、氷柱《つらら》の様につッ立っていた。

思わず馳けつけて、その前に落ち砕けた花嫁の首に手を触れた――と、彼等は、しかし、フと何処《どこ》かで嗅ぎ覚えのある、甘い、痛々しい、刺戟性の香を、鼻頭に鋭く感じて、不意に立竦《すく》んで了った。

ああナフタリン――

ナフタリンの匂いだ！

見れば、美しい花嫁の塑像と思ったのは、部屋一面の古物から防虫する為めに、特別に造られた粗雑な人形型のナフタリンではないか！

兜山博士は――呆気《あつけ》にとられて立竦んで了った若い美術家達には眼も呉れず、薄暗い部屋の片隅で、「虫の垂《た》れ衣《ぎぬ》」や「綾藺《あやい》笠《がさ》」を熱心に手入れしていた。

（「ぷろふいる」昭和九年八月号）

人喰い風呂

床屋の金《きん》さんは独身者《ひとりもん》の気易い都合《つごう》で、今夜はバカに遅く、垢《あか》臭い銭湯に浸《ひた》っていた。

なんでも三助の芳公《よしこう》のせつによると、銭湯などと言うものはもともと一種の水商売？　なんだから、新築の銭湯にしたところで、ものの二年もすればもう水気に冒されてどこやらにチョイチョイしみが出来たり凹《へこ》んだり、結局一応は手入れするものだそうだ。で、ご他聞に洩《も》れずこのやなぎ湯も、もう青ペンキ塗りの天井に、満洲国みたいな大きな地図が出来たり、流し場のタイル床にお尻のはまりそうな深い窪《くぼ》みが出来たりして、成る程これではお説通り、早速にも修繕しなければなるまい。

けれども床屋の金さんにとっては、天井にしみがつこうと、床に窪みが出来ようと、てんから苦にもならなかった。金さんがこの町内へ越して来てから殆《ほとん》ど一年近くと言う間、毎晩々々こうしてやなぎ湯をひいきにしていると言うからには、それ相応にしんこくなわけがあってのことなのだ。

――なンしろ銭湯《ここ》の娘のお花《はな》ちゃんのポッテリ顔と来たら、しみも窪みも断じてないんだから！

金さんは、われとわが心にそう言いきかせる。

で今夜も、そんな風に念を押しながら湯から上った金さんが、カランに寄って上り湯を使いかけた時に、番台で当のお花ちゃんが、黄色い声で三助の芳公を呼びつけた。

もう仕舞い湯で、呼ばれた芳公はタワシを摑《つか》んだままのこのこと出掛けて行ったが、すると間もなく、なにか間違いでも発見《みつ》かったとみえて、女湯の板の間がなんとなく騒々しくなって来た。

そしてその一寸《ちょつと》した騒ぎはだんだん大きくなって、軈《やが》てとんきょうな主人の声で、やれ裸のままでとかやれ飛び出したとか聞えて来ると、思わず金さんは、他の二三の裸男と一緒に、失礼な次第ではあるが板の間の境の板扉《いたど》を押開けて、店仕舞とは言えまだ二三の婦人客がしどけない姿でうろうろしている中をギロリとばかり覗《のぞ》き込んだものである。

其処《そこ》で持上っていた事件と言うのは――

主人の甚平《じんべい》の説明によると、もう閉店時間に近いと言うのでそろそろ店仕舞にとりかかったお花ちゃんがいつもの癖で、お客さんの忘れ物はあるまいかと板の間の衣服戸棚を調べ始めた時に、ふと妙なことに気づいたのだ。と言うのは、もう女湯のお客さんは三人しかいないと言うのに、戸棚の中には、なんと四人前の着物が這入《はい》っている？――、そこで三助の芳公を呼んで、流し場のどこかにもう一人お客さんはいないか見て貰う。主人の甚平も顔を出す。三人のお客さんに訊《たず》ねる。が結局それも無駄で、ワ号の衣服戸棚にあった一組の着物が、どうしても余分になって了《しま》った。と言うのだ。

——はアてね？

床屋の金さんは、思わず腕を組み込んだ。

鹿子《かのこ》絞《しぼ》りのいきな浴衣《ゆかた》と、横縞の伊達巻《だてまき》と、モスの湯巻と、それからタオルとニッケル鍍金《めっき》の化粧籠が、甚平の手で、板の間の花筵《はなむしろ》の上へ寂しそうに並べられた。——成る程奇妙な忘れ物である。

金さんはまず首を出来るだけ傾《かし》げて、このかんの事情を考えて見た。いや、考えるようなふりをしながら、横ッちょに立っているお花ちゃんの美しい耳朶《みみたぶ》に、チラチラと怪しげな視線を送っていた。これではとてもこのかんの事情は考えられまい。

が、軈て顔を上げた金さんは、そこではからずも甚平のけげんそうな視線にぶつかると、てれて、どぎまぎして、到頭《とうとう》そのまま表へ飛び出して了った。

やなぎ湯の甚平は、フーッと大きな溜息をした。

さて、世間と言うものは妙なもので、そんなことがあってから二日三日とするうちに、もうそろそろ秋風が立って大分話題の枯れかかったそこら辺りの夕涼みの縁台で、この奇妙な女湯の忘れ物事件は、ひどく耳新しい話題となって、だんだん喧《やかま》しく噂される様になって来た。

「あンまり上り湯が熱かったんで、あの着物の持主は、屹度《きっと》急に、気がふれて裸のままでやなぎ湯を飛び出したに違いない」

金さんと一緒にあの時やなぎ湯に入浴《はい》っていたラジオ屋の時《とき》さんは、この「裸で飛び出す」と言う点に、ヤケに力を入れて力説し始めた。するとやなぎ湯の隣のクスリ屋のお内儀《かみ》さんは、

「そう言えば、あの晩見たこともない妙な女が、確か浴槽《ゆぶね》の隅の方で、こう真ッ蒼な顔をしながら浸っていたようだ」と言い出した。そこで附近の娘やお内儀さんの中からも、「妾《わたし》もそんな女を見たようだ」とか「いいえ妾は見なかった」とか、随分さまざまな意見が飛び出して来て、到頭床屋の金さんは、こんな調子で行くとお花ちゃんの家の人気にかかわる――と、そろそろ気を揉《も》み始めた。

ところが、ナント驚いたことに、それから五日程後、又しても奇怪な第二の女湯忘れ物事件が持上ったのだ。

ラジオ屋の時さんからそのニュースを聞き込んだ金さんは、もう自分のことのようにあがって了って、時さんと一緒に、早速柄にもなく、朝湯と洒落《しゃ》れ込んだ。

やなぎ湯の甚平は蒼い顔をしてしょんぼりと番台に坐り込んでいたが、金さんや時さんを交えた数人のお客さんにせがまれると、到頭仕方がなさそうに立上って、のこのこ奥へ這入って行った。が、軈て風呂敷包を抱えて戻って来ると、皆んなの前へ拡げて、中から黒無地のボイルの浴衣と、鱗縞《うろこじま》の夏帯と、モスの湯巻と、それからガーゼの手拭《てぬぐい》、石鹼入《せっけんいれ》等を取り出した。

「……つまりこれが昨晩、あそこのチ号の衣服戸棚から出て来たんですよ。いや、どうも、困ったことになりましたわい」

そう言って甚平は、それ等の妙な忘れ物を前にしながら、この前の忘れ物もまだ持主が出て来ないとか、これは多分なにかの一寸した間違いから出来たことで、こんなに騒いでもらっては手前共の立つ瀬がないと言うようなことを、愚痴っぽい調子で喋り始めた。

——成る程、いちいちご尤《もつと》もな次第だ。

金さんは屈《かが》み込んで、甚平の話を一生懸命に聞きながらも、なんとかしてこのお花ちゃんの店の上に振りかかった難事件を、見事に解決して見たいものだ、と思った。

——若《も》しも俺が探偵だったなら……。

金さんは、奇妙な忘れ物の浴衣をソッと取り上げた。

——そうだ。若しも俺が探偵だったなら、まず第一に、この浴衣に眼をつけるんだが……。

そこで、金さんは黒地の浴衣をあれこれとひねくり廻し始めた。顔を近づけて、浴衣の袖に手を突込んだり、裏返したり、果ては鼻を押しつけて匂いを嗅いだり——だから先生、急に顔を顰《しか》めて持っていた浴衣を投げ出した。多分そこには、むせ返るような中年女の体臭がムンムンしていたに違いない。

そこで居合せた二三の浴客は、こいつものずきな奴だなと言わんばかりの表情《かお》つきでジロジロと金さんを睨廻《ねめまわ》していたが、軈て甚平の愚痴にケリがつくと、てんでに六ケ敷《むつかし》そうな顔をしながら首をひねりひねり帰り始めた。で少からずムッとした金さんは、でも、ラジオ屋に促されてしぶしぶやなぎ湯を後にした。

噂と云うものは恐ろしいもので、ラジオ屋流に言えば、二人の裸女を飛び出したやなぎ湯の怪事件は、日毎に大きな評判となって、それが又さまざまに怪談じみた尾鰭背鰭《おひれせびれ》をつけられて、軈て誰も彼もがそれぞれに名探偵を気取り始めた。

「床金《とこきん》」の店先では、今日もラジオ屋の時さんが、相変らず「裸で飛び出す」を主張していた。

「するとなんかね、時さん」と、仕立屋の細君の顔をあたりながら、金さんが言った。「つまりお前さんは、あの着物の主が裸で大通りへ飛び出しながら、誰にもそれを見つけられずに済んだとでも言うんかね？」

「じゃあ、金さん」と時さんがいきまいた。「若しも裸で飛び出さなかったとしたなら、いったい、どう言うことになるんだい？」

するとと金さんはムキになって、

「いや、時さん。つまりそこが問題なんだ」

「ちょッと」今度は仕立屋の細君だ。「急ぐんだから、さっさとあたって頂戴な」

「へへ。へい」

そこで金さんは、剃刀《かみそり》を持ち直した。が、暫《しばら》くすると、再び時さんが口を入れた。

「ああ判った。じゃあ、あの女はやなぎ湯のどこかに隠れてるんだ！」

「すると、時さん」金さんは又ムキになって、「若しも隠れてるんなら、なんとかその女の家族《うち》から、探して出そうなもんじゃないか？」

「そりゃあ、金さん」と、時さんも負けん気で、「独《ひと》身者《りもの》ってことがあらあ。……そうそう、それにあのやなぎ湯の隣のクスリ屋のお内儀さんだって、見たこともない妙な女が、こう蒼白い顔をしながら、浴槽《ゆぶね》の隅に浸ってたって言ってるじゃあないか」

「成る程ね」

「お前さん！」仕立屋の細君だ。「あたし、急ぐんだからね……それに第《だい》チ、あんなクスリ屋のお民《たみ》さんの言うことなんぞあてになりゃしないよ」

「へえぇ?……あのお内儀さんって、そんな女《ひと》ですかい?」と、時さんである。

「そりゃあ、お前さん……」到頭仕立屋の細君が、時さんの方へ向き直った。「ラジオ屋さんは、知らないの?……、あのお民さんって女《ひと》は、クスリ屋の野寄《のより》さんに先妻を追出さして、その後添《のちぞい》に這入った位の、なかなかのしたたかものですよ」

「おや。じゃあ、あのお内儀さんは、後妻なんですかい?」

「そうですとも」と、ボツボツ熱くなり出した様子で、「……先妻の初枝《はつえ》さんってのは、そうね、もう二年になりますね……、なんでもあれはやなぎ湯がコンクリートの基礎工事をしてる頃でしたっけ、あのお民さんのお陰で、到頭可哀そうに離縁にされて了ったんですよ……。若しも、あたしが探偵さんだったなら、まず、あのあとに残った着物に目をつけるわ」

「や、私と同感だ!」

思わず金さんが叫んだ。

「おや、お前さんも、あたしと同感《おなじ》なの。……全くそうですよ。着物にはね。どんなものでも、多かれ少かれ仕立癖ってのがあるんですよ。寸法と言い、くけかたと言い……、そこで、誰が着たものか、考え出して行くんですよ……」

「ふむ、成る程、ますます同感だ!」

——と、まあそんなわけで、金さんは早速その晩、時さんと一緒にやなぎ湯へやって来た。

ところが、煉瓦造《れんがづくり》のやなぎ湯の門を一歩踏み入れた金さんとその相棒は、不意にギクとして立止まって了った。

成る程、どうした事かやなぎ湯は、電気が消えて真っ暗である。見れば入口のガラス扉《ど》に、なにか紙片が貼りつけてある様だ。近寄って見ると、街燈の薄《ほの》かな余映を受けた半紙の上には、

　都合に依り本日より暫らく休業いたします。やなぎ湯

と書いてある。

　途端に金さんはふらふらとなった。

——やなぎ湯は引越したのか？

——するともうお花ちゃんは？

だが、金さんは、間もなく元気を取り戻した。ラジオ屋の時さんが、横の方の勝手口の格子戸に薄明りを見つけたからだ。

「今晩は、ご免なさい」

　戸を開けて、二人はどんどん奥へ這入って行った。するとッつきの茶の間には電燈がひとつ点《とも》っていて、その下で甚平が大胡坐《おおあぐら》をかいて、どうやら晩酌の最中だ。

　そこで、時さんが早速用件を切り出して呉れた。最初のうち甚平は、胡散臭《うさんくさ》げにギロギロと二人を見廻していたが、時さんの外交よろしく、到頭立上って、不承々々あの妙な忘れ物の這入った大きな風呂敷包を持出して来た。

　金さんは貪《むさぼ》る様にその包を受取ると、早速中味を取出して、畳んであった二枚の浴衣を拡げると、やっきになって、例の仕立癖なるものを調べ始めた。が、金さんは、間もなく大きな失望にぶつかった。

――仮に仕立癖がみつかったとしても、どうして、そこから持主を考え出せばいいんだ？　おまけに着物は、別々に二組もある。二組も、二組……おや、二組とも、無論仕立癖は違うだろうな？　いや、待て待て――金さんはなんと思ったか、黒いボイルの浴衣を、鹿子絞りの浴衣の上へ置き重ねた。そして裄《ゆき》や丈《たけ》をピンと張り合せてその寸法がピッタリ合うと、急にどぎまぎしながら、今度は裏返して、衿《えり》のくけかたや衽《おくみ》に立褄《たてづま》、さては袖附《そでつけ》八つ口から肩当《かたあて》尻当《しりあて》に到るまで、ことコマゴマと針の運び癖まで比較し始めた……。甚平はいささか呆れ果てて、白眼で見ながら横を向いた振をしていたが、軈て金さんが、二枚の浴衣の匂いを嗅ぎ合せて顔を顰《しか》め始めると、とうとう立上って、こいつよくよくわるい癖を持ってるわい、と言わぬばかりに大きな空咳《からせき》をひとつした。

　すると今度は、ラジオ屋の時さんが乗り出して、一体どうして銭湯を休業したのか、時さん一流の戦法で、しつこく訊ね始めた。

　このぶっきら棒な質問には、いよいよ甚平も困ったらしく、なんとも言い様のない苦々しい表情《かお》をしながら、

「……色々ご厄介になったが、実は、もうこの建物は、某処へ譲り渡して了ったんです」

「えッ、売ったんですって！」と、盛んに考え込んでいた金さんが叫んだ。「いったい、だ、だれが買ったんですか？」

「いや、いずれ判るでしょうがな」甚平が続けた。「その譲受人の手で、近日中に新しく開業される筈ですよ。……尤も、その売買の話と言うのも、今日や昨日に始まったものではなくて、

もう、こんないやな事件がボッ始まる数日前からあったんですが、値段の点で、仲々話が進まなかったんですよ……」

　金さんの眼が、急にいきいきと輝き出した。

「こいつア面白い！　ふむ……」到頭金さんは唸《うな》り出した。「確かに面白い！……判って来るぞ！……いったい、誰が銭湯《ここ》を買ったんです？　え？　いったい誰が……」

「野寄さん……、野寄順市《じゅんいち》さんですよ」

「野寄？……はて、聞いたことのある名前だが？」

「お隣のクスリ屋さんだよ」

　時さんが口を入れた。

「ふむ、成る程ね」と、金さんは一人で感心しながら、「……仕立屋のお内儀さんは、うまいことを言ったもんだ……成る程あンな女なら、これ位のことはしでかすぞ！……ねえ、甚平さん。どうも、あんたは……どえらいペテンに、掛けられかかっているらしいね？」

「……お前さんの言うことは、さっぱり儂《わし》には判らんが？……」

「判らん？……つまり、この……なんと言うかな……手ッ取り早く言うと、このやなぎ湯に、凄《すげ》え宝物が隠されてんですよ。……で、その宝物を手に入れるために、このやなぎ湯を、甚平さんの手から、出来るだけ安く、出来るだけ早く買い取る……」

「うまいッ！」時さんが手を叩いた。「成る程、……でそのためにクスリ屋夫婦が、あんな妙な芝居を打って、このやなぎ湯の人気にけちをつけた——ってわけなんだな。素敵な名案だ！」

するとと甚平が言った。

「どうもまだ、よく判らんが、じゃあ、あの妙な忘れ物はどうなりますかい？」

「そりゃさ、甚平さん」と金さんが言った。「……どうせ夏ものア薄いんだから、浴衣も湯巻も帯も二枚ずつ着けて来て、帰りには一枚ずつ残して行く——ってことも出来ますよ」

「ふむ……」と、茲《ここ》で甚平は、目玉をギョロリと光らせながら、「それにしても、その宝物ってえのは、いったい、このやなぎ湯の中のどこにあるんですかい？」

すると、金さんは頭を抱えるようにして、口惜《くや》しそうに考え込んだ。が、軈てその視線が、いつの間にか襖《ふすま》の陰から現れたお花ちゃんの、しみも窪みもない綺麗なポッテリ顔にぶつかると、まるで電気にでも打たれたように飛び上った。

「そうだ、屹度流し場に違いない！……甚平さん、鶴嘴《つるはし》を貸して下さい！」

そこで甚平は三助の芳公を呼びつけた。そして間もなく一同は、男湯の流し場へやって来た。

すると、例のタイル床の上の、お尻のはまりそうな大きな窪みの前に立止まった金さんは、甚平の差出した蠟燭《ろうそく》の明りをたよりに、三助の芳公から鶴嘴を取って、目の前の窪みの上へ、続けざまに鋭い刃先を打ちおろした。

タイル床の上には、見る見る大きな洞《あな》が現れた。

そしてその闇の中から、目の醒めるような金色《こんじき》の、いや飛んでもない——多分、着物の色の褪《あ》せたのであろう。まるで、白いボロボロの経帷子《きょうかたびら》に包まれて、なんとうすぎたない一組の髑《どく》髏《ろ》が見え始めて来た……、ややッ……と、
とつぜん、金さんの頭ン中へ、仕立屋のお内儀さんの話が、モリモリ首を持上げて来た。

——二年前！

——やなぎ湯の基礎工事の頃
——クスリ屋の先妻の行方！

「そうだ！」と、金さんが叫んだ。

「……こりゃあ、クスリ屋の先妻の、なんと言ったっけ？……初、初枝さんの髑髏だ！……こいつが、つまりクスリ屋の、他人手《ひとで》に渡したくない宝物だったんだ！」

さて、翌《あく》る朝、やなぎ湯の甚平は、娘のお花ちゃんを連れて、「床金」へお礼にやって来た。

「……金さん」と、お花ちゃんが恥かしそうに言った。「……でも、どうして、あんな素晴しいことが判ったの？……」

「……いや、あれはその……つ、つまり、かんですよ」と、金さんは、てれて、どぎまぎして、俯向《うつむ》いて了ったが、ふとなにかを思いついて、顔を上げると、話を紛らすように甚平へこう言った。

「ああ、それから、あのクスリ屋のお民さんは、ワキガですね」


（「新青年」昭和九年十二月号）

水族館異変

一

かすりの浴衣《ゆかた》を着て麦藁帽子をかむり、水着をくるめてタオルの先にぶら下げた清《きよし》は二股道まで来ると、盗むような目つきでソッとうしろを振り返った。が、直《す》ぐに思い切ったようにして、海のほうへではなく松原沿いに右へ折れて歩きだした。

チカチカと眼にしみるような晴れわたった青

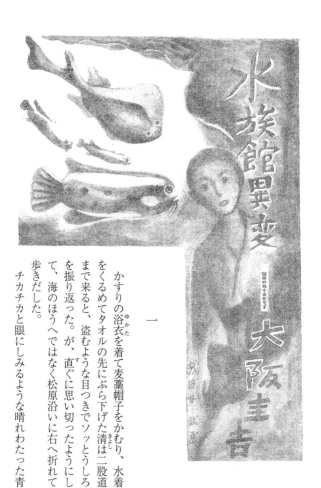

空には、燃えさかる独楽《こま》のような七月の太陽が躍《おど》り、遠く沖にはものうげな白帆の影が、二つ三つ投げたように浮んでいた。爽《さわや》かな海風が、水際《みぎわ》から砂地へかけて一面に絵具箱をブチ撒《ま》けたような極彩色の人魚の群の、わあンと湧きあげる午下《ひるさが》りの喧噪《けんそう》を乗せて、誘うように清の頬へ戯《じゃ》れかかって来た。

けれども清は、見向こうともしなかった。中学四年の清にとって、海水浴の女たちは妙な距離を覚えさした。洒落《しゃ》れて、とりすまして、いつも大学生や大人ばかりを相手にしている娘達よりも、もっと身近かな素晴らしい楽しみへの悦びに、清は胸を躍らせながら歩いていった。白い、埃《ほこり》っぽいその道の突当りには、まるで狂い咲きの妖花のような水族館の建物が海水浴と色彩の強さを競うようにして建っていた。白い洞門の上に丹《に》塗《ぬ》りの櫓《やぐら》を組み、青銅色のセメント瓦で屋根を葺《ふ》いた龍宮門の傍《そば》には、

(南海美人 鮑《あわび》取りの実況)

ペンキで、デカデカとそんな風に書かれた大きな立看板が、アイスクリーム屋の屋台の向うに、あたり一帯の人集《ひとだかり》を見おろすようにして立っていた。丹塗りの楼の上では、チンドン屋が、時どき思出したように馬鹿囃子《ばかばやし》を搔き立てていた。

水族館前のその広場まで来ると、清は再び立止って何気ない風でソッと辺りの人びとを見廻わした。

夏になって「南海美人鮑取りの実況」が、水族館へ臨時に雇われて来てから、もういままでに清は、二十回近くも龍宮門をくぐっていた。なにしろこの「鮑取り」が、ただの「鮑取り」

ではなかったのだ。いつもならば、平気で「水族館へ行って来る」と云うことの出来た親達の手前も、この見世物が掛ってからは、何故か云い出せない清だった。それで、海水浴へ出かけるように装っては、コッソリと水族館へ通うのだった。尤《もっと》も水族館の構内には、本館とは別に、一寸《ちょっと》した遊園地やプールもあるにはあった。けれどもそれは、まるで小さな子供達ばかりの水溜りで、中学生なぞは一人もいなかった。

龍宮門の洞門の内側には、入場券の売場があった。青いブラウスを着た切符売りの娘に、もうすっかり顔を見覚えられてしまった清は、そこを通るのに烈《はげ》しい羞恥と戸惑いを覚えるようになっていた。けれども盛れ上るような熱ばんだ慾情を抑え抑えやって来た清はもうここまで来ると引くに引けない気持になっているのだった。ソッと辺りを見廻して、知った顔のないのを見届けると、田舎から見物に出て来たらしい一団の騒がしい人々の中にまぎれ込むようにして、出札口に近づき、そこの擦り磨かれた真鍮《しんちゅう》板の上へそっぽを向きながら十銭玉を投げだして、小さな薄い水色の切符を掠《かす》めるように受取ると、そいつをそのまま袂《たもと》の中の蟇口《がまぐち》へねじ込みながらあたふたと門内の広場へ出て行った。

広場には一面に敷詰《しきつ》められた細かな砂利が、さんさんと降りそそぐ白日の中にむッとするような熱気を蒸返していた。真ン中の円《まる》く形どった芝生の上では、丈なす豊かな芭蕉《ばしょう》の葉が、そよ風に水々《みずみず》しくもつれ合ってその向うには時計塔のある大きな灰色の水族館が、涼しげな日蔭を作っていた。

清はわざと人に、海水浴へ来たのだと見せかけるように、タオルの先にブラ下げた水着を大きく無造作に振り廻しながら、ゆっくり、だがそれでもひどくもじもじした目つきで、広場を横切り、薄暗い建物の入口へはいって行った。

水族館の中は、トンネルのように暗くて涼しかった。けれども、進むにつれて清の顔は、体は、やがて異様に蒼褪《あおざ》めて行った。

いくつかに区切られた館内の、どの室《へや》にもどの室にも、到底《とうてい》この世ならぬ不思議な光が漲《みなぎ》っていた。それはまるで、靄《もや》をきたような青い世界だった。コンクリートの壁にいくつもいくつも開けられた青い四角な硝子《ガラス》窓——その中には赤、黄、緑、さまざまな色彩《いろどり》の珍魚どもが、どこを見ているのか怯《おじ》けたような視線を、ボンヤリと辺り一面に注意深く投げかけながら、それでもすまし込んで絵のようにノンビリと動いていた。青い光の波は、その窓から流れ出ていた。だから窓の前に立って、ものうげな魚の動きを同じような表情でボンヤリと眺め入っている人の、顔も、体も、知らぬ間にホノ青く染っているのだった。

水族館の中央には、ひと際大きな一廓《いっかく》があって、その入口のタイル張りの壁には、金文字で、パノラマ室——と書いてあった。

清は眼を輝かせながら、その室へはいって行った。

青い大きな窓のある室であった。薄暗いたたきの上には、同じように青い人びとが大勢うごめいていた。この室の窓は、どの室のそれよりも数等立ちまさって大きかった。

ポンプで、一旦海から汲みあげられて、高いタンクの中に貯えられた海水は、太い鉄管を伝ってこのパノラマ室の大水槽へ流れ込み、ここから次第に細くなって行く鉄管に導かれて、各室の小さな沢山の水槽へ、それぞれ適宜に分流される仕掛けになっていた。だからパノラマ室の窓は、ただに大きいと云うだけではなく、深く高く、一層青々と冴え返っていた。

高さ一間幅二間《けん》の大きな厚いガラスの向うには、深い静かな海の底が見えていた。有るともないとも思われないトコロテンのような水を透《とお》して、さまざまな岩礁生物のこびりついた大きな岩が木の根のように黒々とのさばり、ミルやマコンブの青々と茂った岩根の上には、夥しい鮑貝が、その卵形をした紫褐色の殻をいくつもいくつも伏せ並べ、そのあいだを奇怪な灰色の兜蟹《かぶとがに》が戦車《タンク》のようにゴトンゴトンと蠢《うごめ》いていた。魚はと云うと、これは又どうしたことかひどく少く、ただ醜く刺張《とげば》ったオコゼや黄黒だんだら縞の縞鯛《しまだい》が、それぞれ少しばかりの群をなしてゆらゆらと伸び上ったコンブや、さては岩根から吹き登る烈しい泡の筋の間を、落つきもなくセカセカと游《およ》ぎ廻っているだけだった。それは美しい中にも何か間の抜けた広さがあった。若《も》しもこの中へ、どぎつい色彩の人魚でも飛び込んだなら、定めて目のさめるような鮮やかさを見せるに違いない背景――まるでタイトルを抜いた外国の絵本の表紙のような、未完成の美しさであった。

この窓が、南海美人鮑取りの実況舞台であった。休憩でまだ見世物は始まらないと見え、青い人びとは、時どき羞《はずか》しそうに溜息をついたり、いらいらと足踏みしたり、まるで映画でも見ながら泣いたり笑ったり勝手な思いにひたっていた人びとが、電気がついて一斉に顔を見合せたときのようなバツの悪さで、口も利かずに気不味《きまず》く黙りつづけたまま、ボンヤリ佇《たたず》んでいた。

奇妙な見世物の始まるまでには、どうやらまだ、少しばかり時間があるらしい。

二

窓の奥の舞台裏――つまりパノラマ室の外側に当る大水槽の裏手の狭い空地へは、パノラマ室と、その直ぐ隣りに特別に建てられた小さな小暗い淡水金魚室との間の、狭い通路《みち》によって結ばれていた。通路の突当りのペンキ塗りの潜戸《くぐりど》を押しあけると、そこがパノラマ室の舞台裏、と云うよりも水族館全体の異様な舞台裏になっていて、ポンプ室や海水タンクなぞも、その殺風景な空地の一角に聳《そび》えているのだった。

大水槽のコンクリート壁の直ぐ裏には、頑丈な丸太の櫓《やぐら》が組み上げられ、その上には水槽の高さと水平に床板が張られて粗末ながらもトタンを葺《ふ》いた十畳間位の小屋掛がしつらえてあった。この小屋が見世物に働く三人の男女の、舞台裏であり、そして又このひと夏の簡易な住居《すまい》でもあった。

縁《へり》つきの蓙《ござ》を敷いたその部屋の片隅には、いくつかの行李《こうり》や夜具が投げ出すように置かれ、板張りの壁の釘には、浴衣や××なぞが淫らがましくかかっていた。切り抜いたような小さな南向きの窓の下には、粗末な鏡がブラ下り、その前で、今度出番のお鯉《こい》が、×のままで潮に粘った濡れ髪をしきりに掻き上げつづけていた。

鏡にうつるその顔は、眉の薄い、浅黒い、切れ込んだ目尻のあたりに一抹の××を湛えた、見るからに海女《あま》あがりの年増のそれであった。けれども何にも増して、□□□□□□□□□、

流石《さすが》に浜育ちの、小柄ではあるがきりッと引締って、四十近くとは思われない若々しさであった。

お鯉は、無造作に髪を束ねおえると、浅黄の湯巻の裾を乱しながら、□□□□□□□□□□、後ろにねそべっていたお春《はる》のほうへ向き直っていった。

「春ちゃん、云っておしまいよ……いったい、誰に買って貰ったんだえ？」

お春は、鯣《するめ》を噛《か》みながらいま迄弄《までもてあそ》んでいた綺麗なかんざしを、ポンと莚《むしろ》の上へ投げ出した。

まだはたちを越したばかりのお春は、同じように色こそ浅黒いが、お鯉とちがって大柄な、割に整ったポッテリ顔の、水気の多そうな娘だった。まだ水槽からあがって間もないと見えて、濡れた××湯巻はべっとりと××まきつき、□□□□□□□□□□□□□、なにか堪えがたい重味を見せていた。

「だって……」

「だって、じゃアわからないよ」

「自分で買ったんだもの……」

「自分で？……そんなお金《あし》がどこにあったのさ」
　お鯉は、去年まで志摩《しま》の海女だった。早く亭主を亡くしてから、長い間気ままな後家で暮して来た。が、去年の秋祭りに、どこからか流れ込んで来た伊太郎《いたろう》と直ぐに馴《な》れ合ってしまった。伊太郎は、お鯉よりも四つ五つ歳下であった。男が若くちゃ、ろくなことはない——仲間の女たちは、そんなことを云った。そのときは苦にもしなかったその言葉を、不吉にもいまになって、ふとわけもなく思い出すお鯉だった。
「まさか、伊太さんじゃないだろうね」

「違う、違う！」

　お春は激しく打消した。

　伊太郎は、田舎廻りの香具師《やし》であった。お鯉と知りあうと直ぐに大道稼ぎを打切って、変った興行《しごと》に目をつけた。それが「南海美人鮑取りの実況」だった。むろんお鯉は、惚れた男の頭のよさに舌を巻いて驚き喜んだ。手をとり合って志摩をあとにした二人は、春の博覧会で予想外の成功を収めると有頂天になってお鯉の遠縁にあたるお春を、故郷《くに》から応援に呼びよせた。そして夏と共に水族館へやって来たのだった。けれども、これがそもそもよくなかった。まだ始めて一年もしないうちに、早くも知らぬ間にひびがいり、やがてそのひびは大きな稲妻形の亀裂となって、恐ろしい破滅の淵に近づくのであった。

もともと移気《うつりぎ》の伊太郎は、お春の水々しさを見逃す筈はなかった。けれどもむろんお春も、最初は撥《は》ねつけた。そこで伊太郎は、直ぐに爪を隠すと、今度はじわじわと遠巻きに攻めよせかかった。お鯉には隠れて身の廻りの品など買い与えた。けれども伊太郎の懐《ふところ》中加減は、そうしたことを永く続けることは出来なかった。

ひと夏五百円の契約金は、先に半金を受けとってお鯉が持っていた。が、その金とても男の気嫌をとるためには、あそこへここへともう殆《ほと》んどハタきつくしていた筈だった。けれども、それにも拘《かかわ》らず伊太郎は、不思議にもどこからか工面して来ては、お春に貢《みつ》いでいるのだった。いつとはなしにお春も、お鯉の目を盗んでは、伊太郎に□□許すようになって来た。

お鯉にしてみれば、安物ながらも絽縮緬《ろちりめん》を仕立てたり、指環やかんざしそのほかさまざまに身の廻りを整えて来るお春の豊かさが、疑えば疑えないでもなかった。がそれとても、「違う」とお春に打消されるともともと金もない筈の伊太郎のこと、それでは他に男でも出来たのかと思い直して、己れの悋気《りんき》にふと苦々しい淋しさを覚えるのであった。

考えて見れば、伊太郎の自分に対する愛情も、まだ冷めきったとは云えなかった。それどころか、いままでは世の並みの男の気持で抱いて呉れた伊太郎の執着が、この頃では妙に粘っこく変って来て、お鯉のからだにいままでとは別の魅力でも覚えて来たのか、それはもうたわいもない仕種《しぐさ》を強請《ねだ》るようになって来た。

というのは、今まではただ、水槽《みずおけ》のなかへ潜りこんでは底の鮑をとりあげて来るそれだけの

「鮑取りの実況」を、ただすーッと水の中に潜ってその
まますーッとあがって来るだけではなくその水の
なかの潜りの仕種そのものにあやを
つけいろをつけ、ときには
その筋のとがめに
触れない

かぎりの思いきったあられもない姿をして見せてくれ、というのであった。

「そいつを外から見とると堪らねえぜ」

伊太郎は、何度もそんなことをいった。云い忘れたが、水槽の中で働くのは女二人で、水を知らない伊太郎は、水槽の上の小屋掛で二人の女の世話を焼いたり、パノラマ室の見物人のうしろで、ニヤニヤと見世物の具合を眺めたりしているだけであった。

むろんお鯉は、そうした伊太郎の奇妙な申出も、己れのからだへの烈しい執着の現れと思えばわけもなくうれしく口では「バアカ」と笑いながらもいつかしら聞きいれているのだった。そうしてその頃からパノラマ室の見世物は、ただの裸の見世物ではなく、ときどき、物凄い色気を見せるようになって来たのであった。

けれども一方お鯉は、伊太郎が自分一人にそうした浅ましい仕種をさせて、お春には冗談《ざれぐち》ひとつきかないのを思うとむやみと嬉しくもあったが、これとても考えてみれば、自分一人がいい笑いものになって見物の前へ、というよりも伊太郎とお春の前へ曝《さら》されているのではあるまいか、なぞととりようによっては変に疑えても来るのであった。

「春ちゃん。お前、自分のお金《あし》は故郷《くに》のお父《とつ》つぁんへ送ってるんだろう?」

お春は黙って頷いた。

「そんなら、自分でそうそう買える筈はないじゃないか……」

とお鯉は身を寄せながら、

「……それとも、どこかに可愛《かあい》いひとでも出来たのかい?」

お春は相変らず寝そべったままでいたが、やがてのっそりと半身を起しながら、

「まア姐《ねえ》さんの、好きなように考えるがいいさ」

そう云って不貞《ふて》ぶてしく起きあがるのだった。

お鯉は顔をあげて、すぐになにかをいおうとしたが恰度《ちょうど》この時櫓の梯子《はしご》をきしませて、厠《かわや》へでも行っていたらしい伊太郎が板張りの上へのぼって来た。白いズボンの上から茄子紺《なすこん》の法被《はっぴ》をひっかけ、色の浅黒い左の頬に、凄い刀痕《きず》を残した見るからに苦味走った顔だった。

「お鯉。時間だぜ……早くしろ」

黙って、ものうげに起上ったお鯉が、板張りへ出て行くと、伊太郎は、チラッとお鯉へ合図《めくばせ》した。例の通り、□□たっぷり見せて呉れ——というのだった。

芽を出しはじめたお鯉の疑惑も、そうした伊太郎をいざ目の前に見ると、たわいもなく消えうせてしまい勝《がち》であった。

お鯉は、片頬で笑いながら水槽の縁まで行くと、傍らに立てかけてあった、長い樫《かし》の棒の先端《さき》に鋭い尖った刃先のついた、槍のような突具《つきぐ》の猎《やす》をとって、そいつを水槽の中に突込み、かきまわしたり、底の鮑をチョイチョイとつついて見たりしていたが、すぐに抜きだして元へ返すと、腰に網袋をぶら下げ、頭へ晒布《さらし》をくるくると巻きつけて潜水鏡《みずめがね》をかけ、右手に刃先のくの字形に折れ曲った鮑取りのいそがねを持って、水槽の縁へかがみこんだ。かがみこむと、片足を伸してポチャポチャと水面を弄《なぶ》りながら、左手の中指を唇へ持って行き、そのさきへべっとり粘った唾をのせつけるとそいつをそのまま両の耳の穴へくちゃくちゃとぬり込んだ。

一方伊太郎は櫓の梯子を降りかけながら、振返ってお春へいった。

「春坊。ベルを鳴らして呉れ」

どうやら、見世物が始まるらしい。

三

パノラマ室の入口で、そこにとりつけたベルがジジーンと鳴りだすと、いままで館内へ散らばっていた青い人びとが、吸い込まれるように集って来た。

青い大きな窓の前で、白く光る真鍮の手摺《てすり》につかまりながら、人々に揉まれるようにして待ちかねていた清は、この時再びもじもじと首を廻して、辺りの人びとを見廻した。

そこには殆んど男ばかり立っていた。田舎から見物に出て来たらしい婆さんや、子供を負《おぶ》った子守娘なぞのほかには、商家の番頭らしいのや、小僧や、中年のサラリーマン、外交員、田舎風の父《とっ》つぁん等々が、黙ってひしめき合っていた。見たことのあるような顔もいくつかあった。そいつのひとつにぶつかると、清はあわてて前に向き直った。

やがて青い窓に、綺麗な波紋の影がきらきらとゆらめくと、その横の上のほうから、女の足が、静かにブラ下って来た。すると見物席のうしろのほうから、雪崩《なだ》れるような人びとの重圧《おもみ》が、卑しげな息吹きと一緒に、無言のままのしかかって来た。清はその面《おもて》にあからさまな侮蔑の色を湛えながら、足を踏ん張ってグッと力を罩《こ》め、思いきりうしろへ押しかえすようにした。

すると清の斜めうしろから、チョビ髭《ひげ》を生《は》やした中年のサラリーマンらしいのが、不意に乗りだして清の前の隙間へ素早く割り込んで来た。思わず舌打ちしながら直ぐに引返して来た反動の波に乗って、半分わざとその男の靴の足をしたたかに踏みつけた清の顔と、痛さに振り返った紳士の顔と、ぴったり出会うと、だが二人とも恥かしそうに戸惑って、直ぐにそのまま、気まずい顔を窓のほうへ向けてしまった。

窓の中の□□は、浅黄の湯巻を静かに捌《さば》きながら、少し斜めに傾いだまま、□、□、□と現れて来た。そこからは小さな泡が無数に吹きあがり、窓の中には薄い緑色の縞が、ギラギラと一面に拡がりはじめた。急にあわてだしたオコゼや縞鯛が、同じようにゆらゆらとゆらめきはじめた昆布《こぶ》の影から、悲しげに群を乱してツイツイと走り交した。

腰が沈むとその上から、匂わしい□□□□、□□が、二の腕が、すべて黄緑色に明るく輝きながら、滑るようにぬらりと舞いおりて、両手でふわふわと水を掻きながら一旦その場に浮きとどまり、首を沈めて俯《うつむ》向きながら潜水鏡《みずめがね》越しに底のほうを静《しずか》に見廻した。が、すぐになにか剽悍《ひょうかん》な魚のように身をくねらして、右手のいそがねをキラリと光らしながらゆるやかに大きなトンボ返りを打つと、そのまま逆さになって両の足にまといつく湯巻を鰭《ひれ》のようにはためかしながら底の岩根におりて来た。おッたまげた兜蟹が、全速力で海藻の森へ退却する。女は斜め逆さになったまま見えない水の流れに身をくねらせながら、手をさしのべて岩根に密着した鮑の下へいそがねを掻きいれていった。

凡《すべ》てこれらの光景は、世の常のあらゆる動きよりも滑らかで、立体的で夢見るようなスローモーションだった。それは音のない、動きと光線《ひかり》と色彩の世界だった。目の覚めるような鮮やかな夢幻境であった。

やがて女は、いくつかの鮑を腰の網袋にとりいれるとそろそろ浮きあがるのか口から小さな泡をポッポッと洩らしながら、両足をかがめて底の岩根に這《は》うようにした。けれども思うようにからだが落つかぬのか、両手で水を掻きながらからだを横にして向うへまわし、岩角へかきつきながらこちらを向いた片足で軽く底を蹴るようにした。とその途端にひょろひょろと伸びあがっていた昆布の一つが、その片足へ酔漢《よいどれ》のようにからみついた。女は焦《じ》れて××を開きながら小さく顫《ふる》えるように藻掻《もが》きあげると、乱れた湯巻の下から強靭な帯のような暗褐色の昆布の葉が、白い×の上を締めつけるようにぬらりと滑っていった。

見物席からは軽い吐息が洩れた。清は背筋のあたりにジッとりしたものを覚えて、思わず体をゆすりあげた。すると今まで昆布のように巻きついていた背後《うしろ》の重圧《おもみ》が、急に軽々と解《ほぐ》れて行った。途端に清はハッとなって、右の袂へ手をやった。

——財布がない！

ギョクンとなってすかさず左の袂も握ってみる。

——やっぱり無い！

思わず振り返ると、薄暗いうしろの人混みの中を、黒っぽい法被を着た男が、縫うようにして抜け出して行く。不意の出来事で声をあげようとしたのだが、妙に喉にひっかからまって叫べない。咄嗟《とっさ》に清は、人混みを掻き分けるようにして男の後を追い出した。

人混みを抜けて出口のほうへ歩いて行くその男は、法被の下に白いズボンをはいている。清は出口へ駈けつけた時には、男は、直ぐ隣りの淡水館へはいって行った。

「待って……」

小さく叫びながら飛び出した清は、すぐに人気《ひとけ》のない暗い淋しい金魚室で、追附いた。

「あの、ちょっと……あんた、いま僕の……」

云いかけると、男は不意に立止って、黙ったまま振り向いた。色の浅黒い、左の頰に凄い刀痕のある顔だった。

清はギクッとなって、そのままあとの言葉が喉に閊《つか》えた。男は黙ったまま、威喝するような目つきで清の顔をジッと見詰めた。

いったい清は、どちらかというと子供の頃から無口な性格だった。わけてもはにかみ屋で気が小さく、小学校にいる頃から友達もなく一人で遊んでいる時が多かった。しかしその癖妙に意地の悪い一面があって、誰かにいじめられそうにでもなると、まだ本当にいじめられもしない先から、わんわんと大声で先生や親達に告げ廻るような、ひどく気の早い臆病なところがあって、そうした妥協のない変な意地悪さが折々早まったことをしでかすような不幸な子供だった。見世物を見物していて、不意に蟇口を盗られたこの時にも清のこの性格は遺憾なく飛び出して来た。がこの時の相手は、普通の立場にある男ではなかった。

威喝するような視線で睨みつけられたまま立竦《たちすく》んでいた清は、急に意地悪い泣くような笑いを浮べながら、ジリジリと後退《あとずさ》りをしはじめた。男の顔色が妙にドス黒く変って来た。

やがて清が、なにか大声で叫ぼうとでもするように口をもぐもぐしかけると、それまで顫えながら戸惑っていた男の腕が、この時不意に猿のように長く伸び出して清の喉に巻きついて来た。……

見世物が最高潮に達してか、パノラマ室の中からは咳払い一つ聞えない静けさであった。……

やがて男は——というよりも伊太郎は、柔かになった清の体を冷《つめた》いタタキの上へ投げ出すと、流石にキョロキョロと辺りを見廻した。誰もいない。ただ小さな濁った窓の中から、ホオズキ提燈のような蘭鋳《らんちゅう》金魚が、ジッと水の中にブラ下って、ボンヤリどこかを見ているだけであった。

伊太郎は、立ったまま法被の腰のあたりで平手を拭きながら、暫く清を見下ろしていたが、やがてそわそわと歩きだすと、ひとめを避けるようにして、例の境の狭い通路《みち》からペンキ塗りの

潜戸の向うへ消えて行った。

四

　舞台裏の板張りへ、伊太郎が登って来た時には、もうお鯉は水からあがって水槽の縁でひとやすみしていた。が、すぐに腰の網袋からいくつかの鮑をとり出すと、そいつを再び水槽の中へ投げ込み、長い猎《やす》をとって投げ込んだ鮑を底の岩根へ元のように伏せつけると、振返って伊太郎のほうへ笑って見ながら、再び水の中へ沈んで行った。伊太郎のしたことなぞ知る筈もない笑顔だった。

　部屋の中には、さっきのままのお春が裾を乱して軽い鼾《いびき》をかきながら、いつの間にか午睡《ひるね》をはじめていた。

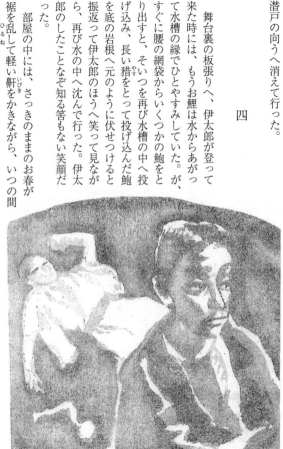

伊太郎は板張りに立ったまま、落着きなく辺りを見廻した。が、直ぐに変な笑いで顔を歪ませながら、部屋の中へはいっていった。

——誰もいない。ここはもう安全地帯なのだ。

お春の前にしばらく立止って、□□□□□見おろしていた伊太郎は、やがて部屋の隅のほうへ行って坐りこむと、直ぐ前の鏡にうつる己れの顔を暫くボンヤリ見詰ていたが、直ぐに顔をそむけるとゴクリとツバを呑みながら、ズボンのかくしから小さな玩《おもちゃ》のような革の財布をとり出した。

顫える手でその蟇口を開くと、そいつを逆さにして片方の手平《てのひら》へ中味をそおッと振り出した。空《から》になった財布をあとの指で握りこんだまま、人差指を伸して手平の上の小銭を数えはじめた。ひどい汗だ。じっとり濡れて、顫えて、五十銭玉が三つ、十銭玉が二つ、人差指の向うへ押し分けられて行った。が、皆まで数えないうちに、伊太郎は急にいらいらとその金を手の中へまるめこんで、そいつを法被の下の縮みのシャツのポケットへザラザラと流しこみながら、苦り切って唇を噛んだ。顔色がひどく悪い。……

伊太郎が人に隠れて掏摸《すり》を働くようになったのは、もう暫く前からのことであった。お鯉もお春も、むろんこの伊太郎の悪癖には気づいていなかった。始め伊太郎は、ただ好色な見物達に混って水の中の仕事を見守りながら、いつも己れの気ままにしている女がまるでかけ離れた別の世界で夢のようにハネ廻る姿に己れの女でありながら己れの女でないような不思議な倒錯を覚えながら悦に入っていたのであるが、けれどもそうした興味が間もなく熟《う》れ切って醒《さ》めはじめると、直ぐに伊太郎は、自分と同じように窓の前で呆けた顔をしながら立っている見物達に目を向けるようになって来た。その人びとは横から見ると隙だらけであった。伊太郎は悪い病にわけもなくとりつかれて行った。そうなるといままで木戸銭を取るためばかりの見世物が、同じ一つの玉でもうひとつ全然別の収入を伊太郎に与えることになって来た。甘《うま》く持ちかけた手に乗ってお鯉はますます見物達に隙を作らせるし、予期しなかった収入《みいり》でうまうまとお春は手に入るし――伊太郎は有卦《うけ》に入ってパノラマ室へ通いつづけたのであった。そして、とどのつまり、今日のことが持ちあがってしまったのだ。

今までには、斬った張ったの仕事もして来た体だ。掏摸をするくらいに大きな心の負担を覚える伊太郎では決してなかった。が、人を殺したのは生れてはじめてであった。

――こいつは、なんとかしなければならない。

思わず、舌打ちするのであった。

物音で眼を醒《さま》したらしいお春が、後ろのほうで莚《むしろ》の音をたてた。伊太郎は急いで片手の財布を同じポケットへ隠しこむと、何気ない風で無理な作り笑いを浮べながら振返った。お春はパッチリ眼を醒ました。

「伊太郎さん、もう何時?」

「サア、二時になるかな……」

言いながら伊太郎は、寝そべったままのお春のそばへつと寄りそって、気を引立て心の動きを抑えつけながら、我れと我が心をまぎらすように、お春の顔へ□□□□行こうとした。が、

外の水槽のほうでお鯉の水音らしいのが聞えると、気をとりなおして起きあがりながら、いつもの調子で、

「今夜、いいか？……プールのとこで」

小さな声でそう云い捨てて、板張へ出た。

――よしよし。こいつも、なんにも知ってはいない。

水槽では、お鯉は相変らず働きつづけていた。大きな息を殺すようにして吐き出すと、伊太郎はそのまま梯子を降りて潜戸をあけ、そおッと横眼で金魚室のほうを見るようにしながら、パノラマ室の裏を廻り狭い通路伝いに外の遊園地のほうへ出て行った。出て行って振り返りながら水族館の時計塔を見上げると、びくりと肩をゆすり上げた。まだ一時が五分廻ったばかりだ。

プールのある遊園地には、南京玉《なんきんだま》をまき散らしたような子供達が、キャッキャッと噪《さわ》ぎ廻っていた。遊園地の周囲には低い細葉樫《ほそばがし》の生垣が取り繞《めぐ》り、その向うは直接《じか》に海に向って石垣になっていた。

伊太郎は生垣を越して石垣の上へ立った。そして海を見るような振りをしながら石垣を這いおり、下の波打際をぶらぶら歩きながら足元の小石を拾い上げては沖のほうへ投げたりした。小石の一つは例の空の財布へつめこまれて力まかせに投げられた。投げおわると、だがやはり何気なく只の散歩をしている人のように装いながら、引かれるように水族館のほうへ歩いて行った。

そこではもう、ただならぬ騒ぎが持ちあがっていた。

パノラマ室から雪崩《なだ》れ込んだ人びとは、狭い金魚室の中に清の屍体をとりまいて、騒ぎ、わめき、溢れていた。お鯉もお春も、無造作に浴衣をひっかけて、顫えながら立っていた。

伊太郎は躍る心を抑えながら屍体を覗き込んだ。ひどく小さな屍体に見えた。

やがて物々しい警官達がやって来た。龍宮門に鉄の網戸が締められてか、遊園地から駈けつけたらしい子供達の泣声が聞えて来た。伊太郎は、心の中に掠めるような暗い蔭を覚えた。が直ぐに別の気持が湧き上って、平気を装うようにした。

やがて人々を押しのけるようにして屍体を調べていた警官の一人は、振り返って、屍体を指差しながら誰にともなく云った。

「誰か、この男をいままでに見たものはないか?」

皆んな黙っていた。伊太郎はふと何かものが云ってみたくなった。がじっと唾を呑んで抑えつけた。皆んなは、相変らず黙っていた。するとチョビ髭の紳士が乗り出した。

「ああこの人は、さっき私の後ろで、確か見世物を見ておったと思いましたが……さアいつ出て行ったか、少しも知りませんでしたがね」

伊太郎はホッとして息を吐き出した。

割に年をとった背広服の役人らしいのが、二三人どやどやとはいって来た。すると警官達は、人々を室外へ押し出すようにした。

伊太郎は、二人の女と一緒に櫓部屋へ帰って来た。女達は、小声でぶつぶつと話しはじめた。

伊太郎はじっとしていられない気持になって、厠《かわや》へ降りて行きながら、ペンキ塗りの潜戸をそっと開けて見た。金魚室のほうから、鋭い、短い、小声が聞えて来た。が、顔馴染の若い館員がそこから出て、パノラマ室のほうへはいって行くのを見ると、伊太郎は通路へ出て、金魚室を避けるようにして男のあとへ追いついた。

「えらいことになったもんだね」

青い部屋の中を歩きながら、伊太郎は相手の館員へそう云った。

「全くですよ」

と若いのが云った。

「あれは、裁判所の人達ですよ。殺された学生が懐中物を持っていないので、犯人は物盗りじゃないかって見込んでね。いままで、水族館《ここ》で、掏摸など出たことはなかったか、って訊くんですよ」

「成る程、掏摸が、ね……」

伊太郎は唾を呑みながら、頷いた。

表へ来ると、そこの龍宮門は出口の方だけ半分開放《あけはな》されて、人々が一人一人身体検査を受けて入場券を返しては、逃げるように追出されていた。その傍《そば》には二三人、警官が眼を光らして立っていた。

やがて人々が出て行ってしまうと、暫くして金魚室から屍体が運び出されて行った。背広服の役人達が、館長の事務室へはいって行った。

そうして、いつまで待っても、とうとう伊太郎の恐れ待っている時は来なかった。役人達も警官も、やがて龍宮門から出て行ってしまうと、館内はひっそりと静まり返って来た。伊太郎はホッとして、何もかも忘れるように、忘れたさに、今夜プールでのお春との密会を胸に描きながら、櫓部屋のほうへふらふらと引きあげて行った。

五

その翌《あく》る日――

水族館は、いつものように朝から開かれていた。昨日の事件のあおりを喰らって、弥次半分に出掛けて来た見物人で、いつもより賑《にぎ》やかな位だった。パノラマ室もひどくざわめいていた。だが流石《さすが》に人びとの中には、豹のような鋭い眼をした私服の刑事らしいのが、チラホラと見えていた。

それ故伊太郎は、恰好な獲物がうようよしているのを見ながらも、流石にもうパノラマ室へ出張することは出来なかった。尤もそれでなくてもいまの伊太郎は、なアに大丈夫だとは思いながらもそれでも何故かこのままではいられない気持だった。

――なんとか、しなけりゃアならん。

櫓部屋の蓙《ござ》の上にどたんと寝転がって、煙草を吹かし講談本を読みふけるように装いながら、伊太郎は考え続けた。

お春は出番で、水の中で働いていた。お鯉は遅い仕出しの朝飯を食べ終ると、髪を洗って鏡の前に座り、□□□□黙っていつものようになにかごそごそと顔や頭をひねくっていた。眼の下の、小皺の目立つ朝だった。

——いっそこのまま、お春を連れて逃げちまおうか？

そうも考える伊太郎だった。

——さいわいお春もお鯉も、自分の悪事には気づいていない。けれどもこうしていたとて、どうせ満足にお春と添いとげられるではなし、パノラマ室も、スリの出ることが判ってしまって、もういままでのようには役に立たなくなった。それに、案ずることはないとは云え、いつなんどき刑事が踏ン込んで来るかも判らない体だ。……そうだ。お春を連れて逃げちまおうか？

伊太郎は本を投げ出して、額の上へ手を当てた。

日が高く登って、いままで遠くの松林でシャーシャーシャンゴシャンゴと鳴きつづけていたクマゼミの声が、やがてジジジジイと降りしきる雨のような、執拗な油蟬《あぶらぜみ》の声に変って来た。

この時お鯉は髪を束ねおえると、くるりと伊太郎のほうへ向きなおって、不意に変なことを云いだした。

「伊太さん……朝から、二人だけになるのを待っていたんだよ」

改まった顔だった。伊太郎は、ふと審《いぶか》しげな顔をお鯉のほうへ向けた。するとお鯉は、暫くもじもじとためらっていたが、直ぐに調子を和らげて寝ている伊太郎のそばへいざり寄り、情《なさけ》をこめた眼で男の顔を見おろすのだった。

「なんだ？」

けれどもお鯉はそれには答えないで、黙ったまま身を伏せるとしょっぱいからだを押しつけるようにして、

「よ、よせやい」

はねられると軽く身を引いて、気まずく顔を歪めたが、すぐに思い切ったように再び□□□□□□□熱ばんだ小声で、

「伊太さん、わたしを連れて逃げておくれ」

「な、なにイ？……」

伊太郎は始めてまともに顔を向けた。

向うの水槽のほうではお春が水から上ったのか、暫くびちゃびちゃと音をたてていたが、やがてまた仕事にかかったと見えて直ぐに静かになった。

「そりゃお前さんにしてみりゃア、春ちゃんとは切れないかも知れないが……」

「お鯉。いったい、そりゃなんだ？」

伊太郎は固くなって上体をもち上げた。お鯉は堪えかねたようにつめよって、

「ええトボケたって駄目だよ。わたしアもう、すっかり判ってしまったんだから……ゆんべ、いったいどこへ行ったのさ？」

「ゆんべ？」

「お春とさ」

「冗談はよせ」

「冗談じゃアないよ」

とお鯉は急に調子を和らげながら、

「がまア、すんだことはなにも云わないから、ねえ、これからわたしを連れて逃げてお呉れ」

「…………」

伊太郎は黙って、こめかみのところをヒクヒク動かしていた。が、やがて、嘲《あざけ》るように笑いだした。

「ふン、いまさら、そんな婆アが連れて逃げれるかってんだ」お鯉の眼がキラリと光った。

——そうだ。やっぱり春坊を連れて逃《と》んじまおう。

思いながら伊太郎は、押しかぶせるように、強い調子で続けた。

「それにまた、いったいなんだってそんなことを云い出したんだ。……ふン、それとも、まだ俺が少しは熱を持っとるとでも思ってか？……」

お鯉はその言葉がグッと来たのか、眼をすえて黙っていたが、やがて、

「わたしだって、なにも未練で云うんじゃないよ。……だがね、どうせお前も、逃げるつもりでいるんだろ？」

「な、なんだって？」

ギョッとなって、思わず伊太郎は起きあがった。お鯉は急に真面目になって、吐き出すようにまくし立てた。

「わたしアお前が、いままでどんなことをしてわたしをだましていたか、もうすっかり判ったよ。わたしの体が可愛いなんて、甘くもちかけて、人前で、わたしに散々おかしな恰好をさせながら、お前が、見物人のうしろでなにをしていたか……それに、お春のあまがなんであんなにぜいたくなマネが出来たのか、なにもかも、もうすっかり判っちまったんだ。……それに、昨日は、昨日は……」「お鯉！」

不意に伊太郎が、顔色を土のように変えながら、詰めよった。お鯉は素早く身を引くと、鏡の前の小匣《こばこ》の中から、とり出して伊太郎の前へ投げ出した。それは小さな薄い水色の、水族館の入場券だった。昨日清の蟇口の中味を調べた時に、知らぬ間に舞い落ちた紙切れだった。お鯉はヒステリカルに嘲笑《わら》いながら、

「見てご覧よ。きのうの日附のはんこが押したるじゃないか……わたしゃゆんべ、プールのほうへお前を探しに出かける前に、そこんとこの隅で拾ったんだよ……あの時水族館《ここ》にはいってた見物人は、皆んな木戸口で入場券《きっぷ》は返したんだ。あの殺された小僧からお前が盗って来たでない限り、こんな舞台裏に、そんなものの落ちてる筈があるもんか！……ね……さア、わたしを連れて逃げて呉れるかい？　それとも……」

皆まで云わないうちに、不意に伊太郎は、お鯉の体に飛びかかって来た。後ろの窓のガラス戸をガチャンと鳴らして、咄嗟《とっさ》にお鯉は身をひるがえした。

血相かえた伊太郎が、蓙《ござ》の上のいそがねを鷲摑みにすると、お鯉はまろぶように板張りの上へ飛び出して「掏摸！　人殺し」と叫んで、踏み迷って、追いつく伊太郎から身をかわすようにして駈けだし、駈けだして行きつまると、アッと云う間もなくお春の潜っている水槽の中へ、逆さになって飛び込んで行った。

駈けつけた伊太郎は、ギリギリと歯を嚙み鳴らして手にしたいそがねを空《むな》しく空に振ったが、すぐにそいつを投げ出すと、そばに立てかけてあった突具の猎《やす》をおっとって前のめりになり乍《なが》ら水の中を覗き込んだ。

向う
の底には赤
い湯巻のお春が
いる。そのこちらで
いま飛び込んだばかりのお
鯉がパノラマ室の窓のガラスをひ
っ掻くように叩いている。浅黄の湯巻
だ。浅黄の湯巻に□□□□□□、そのまま
ジャブッと力まかせに突込んだ。突込むには突込
んだ。確かに浅黄の湯巻を狙って□□んだ。狙った手元
に狂いはなかった、がその瞬間。これは又トテツもないこと
が持上った。

鋭い猎の刃先は、確かにお鯉の浅黄の湯巻を狙って突込んだにもかかわらず、ちょうど水を湛えた茶碗の中へ箸《はし》を突込んだときのように、思わずもグググッと先へ、向うへ、伸び走って、赤い湯巻のお春の□□□□□□□□□□□□□□□、突き抜けた！

それは、人の力ではどうすることも出来ない魔物のような水の悪戯《いたずら》だった。底の物の浮き上って見える水の屈折で、そこにお鯉がいると思ったところにはその実お鯉はいないで奇しくも可愛いお春がいたのだ。

思わずよろめいて手を離した伊太郎は、みるみる顔色を紙のように白くしながら、だがそれでもやっと踏みこたえてあわてて水の上へ斜めに浮き出しながらクネックネッともがきつづける猎の柄をひッ摑み、力にまかせて□きとろうとするのだが、引いても引いても□□□お春が引きあげられるばかりだ。そのうちにお鯉が向うの縁に浮びあがって逃げ出そうとする。思わずカッとなった伊太郎は、やけじみた手つきで猎の柄をつっぱなすとその手でそばのいそがねを拾いあげ、急に盛れあがって来たパノラマ室の騒音を聞きながら、水槽の縁《へり》伝いに駆けつけていま正に縁《ふち》にのぼって逃げ出そうとするお鯉の×をうしろから□□□□□□□放ち、返す刃《やいば》で目をつむりながら我れと我が□□□□□□□□□るとそのままお鯉の体に重なるようにして横倒しに水の中へ転《こ》ろげ込んで行った……

その日、パノラマ室の見物人は、世にも不思議な光景を見た。それは、凄艶な地獄のまぼろしだった。

夢のような青い大きな窓の中には、□□しにされた水々しい××の娘が、まるでなにか蠱惑《こわく》にみちた虫のように、首を、手、足を、曲げに、伸ばしつ、或は横に、逆さに、身をくねらしてあがきもがけば、髪はおどろとふり乱れてさながらゆらめく昆布のよう——はじめ煙りの如く、やがて燃え立つ巻雲の如く、吹きのぼり吹き流される血潮の筋にもつれからんで、その上を、下を、名も知らぬ小魚どもが舞い狂うのだった。

けれどもやがて上から同じように××の男女が朱《あけ》に染まってもがき沈んで来るころには、窓の中の青い澄んだ、世にも鮮やかな天然色映画《テクニカラー》は、次第に赤く、暗く、濁りを増して行きはじめた……

間もなく、法の手に追い散らされた人びとは、呆けたような、或は真昼の夢を見たような、うつろな眼《まなこ》をまどわしながら、パノラマ室を中心にあちらへこちらへと蜘蛛の子のように散って行ったのであるが、その散り行く先の部屋々々で、青い窓が、どこもかしこも同じように、上から下へ、だが極めて静かに赤く染って行くのを見たのだった。その赤は、だんだん広く深く垂れこめて、やがて窓という窓、人という人、部屋という部屋――水族館全体が、なにか異様な爬虫類の腹の中のように、真赤《まつか》に燃えあがって行くのであった……。

（「モダン日本」昭和十二年六月号）

求婚広告

ユーモア探偵小説

求婚廣告

大阪圭吉

吉田貫三郎ゑ

一

石巻謹太郎《いしまききんたろう》氏は、しばらくポストの前でモジモジしていたが、やがて思いきったように手に持っていた部厚《ぶあつ》な封筒を、狭い穴から鉄の底へポンと静かにおとしこむと、急に少年のように顔を赧《あか》らめ、まるで放火でもしてしまった人のように、おちつきもない足どりでセカセカと歩きはじめた。

石巻消ゴム商会の主人公である謹太郎氏は、もうあと二つで五十に手の届こうという分別盛りの、きわめて勤勉実直な紳士の一人であったが、しばらく前から、人にいえない妙な楽しみを持っていた。いや、楽しみなぞといっては、謹太郎氏は怒ってしまうかも知れない。

あと二つで五十になろうというに、まだ石巻謹太郎氏は、独身であった。日本橋に店を持ち、三人の雇人《やといにん》を使っていたが、そのうちの外交員はいつも出張で留守ばかりしており、あとの女事務員と雇い婆さんは通勤で、親も子もない謹太郎氏は、晩になると全くの独りぽっちになってしまう。別に、なにも六ケ敷《むつかし》い主義というようなものを持っていての独身ではなかったが、文房具店の小僧を振り出しに、とも角《かく》もひとかどの消ゴム商会を築きあげるまでの、永い今までの三十年というものを、仕事ひとつに打ちこんでわき目もふらずに働きつづけ、ついうっかり、五十に近い今日まで、独身で通してしまったというわけであった。

ところが、このごろになって、どうやら暮しにもゆとりが出来、そろそろ五十という人生の関門が目先きにチラつき初《はじ》めると、さすがに謹太郎氏も、淋しいなアと感じるようになって来た。そこで、はじめて謹太郎氏は、結婚しようと決心した。晴れ晴れした自由な気持で決心した。が、しかし、決心してみるとなかなか結婚ということは六ケ敷いことであった。若いころには盛んにすすめてくれた人達も、いつまでたっても謹太郎氏が応じなかったので、いまでは業《ごう》を煮やして、嫁のよの字もいってくれないし、さりとて、今更こちらから頼む気にもなれないし、ええいっそこれくらいなら、すすめてくれる人のあるうちに結婚しておけばよかったと、困り悩んだ揚句のはてに、ふと謹太郎氏は、新聞の求婚広告に気がついた。

「成る程世の中には、便利なことがあったわい」

謹太郎氏は急に元気になって、それからは盛んに、新聞の三行広告欄へ目を通すようになった。が、はじめてみると、これがまたなかなかいい。謹太郎氏の場合は自分の方から求妻の広告を出すのではなくて、女のほうから出している求婚広告に目を通すのであったが、その求婚欄には意外に沢山の求婚者が顔を並べていて、謹太郎氏は思わず気を強くした。なんだか世の中が、急に広々として来たように思われた。しかも、毎日少くとも三人四人は並んでいるその欄のいろいろな婦人達は、ここにこういう女がおります、とただ漫然と顔を並べているだけではなく、皆んな揃って切実な結婚の意思表示を、ハッキリしているのであって、そのいろいろな婦人達を、一厘《りん》の金を使うでもなく、毎朝店先きの安楽椅子にソリ返りながら、こっそり眺めまわし、あれがいいかこれがいいかと気儘《きまま》な思いに耽《ふけ》ることが出来るのであるから、いつの間にか謹太郎氏が、そういう仕事の中に、いままでにかつて味わったこともないような深い楽しみを覚えはじめ、どうかすると、その楽しみのほうが結婚そのものよりも楽しいような錯覚を起したとしても、あながち不思議はなかったのであった。閑話休題《それはさておき》——

「なまじ、おかしな仲人《なこうど》を立てるよりは、このほうが世話いらずで、よっぽどましだわい」

謹太郎氏は、そうも思って、日毎にますます熱心な、求婚欄の愛読者となって行った。

全く、そこにはいろいろな楽しい顔触れがあった。「資産二十万」なぞという露骨なものもあった。が、なかなか勤勉実直な石巻謹太郎氏の、これぞと思うのはみつからなかった。そうして、幾日かが過ぎて行ったのであるが、ところが、それがこのごろになって、突然素晴らしいのがみつかった。素晴らしいといっても、誰が見ても素晴らしいという意味ではなく、謹太郎氏の人格と好みにピッタリする意味での素晴らしさであった。

> **嫁度** 当方三十四歳健全初婚系類
> 無望低先様勤勉実直紳士方
> 望履歴書御送付乞中野局留置　水田

これがその求婚広告で、一見まことに地味なものであったが、その地味さが、まず謹太郎氏の心をとらえた。「三十四歳」といえばもう相当なオバさんには違いないが、しかし謹太郎氏から見れば、まだまだ十四も若いのである。「健全にして初婚」もむろん悪かろうはずはなかったが、その次の「系類無し」は一層いい。謹太郎氏は、自分と同じように親も子もない淋しい中年婦人の気持がわかるような気がして、早くも胸が熱くなるのを覚えた。しかし、この広告の中でいちばん謹太郎氏の心を打ったのは「望み低し」という言葉であった。僅か二文字ではあるが、いたずらに理想の高くない、温順でつつましやかな婦人の心を、これほどまでに素直に現わしている言葉がまたとあろうか。常々謹太郎氏が、心ひそかに望んでいた理想の婦人が、いま、この二文字を通じてつつましくも呼びかけているではないか。しかもその婦人は、「先様は勤勉実直なる紳士の方」を望んでいるのである。勤勉実直をもってわれ人ともに任じている石巻謹太郎氏が、どうしてこの絶好の配偶を、おめおめ手を拱《こまぬ》いて見逃すことが出来得よう。謹太郎氏は、遂に決心して履歴書を書いたのであった。

いよいよ自分にも、これで新らしい人生が来るのかと思えば、履歴書を書きながらも、さすがに謹太郎氏の心はあやしくふるえ、生れて初めて青春を味わう思いで、身内が固くなり、筆を持つ手も顫《ふる》えて来るのであった。それで、かなり時間を費して書きあげた履歴書を封筒へ入れ、中野局留置水田様と名をかいて、ポストへ投げ入れた時にも、思わず少年のように顔を赧らめたわけであった。

さて、運を天に任せて求婚広告に応じたわけであるから、ポストへ封筒を投げ込んでしまえば、いっそ気持も落つくかと思いのほか、さっきもいったように放火《つけび》でもしてしまった人のような謹太郎氏の気持は、落ちつくどころか、時間がたつにつれていよいよ激しく燃えあがり、若い女事務員から、

「なにか、御心配でもございまして」

なぞと冗談半分にいわれると、われながら浅ましいほどうろたえるのであった。全く、この

ように優秀な求婚広告であれば、どうして応募者が、謹太郎氏一人なぞといい得よう。きっと多勢の競争者のことを考えると、謹太郎氏は年甲斐もなく悩ましく、ジッとしていられない気持になるのであった。

ところが、なんとそれから三日目の朝、謹太郎氏の所へ、白い、部厚な封筒が届いた。差出人を見ると、水茎《みずぐき》のあともうるわしく、「中野区〇〇町二ノ一二三水田静子《しずこ》拝」とあるではないか。謹太郎氏は手をふるわしながら封を切った。

二

水田女史の封筒の中には写真と履歴書とそれに手紙が添えてあった。謹太郎氏は、まず、写真をとりあげた。

もう何度もいったように、謹太郎氏はそろそろ五十に手の届こうという分別盛りの大人であって、決して子供ではない。であるから芳紀《ほうき》正《まさ》に三十四歳にして初めて結婚しようという水田女史が、どのような美貌の持主であるかというくらいのことは、かねてより十分考慮に入れており、ひそかに覚悟はしていたのであるが、いま、写真を見たとたんに謹太郎氏は、内心アッとばかり驚いた。

あわててはいけない。謹太郎氏が驚いたのは水田女史が恐ろしい顔をしていたからではない。いや、それどころか水田女史は、思っていたより割に美しかったのである。割に美しかったので謹太郎氏は内心驚いたのであった。驚くと同時に、みるみる身内に熱いものが流れはじめて、思わず呟《つぶや》いた。

「これはわしには、勿体《もったい》ないくらいだ！」

さて、履歴書によると、水田女史は新潟の出身で、なかなか教育もあり、驚いたことには、現在東京市内の某私立女学院の家事の先生を勤めているのであった。女学院の先生では、と瞬間謹太郎氏は妙な圧迫を覚えたが、すぐに、いいしれぬ温か味と満足を覚えながら、添えてあった匂わしい手紙を拡げていった。

前文おゆるし下さいませ。

この度は不思議な御縁にてお目止めたまわり心うれしく存じあげます、女の身にてあつかましくも御履歴などうけたまわり失礼の段平《ひら》におゆるし下さいませ、私こと別紙の如きふつつか者でございますが、この度御縁にてお近づき願えますること、この上もなき悦びに存じおる次第にございます、つきましては、折角の御縁ゆえ、一度御拝眉《ごはいび》たまわりまして、いろいろとお近づきのお話などうけたまわりたく、甚《はなは》だ勝手な申しようにて何共恐縮に存じあげますが、来る二十八日午前中、ちょうど日曜日でございますれば、御多用の折からまことに恐れ入りますが拙宅へ御来駕《ごらいが》の栄をたまわりたく伏して御願い申上げます。

女の身にて重ね重ねの失礼御願い申上げお恥かしゅう存じまするが、何分系類もなき独り者のこととて、万々御賢察たまわり曲げておきき届けのほど重ねて御願い申上げます、余はいずれまたおめもじのうえにて。
先は右お詫び旁々《かたがた》御願いのみ、かしこ

水田静子拝

石巻謹太郎様

御許へ

水田女子の断りがあるまでもなく、このような手紙を出すまでの、独り者の女の切羽詰った真剣な気持は、謹太郎氏には万々賢察が出来るのであった。

今日は二十六日である。二十八日まではまだ二日間、四十八時間も待たなければならない。なんという長い時間であろう。

謹太郎氏は、もう仕事なぞなにも手がつかなかった。ポケットから水田女史の写真を出したり入れたり、絶えずその、割に肉付《にくづき》のいいどことなく人の好さそうな、そのくせなんともいえぬ品のある顔を眺めながら、性情は優《や》さしくつつましやかだし、教養はあるし、家事は出来るし、どう見たって石巻消ゴム商会の夫人としては、十分すぎるくらいの値打があるわい、とひそかに悦に入ったのであった。

石巻商会は、文房具の一つを卸す問屋であるから、顧客調査の資料として、官公衙《かんこうが》の職員録なぞもいろいろ取揃えてあった。そこで謹太郎氏は、東京市内の教育関係の職員録を調べてみたのであるが、某私立女学院の嘱託教員の中に、れっきとした水田静子女史の名前をみつけると、なんともいえぬ満足を覚えた。ついで謹太郎氏は、こうしている間にも出来るだけのことをして置こうと、水田女史の本籍地へ、戸籍謄本の下付《かふ》を依頼した。そうして、あれやこれやで、いつの間にか時間がたった。やがて二十八日がやって来た。

それは、ポカポカと暖かな、晩秋の小春日和であった。朝早くから起きた謹太郎氏は、珍らしく朝風呂に出掛けて念入りに髯《ひげ》を剃り、いつになく洋服も吟味して着替えると、店のことは事務員に委《まか》せて、これまた珍らしく行く先きも告げずにそそくさと飛び出した。

まだ時間があるので、街で朝食をとり、一寸《ちょっと》した土産《みやげ》物なぞも買い込んで、途中を急がず楽しい物思いにふけりながら、ぶらぶらとやって来て中野の駅を下りたのは、かれこれ九時を三十分も廻ったころであった。水田女史の家は、割に探すに手間がとれた。けれども静かな住宅街の片隅に、ささやかではあるが小綺麗《こぎれい》なその家をみつけた時には、謹太郎氏は思わず立ちどまって、ネクタイへ手をやり、土産物を抱えなおした。

小さな門をはいってこっそり玄関に立った謹太郎氏は、ほのかに顔を赧らめながら固唾《かたず》を呑んで、そこにとりつけてある処女の乳首のようなベル・ボタンを、そっと押した。押して置いて謹太郎氏は、遠くのほうでジジジッと鳴っているベルの音を夢のように聞きながら、親しみをこめたまなざしで、あたりを眺めまわすのであった。

側《そば》の生垣の向うには、八ツ手の葉越しに秋の花々がチラチラと覗《のぞ》いていた。謹太郎氏は目を細くしながら、その花々の上へやさしい微笑を投げかけた。

やがて襖《ふすま》のあく音がして、匂わしい衣摺《きぬず》れの音がした。謹太郎氏は思わず固くなった。

コトリ

音がして閂《かんぬき》がはずされると、静かにガラス扉があいて、なンと写真そっくりの、水田静子女史が現われた。

「ご免下さいまし」

謹太郎氏の声は顫えていた。

「日本橋の石巻です。過日は御丁寧なお手紙をありがとうございました」

一気にいったのであるが、けれどもこの時どうしたことか水田女史の顔には、サッと暗いかげがさして、二つの眉の間には、みるみる奇妙な縦皺《たてじわ》があらわれはじめた。

三

「石巻さん、とおっしゃいますと?」

水田女史は、首を傾《かし》げながらいった。

「ええその、お手紙をいただいた石巻謹太郎です」

「まア、石巻謹太郎さん?」

と水田女史はいよいよ顔をしかめて、

「ひょっとなにか、お勘違いではござんせんでしょうか? わたくし、そういうお方を存じあげないんでござんすが」

といった。

読者諸君よ、この時の石巻謹太郎氏のあわてかたを、不幸にして筆者はいいあらわすだけの術《すべ》を知らない。ただ、なんでもその時謹太郎氏は急にソリ返るような姿勢になって、いそいで扉口の標札を見たのであるが、そこにハッキリ水田静子と書いてあるのを見ると、今度は非常な早さでポケットから例の写真をとりだし、眼の前の水田女史と写真の顔とを、電光石火の素早さで見較べたらしいことだけは、間違いなくお伝え出来るであろう。

「な、なんですって、私をご存じない、とおっしゃる……」

「ハイ」

「では、あのお手紙は」

「いいえ、飛んでもない、お手紙など差上げた覚えは、さらにござんせん」

「ではあの、新聞にお出しになった広告は、お嫁入りしたいとおっしゃる、あの……」

この時、水田女史は、急にキッとなって立ちなおると、

「なにをおっしゃるんです。女一人だなぞとお思いになって、おかしなことをおっしゃらないで下さい！」

と早くも扉をしめようとしかかれば、謹太郎氏はいよいよあわてて、

「いや、ちょ、ちょっとお待ち下さい。決して怪しい者ではありません。これには、仔細《しさい》のあること。私だって、そんな者に思われては、甚だ心外です！」

とここで謹太郎氏は急いで例の証拠の品々をとり出しながら、ことのあらましを、しどろもどろでチグハグながらも、いそぎかいつまんでとも角もひと通り説明すれば、自分の名前の書いてある手紙や履歴書や写真を見ながら青くなって聞いていた水田女史は、急に泣き出しそうな顔をしながらついと向きなおって奥のほうへはいって行ったが、しばらくゴトゴトしていた後、新聞を一枚片手に持ってひどく顔を赧らめながら出て来ると、

「まア、クヤシイ！　あたし、こんなことした覚えはございませんワ！」

と泣き声で叫んで、うろうろしている謹太郎氏を見たが、すぐに調子をかえて、

「兎《と》に角《かく》、これは大変なことでござんすワ。あなたも、折角《せっかく》おいで下さったんですから、ま、一寸おあがり下さいませ。とり散らかしてありますが、もっと詳しくお話をうけたまわりとう

ござんすから」

と、急にいそがしそうに、そのへんを片附けはじめた。

それから五分の後、水田女史の客間では、まことに異様な会談がはじまったのであった。一方は泣き声で、一方はかすれ声で、お互いに似たようなことをゴテゴテと並べ合うのであったが、それはまるで、戦車の無限軌道みたいなもので、同じところをグルグル廻っているばかりでいつまでたってもラチはあかなかった。

が、やがて、まず謹太郎氏から、落ちつきをとり戻して来た。そして結局、

「どうもこれは、悪戯《いたずら》にしては少しタチが悪すぎるようです。むろん貴女《あなた》だって、現にこのような広告が堂々と発表されていたんでは、さぞ御迷惑でしょうし、私にしたって、このままでは、紳士の面目丸潰れです。それで、いまふッと思いついたんですが、神田《かんだ》に、私の知り合いで、丸山丸二郎《まるやままるじろう》という弁護士の事務所があるんですが、この人は仕事の片手間に、よく他人の結婚調査や、一寸した調べものなぞもして呉れる人ですし、弁護士ですから私達の身分や名前が外部に洩れるようなことは絶対にありませんから、どうです、ひとつこの人に頼んでみて、この悪辣な悪戯の主を徹底的に追求して、共同の被害をうけた私達お互いの、身の潔白を明らかにしようではありませんか」

ということになったのであった。

善は急げという。そこで早速二人は、神田へ向って、人目を憚《はば》かるように家を出たのであった。が、折柄小春日和の日曜で、いかに人目を憚るようにしたとても、よそ目には、九段《くだん》へで

もお参りに出掛ける、夫婦の一組としか映らなかった。

四

明るい、ガランとした事務室であった。

大きな靴ばきのまま足を窓枠に乗っけて、安楽椅子にひっくり返ったまま、退屈な日曜を、ぷかぷかと煙草の煙にまぎらしていた丸山丸二郎氏は、謹太郎氏が水田女史と一緒にはいって来ると、大きな体で飛びあがるようにして、

「やア、珍客だね」

といった。

しかし、謹太郎氏は苦虫を嚙《か》みつぶしたような顔をして、椅子につくからいきなり、ボソボソと一件を持ち出した。

ひと通り謹太郎氏の話を聞きおわると、丸山丸二郎氏はあははと笑い出しながら、

「なんだそんなことですか。なるほど、悪戯にしては少しタチが悪すぎるようですな。いやしかし、私にかかれば、どんな犯人でもシッポを出さぬわけにはいきませんよ。幸い今日は暇ですから、すぐに調べてあげましょう」

いいながら、早くも傍らの卓上電話をひきよせて、何処《どこ》かを呼び出す様子であったが、間もなく相手が出ると、

「中野局ですか、事務のほうへ継《つ》いで下さい……ああ、もしもし、中野の郵便局ですね、こちらは、先日留置郵便をお願いした水田というものですがね、どうも、私宛に来た留置郵便を、贋者《にせもの》が受取って行ったらしい形跡があるんだがね、一寸係りの人に調べて貰いたいんですが……ああ、もしもし、係りの方ですか。こちらは水田というものですが、私宛の留置郵便が、チョイチョイそちらへ来ているでしょう? なに、沢山来た?……ああもしもし、どうもその郵便物を、私でない贋者が受取ったらしい形跡があるんですが……え、そんな筈はないって? それはどんな奴でしたか……なに、覚えがない……ふむ、ふむ……ふむ、ふむ……ああ、そうですか、いやどうも有難う」

丸二郎氏は向きなおると、ニヤリと笑いながら、二人のほうへいった。

「三、四日前までは、二度ほど晩方に取りに来た奴があるらしいが、忙しい時だからどんな奴だか覚えがないっていいましたよ。大分沢山、履歴書が来ているらしいですね。だがもう、取りに来ないらしい。いやしかし、すぐにシッポを出してしまいますよ。兎に角、その取りに来た奴は、二度とも晩方に来たというんですから、そ奴は、昼間は暇のない勤め人に違いありませんよ。なに、一寸電話をかけただけでも、これだけのことは判るんです。私を御信頼下さい。大丈夫ですよ。……ところで石巻さん、あなたが、お嫁さんを貰いたがっていることを、知っているのは誰ですかね?」

石巻謹太郎氏は、さッと顔を赧らめながら、あわてていった。

「そ、そんなことを知っている人なんか、一人もありませんよ。いや、それに第一私は、そ、そんなに嫁を欲しがった覚えはないですよ」

「ははア、なるほどね。……それでは、水田さん、と仰有《おつしや》いましたね。あなたは、なにか人から、恨みを受けるような覚えはありませんですか?」

今度は、水田女史が色をなした。

「飛んでもないことでござんすワ。さっきも申上げましたように、何分わたしは、立場が立場でございますんで、それはもう、ずいぶん気をつけておりますの」

「ははア、なるほどね。……では、もう一つ石巻さんにうかがいますが、あなたは、今日何かなさる予定にでも、なっていなかったのですか? 予定とか、或いはそれとも、誰かと約束があるとか?……」

「さア、そんなことは、ありませんね」

「今日は日曜日ですよ」

「はア」

「月末の二十八日ですよ」

「そんなことは知ってますよ。私の店では決算日で、毎月午前中をつぶされるんですから。しかし、そんなものは、もうこうなったからには、来月に延《のば》したたって構わんですよ」

「ふうム、なるほどね。……それでは結局、今日のあなたの、大事な予定は、こちらの水田さんとお会いになることだったんですね。いや、よくわかりました。それでは、そうですね、退屈でしょうが、一時間か二時間、ここで待っていて下さい。これから一寸出かけて、犯人のシッポでもつかまえて来ますから」

そういって丸山丸二郎氏は、あっけにとられている二人を事務室に残して、さっさと出掛けて行ってしまった。

いやしかし、丸山丸二郎氏は一時間か二時間といったが、実はそのまま三時間近くも、二人は待たされたのであった。

このような事情で、このような場合の、紳士と淑女が、三時間近くも一室へ缶詰にされたのであるから、そこで、どんなに奇妙な空気が醸《かも》されたか、読者諸君の御賢察を仰ぎたい。――兎に角、丸二郎氏が出て行ってしまうと、水田女史は急に固くなって、横のほうを向いたまま黙ってしまうし、謹太郎氏は謹太郎氏で、さっきから持ち廻っている土産物の包みを膝に乗っけたまま、窓の向うの遠くの青空に、ポッカリ浮んだアド・バルーンへ固くなった視線を釘づけにしてしまうという始末で、一時はかなり険悪な空気にもなりかかったが、やがて、横を向いたままの水田女史が、壁の隅にさっきからかかっているあくどい裸体美人の油絵に、堪えかねて向きなおした視線と、膝の上の土産物の包みを、そおッと机の隅に乗せようとしかかった謹太郎氏の視線と、バッタリ出合うと、あわてた謹太郎氏の、

「いいお天気ですなア」

洩らした言葉がきっかけになって、それから、ポツリポツリと、とりとめもない世間咄《せけんばなし》が、長々とはじまったのであった。左様――三時間も、世間咄がつづいたのである。

さて、やがて丸山丸二郎氏は、帰って来た。

「やア、どうも、永らくお待たせしましたね。でもそのかいあって、とうとうわかりましたよ」

丸二郎氏は、いきなり元気な声でそういって、自分の椅子にどっかり腰をおろしながら、ハンカチを出して顔を拭きはじめたが、

「おお、いったいどういう人間の仕業でしたか？」

と眼の色をかえて謹太郎氏がつめよると、丸二郎氏は様子を改めていった。

「石巻さん、誰が、どういうわけでこんなことをしたか、それを中上げる前に、ひとつあなたに、お約束して貰わねばなりませんよ。ほかでもありませんが、この犯人の、処分に関する権利をですね、全部私にまかせていただきたいんですよ。如何《いかが》ですか？」

「犯人の処分？」

と、謹太郎氏は、水田女史と顔を見合せて眉をしかめたが、間もなく頷《うなず》いて、

「よござんす。なんでもあなたにまかせますから、早くきかせて下さい」

と、せきたてた。

五

「それでは、中上げましょう。……石巻さん、さっきあなたは、毎月二十八日の午前中に、あなたの店では、月々の決算をなさるといわれましたね。いままで私は、あなたのお店へ行って、

その点も、確かめて来ましたよ。あの可愛い女事務員は、なんて名前でしたかね？」

「ええ、女事務員？　あれは、岡本キク子っていいますよ」

謹太郎はあわてて答えた。

「そうそう、岡本、でしたね。その岡本嬢から、これを訊《き》き出した話ですが、あなたのお店の外交員の白木君というのが、毎月その二十八日の午前中には、必ずお店へ帰って来て主人のあなたへ前月分の決算を提出する、ということになっているそうですね……ところで、ひとつ手ッ取りばやいとこ、申上げますが、実はその、そもそもこの事件のことの起りというのが、この白木君にあるんです。いや、ほかでもありませんが、実は、今度白木君は、田舎を廻っているうちに、どうした風の吹き廻しか、ふとした拍子に勘定の手許が狂って、二十八日、つまり今朝、あなたのところへ持って来なければならない計算へ、少しばかり大きな穴をあけてしまったんです。それで、もとより白木君も善良な青年ですから、なんとかしてこの二十八日までに、その穴をうめてしまわねばならないと、ま、一生懸命に金策に心をくだいたというわけなんですが、ところがどうも、二十八日までにはとても出来そうもない、という悲境に立ちいたって白木君はすっかり元気をなくしてしまったんです。元気をなくしてしまったんですが白木君には、なくした元気の代りに、可愛い恋人があったんです。岡本嬢ですよ。まアそんなに、目を瞠《みは》らないで下さい。……そこで、その岡本嬢ですが、なんしろ自分の恋人が一身にかかわる危機に迫られているんですから、これまたジッとしているわけにはとてもいきませんよ。岡本嬢は、千々に心をくだいたわけです。そして、とても二十八日までには金策が出来そうもないと知ると、もうこのうえは、非常手段に訴えるよりほかはない。つまり、なんとかして二十八日の決算日を、来月廻しにしなければならない。それにはまず、御主人のあなたを、何かのっぴきならないほかの用事に動員して、あなたの身も心もそのほうへ結びつけて置かねばならない。そうすれば、帰って来た白木君は、再び出張して、自然二十八日午前中の決算日は、来月廻しになる。そこで、その、あなたを最も確実にとらえることの出来るような、ほかの用事というのを、一心不乱に考えたわけです……。あなたは、さっき、自分が結婚をしたがっているなんてことは、誰も知らないと仰有いましたね。どうも少し、若い女の神経を、軽く見すぎた傾向がありますな。とにかく岡本嬢は、いろいろと考えた揚句、遂に名案を考え出し、あなたの好みに最もピッタリと適合するような求婚広告を、出さしていただいた、というわけなんです……」

「ふむ、そういえば、あの娘は、やっぱり中野のほうから通っているんでしたわい」

やがて謹太郎氏は、頭をかきながら口惜《くや》しそうにそういって、溜息《ためいき》した。するといままで、顔を上気させながらも、しきりに何か考え考え話を聞いていた水田女史が、急に息を呑むようにして、

「ああ、やっと思い出せましたワ。どうも聞き覚えのあるような名前だと思いましたが、やっぱりその岡本キク子というのは、もっとも、顔を見なければ確かなことも申せませんが、確かわたしの、教え子でございますワ」

「そうですよ。だからこそ、あなたの写真も持っていたし、御履歴も知っていたわけなんで

す」

　と丸二郎氏は話を引きとって、

「いや、これでもう大体お判りになりましたですね。ところで、さっきお願いしたお約束の件ですが、岡本君と白木君の身柄については、私の希望どおりに取計らっていただけますね。……いや、別にどうというのではないですが、何分まだ二人とも若い身空《みそら》ですし、決して悪い人間ではなく、いまはもうすっかり後悔もしているんですから、特別寛大なる思召《おぼしめし》で、金策のほうは調達出来るまで待ってやっていただき、広告事件のほうも、別に、すっかり水に流していただかなくてもいいんですが、ま、内々にすましてやっていただきたい、とまアそう思うんですがね、お二人とも、如何ですか？」

　二人とも黙っていると、丸二郎は独りでうなずきながらいった。

「むろん、御異議はないはずですね」

　それから、間もなくのこと、謹太郎氏と水田女史は、こっそり結婚した。

（「週刊朝日」昭和十四年一月二日号）

三の字旅行会

一

赤帽の伝《でん》さんは、もうしばらく前から、その奇妙な婦人の旅客達のことに、気づきはじめていた。

伝さんは、東京駅の赤帽であった。東海道線のプラット・ホームを職場にして、毎日、汽車に乗ったり降りたりするお客を相手に、商売をつづけている伝さんのことであるから、いずれはそのことに気がついたとしても不思議はないのであるが、しかし、気がついてはいても伝さんは、まだその

ことについて余り深く考えたことはなかった。
　なんしろ、一日に何万という人を、出したり入れたりする大東京の玄関口である。一人や二人の奇妙なお客があったとしても、大して不思議に思うほどのことはないのであるし、第一、一旦列車が到着したとなれば、もう自分のお客を探すことで心中一パイになってしまい、まったくそれどころではないのであった。だから伝さんが、その婦人客達のことについて考えこむようなことがあったとしても、それは精々、お客にでもあぶれた退屈な時ぐらいのものであった。
　ところで、伝さんの気づきはじめた婦人客達というのは、成る程考えてみれば、全く奇妙な旅客達であった。
　それは、東京駅から汽車に乗る客ではなく、東京駅で汽車から降りる客の中にあって、殆《ほと》んど毎日きまって、一人ずつ現れるのであった。毎日、違った顔の婦人ばかりで、容貌といい身装《みなり》といい、それぞれ勝手気儘《きまま》で、ほかの婦人客と別に違ったところがあるようでもなかったが、しかし必らずその客は、東京駅着午後三時の急行列車から降りるのであった。そして、よく気をつけてみると、必らずその急行列車の前部に連結された三等車の、前から三輌目の車から降りて来るのであった。しかも、いつでもその婦人客達には、一人の人の好さそうな男が出迎えに出ていて、その出迎えの男に持たせる手荷物には、きまって、赤インキで筆太に、三の字を書いた、小さな洒落《しゃ》れた荷札がついているのであった。

旅客の持っている手荷物、乃至《ないし》は手荷物を持っている旅客のお蔭で、オマンマを食べている赤帽の伝さんである。成る程、一見普通の婦人客と区別のつかないような平凡な婦人などいつでも満員で、降車客もゴッタ返すような混雑を呈するとはいいながらも、その妙な三の字を書いた荷札つきの手荷物を持った、三時の急行の三等車の三輪目の婦人客に、いつからともなく気がついたとしても、不思議はないのであった。

尤《もっと》も、伝さんが、いちばんはじめその妙な婦人達のことに気のついたきっかけというのは、必らずしもその手荷物ばかりでなく、いつもその手荷物を持たされる、例の人の好さそうな出迎えの男にもあった。

その男は、成る程人の好さそうな顔をしてはいたが、余り風采の立派な男ではなかった。いつでも薄穢《よご》れのした洋服を着て、精々《せいぜい》なにかの外交員くらいにしか見えなかった。毎日三時少し前になると、入場券を帽子のリボンの間に挾《はさ》んで、ひょっこりプラット・ホームへ現れ、ほかの出迎人の中へ混って、汽車の着くのを待っているのであった。汽車が着くと、男は必らず三等車の三輪目の車へはいって行って、やがて、例の奇妙な婦人客のお供をして降りて来るのであるし、そのお客が男を従えて降りて来る頃には、もう伝さんは自分のお客のことで一生懸命になっているので、その顔を見覚えることなぞ到底出来よう筈もないのであるが、出迎えの男のほうは、なにしろ殆んど毎日のことであるので、いつの間にか顔も見覚えていたのであった。

二

最初のうち伝さんは、その出迎男を、何処《どこ》かインチキなホテルの客引かなんかであろうと考えた。そして、五月蠅《うるさ》い商売敵だと思った。しかし、だんだん日数が重なるにつれて、どうも只の客引にしては少し腕がよすぎると感づき、つづいて手荷物の三の字と、三時の三等車の三輛目に気がついて、どうやらこれは只の客引なぞではなく、何か曰《いわ》くのある団体の、一種の案内人——といったようなものではあるまいかと、考えなおすようになったのであった。そして結局、伝さんの疑問の中心は、まずその、毎日三時の汽車で上京して来る奇妙な婦人客の上へ、注がれるのであった。

——妙な女達だ。よくよく三という字に、惚れくさっているらしい。伝さんは、あせらずゆっくり考えた。

しかし、もともと余り物事を深く考えることの得意でない伝さんは、いつまでたっても、この問題に解決を与えられそうな、名案を、考え出すことは出来なかった。

そうして、いつの間にか、一月二月と時間が流れて行った。しかもその間、例の三の字気狂いの婦人客は、殆んど毎日のように三時の急行の三等車の三輛目でやって来て、相変らず出迎男を従えて、改札口のほうへ出て行った。考えてみれば、どうもこれは容易なことではない。もういままでに、一日一人で、百人近くのいろいろな婦人達が、気狂いじみたやりかたで上京しているのだ。それも、そもそも伝さんがその事に気づいてからの、大体の計算であって、この奇妙な旅行者達が、まだ伝さんの気づかなかった先からこのようなことを続けていたのだとしたなら、いったい何百人の気狂いが、同じように奇怪な方法をとって上京しているのか、判らない。伝さんは、なんだか恐ろしくなって来た。三という数字に関したものを、思っても見ても考えても、ヘンに気持が苛立って来て、そろそろ一人でこのことを包み隠している負担に堪えられなくなって来た。

そこで伝さんは、とうとう思い切って、例の奇妙な「案内人」にわたりをつけてみようと決心した。

或る日午後三時十分前。例によって、ひょっこりプラット・ホームに現れ、多くの出迎人の後へ立ってボンヤリ三時の急行を待っていたその男へ、伝さんは、何気なく近づいて声をかけた。

「毎日ご苦労さんですね」すると男は、急に変テコな顔になった。そしてひどくあわてた調子で、

「いやどうも、毎日のお客様で、やり切れませんよ」

そういって、同情を乞うような目つきで、伝さんの顔を見た。伝さんは、すかさずいった。

「いや、わしもこれで、二十年も赤帽稼業をしているから、お客様を待つ気持のつらさというものは、よく判るですよ。……時に、無躾《ぶしつけ》なことをお聞きするが、あんたのお客さんは、どうもまことに、不思議なお客さんばかりですね」

男は黙ったまま目を瞠《みは》って、一層変テコな顔をした。

三

「いや、どうか悪く思わないで下さいよ。わしはどうも物好きな性分でね。なんしろ、あんたの毎日のお客様を、それとなく拝見しているに、どうも、時間といい、客車《はこ》といい、切符といい、荷札といい、どれもこれも三の字にひどく関係の深い御婦人達のように思われてね。これには何か、面白い因縁咄《いんねんばなし》がおあンなさるんじゃねえかと、ついその、物好き根性が頭をあげて、お聞きしたいんですよ」

男は、前より一層困ったような顔をして、しばらく黙ったまま立っていたが、やがて、思い切ったように小声で切り出した。

「実は、お察しの通りですよ。私は、三の字旅行会というのに使われている、ま、一種の案内人といったような者ですがね。なんしろ雇人《やといにん》ですから、深いことは知りませんが、お察しの通り私のお客様には、その三の字旅行会という会との間に、一風変った因縁咄があるんですよ」

「ほほう。そいつア是非とも、お差支なかったら、伺いたいものですね」

伝さんは思わず乗り出した。だがこの時、三時の急行列車が烈しい排気《エキゾースト》を吐き散らしながら、ホームへ滑り込んで来ると、

「じゃあ又この次お話しいたしましょう」

男は云い残して、いつものように三等車の三輛目へ乗り込み、今日はいつもより一段と美しい、年の頃二十八九の淑《しと》やかな婦人のお供をして、大きなカバンを提げながら、改札口のほうへ向って、神妙に婦人のあとから地下道の階段をおりて行った。伝さんも、お客が出来て急に忙しくなったので、その日はひとまずそのままで、忘れるともなく過してしまった。

さて、その翌日、三の字旅行会の案内人は、いつものように到着ホームへやって来ると、何分自分は、一介の雇人であるから、詳しい話は知らないがと、伝さんへ念を押して、昨日の続きをやりだした。が、その話は仲々の永話《ながばなし》で、とても汽車を待っている位の短い間で、一度に聞かれるようなものではなく、それから三日四日と度《たび》を重ねて、やっと聞かされ終ったところによると——なんでも、その三の字旅行会というのは、只の営利的な旅行協会みたいなものとは全然違って、一種の慈善的な奉仕会であって、陰徳を尊ぶ会長の趣意に従って、会長の名前にしろ、全々秘密であるが、大体その会の仕事というのは、或る一定の地方に住《すま》っている両親のない三十歳以内の婦人で、東京方面へ旅行をしたいという人の為めに、汽車賃と滞在費と、それから小遣いの三通りの経費を全部提供して、全く無料の暢気《のんき》な旅をさせようという、まるで嘘みたいな話であった。尤も、それだけに条件も一寸面倒臭く、いま云ったような資格者で、その地方にあるその会の支部長の推薦がなければならないのであった。なんでもその支部長というのも、その地方ではかなり人望のある慈善家だそうであるが、その支部長の推薦を受けた、資格のある志望者は、例の三の字のマークを貰って、それを手荷物へ着け、東京着三時の三輛目へ乗って、上京しなければならないのであった。すると、それを目印にしてその案内人が迎えに出かけ、三時三十分までに会の事務所まで案内されて行くと、恰度《ちょうど》その時間にやって来た会長が、その客の旅行に要する経費を、尤もこれは三百円以内でないといけないそうであるが、兎《と》に角《かく》その金を渡してくれるのであった。条件といってもそれだけで、もうそれからは、自分の勝手に好いたように遊び廻るなり、用事をするなり、することが出来るのであって、幾日滞在しようと、何処へ泊ろうと、いつ東京を引揚げようと、全く勝手で案内人も見送りしなくてもいいことになっている、という事であった。ところで、その会長というのが、これが又昔は只の貧乏人であったそうであるが、いまはなかなかの金持で、もう相当な年寄りであるが、或る事情でその会を始めるようになってからは、降っても照っても必らず毎日午後の三時三十分には事務所へ出て来て、案内されて来た客に面会するのであった。面会といっても、僅か三分間くらいのもので、会長はただ金を渡すだけでサッサと帰ってしまう。それで、一日に一人しか、案内出来ないことになっているとのことであった。

ところで、その奇徳な覆面会長が、何故このように妙な奉仕会を始めたか、そして又、何故そんなに三の字づくしのサービスをするのか、その根本的な事情について、ひと通りの話を聞いた伝さんが、質問の矢を向けると、三の字旅行会の案内人は、しんみりした調子に改まって、こんな風に説明したのであった。

「……そうそう、あなたも、定めしその点、不思議に思われたことでしょうね。いや、こいつは私も、会の会計をしている方から又聞きしたことですから、全く詳しいことは知らないんですが、何んでも会長は、まだ貧乏していた若い頃に、自分のところへ引取ることの出来ないような子供をこしらえたんだそうですよ。女の子で、三枝《みつえ》という名前をつけたそうですがね、ところが、それがそもそもこの因縁咄の起《おき》はじまりで、最初は、母親の手許で育てられたんだそうですが、その娘さんの三つの歳に、可哀想に母親はふとした病気がもとで死んでしまい、娘さんは、関西方面の、或る慈悲深い人の手に渡って、育てられることになったんですが、ところがこの娘さんが又、育つにつれて大変利口な子供になり、学校へ上るころには、もう自分の身の上をそれとなく気づいてでもいたのか、しきりと東京の空を憧れるようになったんです。ところが悪いことには、三枝さんは生れつきの病身で、成長するにつれて段々弱くなり、女学校を出る頃にはすっかり病気になって、もう床《とこ》についたまま起きることも出来ない様になってしまったんだそうです。――肺病の一種じゃアないかと、私は思うんですがね。それで、ま、時には良くもなったり軽くもなったりしたでしょうが、兎に角憧れの東京へ出て来る程の体にはなれず、殆んど病床にばかり暮して、そのまま十年の月日がたってしまい、恰度三十の歳の三月に、とうとう病気に負けてしまい、東京へ行き度《た》い行き度いと叫びながら死んでしまったんだそうですよ。ところで、もうその頃、東京の父親は、幸運に恵まれて大変な金持になっていたんですが、ふとしたことからその娘の育ての親にめぐり会い、娘の亡くなるまでの可哀想な話を初めて聞かされると、あとに子供の一人もない父親は、気も狂わんばかりに驚き打たれて、それまでは金儲けのことしか考えなかった頑固な心に大変動が起り、可哀想な娘の菩提をとむらうことに自分の全財産を投げ出そうと決心したんです。それでまア、その可哀想な娘の名前と、その運命にまつわる奇妙な三の字に因《ちな》んで、『三の字旅行会』を作りあげ、育ての親であるその慈悲深い人を支部長に仕立てて、その人の推薦に従って毎日一人ずつ、物質的には兎も角、親のない淋しい三十歳以下の婦人で東京へ旅行したい人達を、三の字会員として、三の字づくしのサービスをするという――まア、大体そんな風な事情のように、私は聞いておりますがね。いやどうも、永話をいたしましたが、これでまず、私の奇妙なお客さん達と、三の字旅行会の関係がお判りになったでしょう。……ところで、ひとつお願いしときますが、何分前にも申上げたように、会長は隠れた徳を尊ばれる方ですから、私の申上げたお話も、どうかあなたの胸にだけに収めていただいて、余り外《ほか》へお洩らしにならないようにして下さい。……おや、どうやら列車がやって来ましたね」

そういって、その奇妙な案内人は、永い話に結末をつけると、感じ入って立ち呆けている伝さんへ、軽く会釈を残して、その日のお客を迎えるべく、到着した列車のほうへ馳け去って行くのであった。

四

伝さんは、この話を四日に亘って聞かされた。一日一回が、ほんの五分か十分の短い間であったが、それでも伝さんは、不思議な話を聞くうちに、その四日間というものは、まるで続き物の講談でも聞いている時のような、楽しさにひたる事が出来たのであった。

そしてそんなことがあってからは、伝さんと三の字旅行会の案内人とは、急に友達のように親しくなって来た。と云っても、二人が顔を合せるのは、ほんの短い間のことであるし、二人ともそれぞれに自分のお客を持っている体なので、別に毎日親しく話し合うというようなことは出来なかったが、お互いに顔を見合わせるような時には、快《こころ》よく挨拶しあうようになって来た。伝さんは、その案内人と、その背後にある旅行会と、そしてその会の果報なお客さん達の持っている、いうにいわれぬ劇的な雰囲気の中へ、自分も一本加わっているような気持がした。考えてみれば、伝さんの大勢の仲間の中で、この話を知っているのは、どうやらまだ伝さん一人だけらしい。伝さんは、なんだかそれが、得意にさえ思われてならなかった。そうして、十日二十日と、日がたって行った。

ところが、このままで済んでしまえば、まず何でもなかったのであるが、ふとしたことから、伝さんと三の字旅行会の案内人との、ひそかな親交を、ブチ破ってしまうような、飛んでもない事が持上ってしまった。

或る日のこと。赤帽溜《だまり》で昼飯《ひるめし》を食べていた伝さんのところへ、降車口の改札係の宇利《うり》氏が、ひょっこりやって来て、いきなり云った。

「伝さん。お前さんは赤帽の親分だから、知ってるかも知れないが、毎日三時の汽車で一人ずつやって来て、いつも同じ男に出迎えられて行く女のお客さん達があるようだが、知ってるかい?」

「ええ、知ってます」

「どうだい、何かおかしなところがあるとは思わないかね?」

そこで伝さんは弁当を置くと、口の中のものをゴクゴク呑み込んで、やおら向き直り、

「大有りですとも。三の字旅行会の因縁咄という奴で……。知っているのはこのわしだけ。しかも口止めされているんですが、宇利さんにならこっそりお話してもよござんしょう」

もう伝さんは、そろそろ心中の得意を、誰かに聞かせてやりたく思っていた矢先だったので、

宇利氏の突然の質問に、わけもなく調子込んで、先日案内人から聞かされた話を、残らず得意になって喋ってしまった。すると聞き終った宇利氏は、ニッコリ笑いながら立上って、

「有難う。ところで、伝さん。折入って頼みたいのだが、今日の三時に、改札の僕の側《そば》へ立っていて貰えまいか。手荷物五つ分の手間賃を払うよ。ね、頼むぜ。いいだろう」

伝さんは、むろん二つ返事で引受けた。何のことかは知らないが、兎に角、手荷物五つ分の稼ぎである。

やがて、三時がやって来た。宇利氏の後ろでボンヤリ伝さんの立っている改札口へ、三時の急行の旅客達が、雪崩《なだ》れのように殺到して来た。伝さんは、ふと背伸びをして、旅客達のほうを眺め廻した。

今日の三の字旅行会のお客は、まだ二十を二つ三つ過ぎたばかりの、洋装の娘であった。例の案内人に大きなトランクを持たせて、晴ればれした顔をしながら、真ン中辺を、だんだんこちらへやって来る。宇利氏は、いったい何をしようというのだろう。伝さんは、なんだか急に心配になって来た。

ところが、やがてその洋装娘が、宇利氏の前までやって来て切符を差出すと、受けとった宇利氏は、娘をやり過して置いて、いきなり手を前に出し、あとから神妙について来て、伝さんへ目で挨拶しながら通り抜けようとした案内人を、ピタリさしとめた。

「一寸、あなた待って下さい。すぐ済みますからこちらへ寄っていて下さい」

宇利氏は早口にそう云って、手早く案内人を伝さんのほうへ押しやると、もう後の人の切符

を忙しく受取りはじめた。

案内人は急にあわて出した。何か口の中でモグモグ云いながら人ごみの中へ押入るようにしながら入場券を宇利氏の手へ差しつけるようにして、出口から五間《けん》も向うへ行ったところで後ろを振返って立止っている例の娘のほうを顎で指し、

「お、お客さんの荷物を持ってるんですから、と、とおして呉れなきゃア困るですよ」

すると宇利氏は、黙ったまま再び案内人を伝さんのほうへ押しやりながら、非常な早さで案内人の手からトランクを取り上げると、伝さんへ、きびしい語調で、

「じゃア伝さん。君この荷物を、あのお客さんに上げて呉れ」

「いやいや、これは私の役目じゃから、私が持って行かねばならん」

「伝さん。早くしてくれ。この方には一寸用があるんだから、荷物は君からお客さんに上げて呉れ！」

もう向うむきになって、仕事を続けながら、叱るように云うのであった。

改札係といえば、伝さん達よりは段違いの上役である。伝さんはピリッとして、トランクを持ったまま本能的に柵を飛び越え、立止っている若い婦人客のところへ馳けつ

けた。

五

するとこの時妙なことが起った。その妙齢な美人は、いとも御気嫌斜めな御面体で、

「失礼しちゃうワ。そんなもの、あたしンじゃアなくってよ?」

いい捨てて向きなおると、すたすたと出口のほうへ歩み去り、ぷい、と見えなくなってしまった。

一方改札口では、これ又一騒動持上っていた。何思ったか例の案内人は、宇利氏の背後から押しのけるようにして柵を飛び越そうとしたが、宇利氏に引きとめられて、しばらくゴテゴテと押し合い揉み合い、やがて馳けつけたほかの駅員達に取押えられて、どうやら観念したらしく、事務室のほうへ連れて行った。宇利氏は再び向きなおって、さっさと仕事をつづける。静かなものだ。

その晩、非番になった宇利氏は、赤帽溜へやって来て、ボンヤリしている伝さんへ、笑いながら切りだした。

「おい、伝さん。しっかりして呉れよ。……いったいお前さんは、少し講談や小説本に夢中になり過ぎるからいけないんだ。ふン、三の字旅行会だなんて、飛んでもないヨタ咄にひッかかってさ。あんなものは皆んな出鱈目《でたらめ》だよ。僕だって、もう暫く前から、あの案内人や、お客のことには気づいていたんだ。しかし僕は、お蔭でお前さんみたいな飛んでもない勘違いはしなかったよ。第一、君は、その三の字旅行の婦人客達は、一定の地方からやって来ると聞かされたろう。しかし、僕がいままで毎日、その婦人客達から受取った切符の発行駅は、大阪だったり、静岡だったり、神戸だったり、名古屋だったり、いや全くバラバラで、一定の地方からなんてやって来たものでは、決してないんだ。これでもまだお前さんは、その変テコな旅行会を信じたいかね。いやまア、あったことにしてもいい。が、兎に角、会長も会計も、それからいままで案内された、何百人というお客さんも、実は全くのヨタ咄で、ありはしないんだ。精々、今日捕まった案内人が会長で、それから某駅に、支部長が一人いるだけなんだ。この支部長の出張する某駅というのを、実は僕は、もう暫く前から調べていたんだ。それが、この頃になって、大阪駅であることが判った。――手っとり早く、ことのあらましを申上げようかね。今日捕まったあの男は、神田《かんだ》の、或る万年筆屋の番頭で、三角《みすみ》太郎《たろう》っていうどえらい先生なんだ。

それで、この万年筆屋は、大阪に工場を持っているんだ。昨年あたりまではこの万年筆屋は、大阪の工場から何万本という万年筆を時々まとめて送らしていたんだ。ところがこの方の仕事も自分の手でやっている三角太郎氏は、今朝あたりもう大阪で捕まっている筈の、同類の『支部長』と一計を案じ出して、運賃詐欺をしはじめたのだ。つまり、時々大量に送る荷物を、毎日少しずつに分けて、カバンでもトランクでも、或はボール箱でも風呂敷包みでもなんでもい い。兎に角手頃な手荷物の恰好にこしらえて、それに例の赤インキで三の字のはいった荷札をつけ、まず大阪の『支部長』がそれを持って大阪駅で入場券を買い、お客を送るようなふりをして、東京へ三時につく列車の、三等車の三輛目の網棚へ乗っけて、そのまま知らん顔をして引揚げる。列車はお客さんの手荷物と思い込んで、黙って東京駅まで運んで呉れる。さて、午後の三時には、三角太郎氏が、東京駅で入場券を買って、いかにもお客を迎えに行くようなふりをしてホームへはいり、三時についた急行の、三等車の三輛目の網棚から、『支部長』が置いたままになっている、その三の字のどぎつい目印のついた荷物を持って、誰れでもいいからお客の後ろにくッついて、さもそのお客を迎えに来たお供であるようなふりをしながら駅を出て行く、とまア、そういう寸法なんだ。それが、女の後ばかりついて降りて行ったというのは、これは自然の情でね。どうせ誰のあとへついて行ってもいいのなら、ジジむさい男のあとなぞついて行くよりは、若い女の後ろのほうが、よっぽど気持がいいんだからね。兎に角そのやり方でやれば、まず一回一日分何円とかかる筈の運賃が、大阪と東京の二枚の入場券、つまりたったの二十銭で事が足りるんだから、随分便利な方法さ。それも二度や三度ではなく、もうこの一年近くも毎日続けていたらしいんだから、この節約された金高《かねだか》というものは、莫大なものだよ。もう判ったろうね。三の字なんて、荷物を送った列車と、車輛と、その荷物との目印に使ったものに過ぎないんだよ。それを、変に勘違いしたお前さんに、たずねられたので、即座にあんなヨタ咄を作りあげて、物好きなお前さんを煙に巻いたというわけさ。ところで、伝さん。僕も一つ洒落れてみたんだがね……いったい、今日は、何日だっけ？」

伝さんは、一寸顔をしかめたが、すぐに飛び上るようにして云った。

「あ、そういえば、今日は、三日でしたっけ！」

（「新青年」昭和十四年新年特大号）

愛情盗難

祟り酒

純真で、真面目で、気の小さいことにかけては会社一の宇津君。今夜は珍らしく、酒を飲んで酔っぱらってしまった。

酒を飲んで酔っぱらうのは、あたり前で、なにも珍らしくはないが、宇津君が酒を飲んで酔っぱらったのは、まことに珍らしいのである。

尤《もっと》も、この頃のように、空気がもってりとうるみを持って来て、熟れ切った果物の匂いや、人間の肌の香りが、舗道に流れはじめるような、苛立たしい季節になってくると、宇津君のような謹厳実直居士といえども、爽かなビールの味覚に、ふと誘われてみる、というようなことも、極めてありそうなことなのではあるが、しかし、今夜、宇津君がビールに酔っぱらったのは、そんな季節の関係——ではなかったのである。

「おや、あなたは、失礼ですが、宇津君じゃアありませんか?」

会社の退《ひ》け時、安全地帯で、ふとロイド眼鏡の男から、こう呼びかけられた宇津君である。

「ええ、僕、宇津ですけど、あなたは?」

「やっぱり宇津君。久し振りだねえ。僕だよ。モリ健《けん》だよ」

「モリ健?」

「そうとも、中学時代の、モリ健だよ」

「ああ、あのモリ健——」

宇津君は、思い出した。

「森健次《けんじ》君か。これは珍らしい! ずっとこちらに?」

「ウン、まア三年程前からね」

「お勤め?」

「うン、帝都新聞のね、雑報記者さ」

「えッ。帝都新聞?」

宇津君は、びっくりした。

「——知らなかったなあ。僕ア、その帝都新聞の直《す》ぐ向いの、東京ビルに、ずっと前から、籍を置いてるんだよ」

「なに、東京ビルに？」

今度は相手が驚いた。

「——これは意外だ。じゃア、お互いに眼と鼻の先に勤めていながら、三年間も、知らずにいたんだね」

「そういうことになるね」

「やっぱり、広いね。東京は……」

「広い。じっさい広いよ」

「時に、どうだね、久々で、一緒に飯でも食おうじゃアないか」

——というようなわけで、中学時代の親友にバッタリ出会った懐しさと、東京の神秘な広さとに感激して、宇津君は、今夜すっかり酔っぱらってしまったのである。

しかし、世の中というものは皮肉なもので、いつも酔っぱらっているような人に、割に過ちがなく、たまに酔っぱらったりする人に、飛んでもない罰が当ったりする。

今夜の宇津君が、正《まさ》にそれであった。

行くてに、とてつもない災難が待っていようとは、神ならぬ身の知る由もない宇津君。いい気なもので、すっかりメートルをあげてしまった。

間違い

なんでも、お開きになったのが、かれこれ午後の十時過ぎ。

どの辺で、いつ頃、モリ健と別れてしまったのか、とんと覚えもない一杯機嫌の宇津君。酔《すい》歩《ほ》蹣跚《まんさん》として、赤坂の高台なるアパート芙蓉《ふよう》荘に辿《たど》りつくと、折から利鎌《とがま》のような新月が、アパートの三階の屋根にひっかかり、近所のタバコ屋から、ボン、ボン、十一時が鳴りはじめる。

　宇津君は、とたんにシャンとなって、門をくぐった。

　尤も、いつだって宇津君は、この芙蓉荘の門をはいる時には、営門前の兵隊みたいに、シャンとなることになっているのである。

なにしろ、芙蓉荘の玄関脇の事務所にいる、管理人の小母《おば》さんには、娘が一人あって、名前を瑞枝《みずえ》といい、素晴らしい美人で、芳紀正に二十歳。何処《どこ》ぞ、丸ノ内へんのオフィスに通勤している——というような事実を、このアパートの数ある住人のうちで、最も早くから、最も熱烈に、知っているところの独身者が、外ならぬ宇津君であるのであるから、シャンとなるのも無理はない。

そこで、例によって威儀を改め、神妙な足どりで、事務所の前を通りながら、スリ硝子《がらす》の隙間から、チラと覗いたその部屋の中には、しかし瑞枝さんはもう寝《やす》んだと見え、小母さんだけが、小さな刺繍《ししゅう》の枠を手に持ったまま、居眠りしている。

宇津君は、通り抜けながら、ホッとして、ガッカリした。

妙ないいかただが、実際だから仕方がない。

ホッとして、ガッカリした途端に、宇津君の酔は、再び猛烈な勢いで戻って来た。

「どうせ、明日は日曜だい」

登りかけた階段へ、尻餅をついたまま、宇津君は考える。

ひょろひょろと立上って、一段、二段、登りながら、

「それに、滅多にこんなこたアないんだし。そんなに、ビクビクすることもないさ」

尻餅をついて、今度は手摺りを抱込むと、コックリコックリ居睡《いねむ》りはじめる。

階段室の小窓から、甘い、五月の夜風が流れ込む。

宇津君は、確かに酔っぱらった。

睡《ねむ》い。睡くてしようがない。が、やがて、兎《と》に角《かく》、宇津君は、部屋へ辿りついた。

合鍵を、掻き廻すようにしてドアをあけると、のめるように中へはいって、再びドアを閉め、錠をおろしたまではよかったが、それからあとは、靴を脱ぐのも面倒臭く、上り口にドタリとばかり崩折れると、冷たい畳の肌へ、熱ばんだ顔を横たえながら、グウグウとばかり、高鼾《たかいびき》をかきはじめようとした。

かきはじめようとしたのであるが、ふと、この時、なにを見たのか宇津君は、眼をパチパチと異様にしばたくと、いきなりガバとばかり跳ね起きた。

「これは大変！」

――成る程。

見れば、部屋の中には、鏡台や衣桁《いこう》などの、見なれぬ調度があって、媚《なまめ》かしい色彩のものが掛っている！

どうやら、部屋を間違えたらしい。それも婦人の部屋である！　幸い部屋の主は留守らしいが、グズグズしてはいられない。

「こりゃ、ほんとの、間違いだ！」

宇津君、見る見る恥かしさに顔を赤くしながら、あわてて、ドアの把手《ノッブ》に手をかけようとした。

と、この時――

ドアの外の廊下のほうから、

ホト、ホト、ホト……

どうやら婦人の、草履《ぞうり》の足音が、聞えて来た。

女主人《あるじ》

ドアの把手へ手をかけたまま、宇津君、化石のように固くなってしまった。今しがた赤くなったばかりの顔が、今度は、サッとばかり蒼くなった。

女の足音は、どうやら、この部屋へ向って来る。

「いよいよ大変だ」

かりそめにも、謹厳実直をもって鳴る宇津君である。たとえ飲みなれぬ酒に酔わされたとはいえ、夜中、事もあろうに婦人の留守部屋へ入っていたとあっては、男子の面目丸潰れで、死しても恥は雪《すす》がれない。

宇津君は、まるで電気にかかったように、咄嗟《とっさ》に、グルグルッとあたりを見廻した。と、すぐ横手に、カーテンが一枚下りている。

「しめた！」

——天の助け。とばかり、いきなり身をひるがえすと、宇津君は、カーテンの蔭へ身をかくした。ひとまず、一時の急場逃れである。

が、はいって見ると、そこは、半畳敷位の台所で、非常に狭い。

カーテンの下から足を見られないように、すっと壁ぎわへスリ寄って立ったのであるが、すると、背中へ、何やらしきりと、ゴツゴツぶつかる。

——どうやら、壁にかかったフライ・パンやお鍋や、笊《ざる》のお尻らしい。

だがもう、いまは既に、文句をいっている時ではない。もう、この部屋の女主人が、合鍵を鳴らして、ドアをあけてしまったのである。

宇津君のすぐ鼻の先で、柔かな衣摺《きぬず》れの音がする。

ハタ、ハタと草履を脱いで、サッと部屋の中へはいる気配に、宇津君の命の綱のカーテンがフワーリと軽く気流に乗る。

すると、その隙間から、なんともいえぬ、馥郁《ふくいく》たる香気が、宇津君の嗅覚へピンと来た。

「おや?」

宇津君は、思わず口の中で叫んだ。

「香水夫人——だな」

匂いを嗅いで、思い出したのである。

——すると、自分は、三階と二階と、階数を間違えたのだな、自分の部屋は、三階の階段室から右へ四つ目にある。いまも、階段を登って右へ四つ目の部屋へはいったのであるが、三階の四つ目と、二階の四つ目を、間違えたのだ。階段を登りかけて、途中で居睡りなどしたからこんなことになったのか。

「チェッ!」

香水夫人——というのは、なんでも「丹羽《にわ》あおい」とかいう、この部屋の女主人に対して、アパートの、口さがない女達が奉った、一種の渾名《ニック・ネーム》である。

「あんた、二階の丹羽って女《ひと》、知ってる?」

「知ってるわ。一寸《ちょっと》、品のいい、年増の方でしょう」

朝の洗面所や、日曜の洗濯所で、時どき、宇津君が耳にした会話である。

「あら、年増だなんて、怒っちゃうわヨ。わたしの見たところじゃア、二十七か、八というところさ」

「いつも、いい香水使ってるわね」

「ジャスミンですって」

「何する女《ひと》なの?」

「さア、それが問題よ」

「勤めてるの? 何処かへ……」

「ううん。殆ど、部屋にばかりとじ籠《こも》ってるらしいわ」

「一寸。これじゃアない?」

「違うわ。そんな女《ひと》じゃなくってよ。だって旦那らしい者はおろか、殆ど、誰も訪ねて来る人は、ないらしいのよ」

「じゃア、いったい未婚? 既婚?」

「さア、六ケ敷《むつかし》いわ、結局謎の女よ」

謎——ではあったが、あおいの完成しきった、女としての落着いた美しさに、アパートの女達は、知らず知らず、誰からともなく、ひそかに「夫人」という敬称を、ジャスミン香水に結びつけて、奉っているのであった。

　宇津君も、実物は、何度も見ている。

　そして、その「香水夫人」は、まだ、この芙蓉荘へ住まうようになってから、幾月もならないのに、もうアパート全部の女共を、無言のうちに押えてしまうていの、一見地味ではあるが一種の気品のある美しさを持っている、ということを、宇津君は、ひそかに認めていた。

　前にもいったように、真面目で、純真な宇津君の頭の中に、常に去来する女性の幻は、事務所の小母さんの娘、瑞枝さんだけであったが、もしも強いて、瑞枝さん以外の女性を挙げるとしたなら、それはこの「香水夫人」であったろう。

　しかし、むろん宇津君の頭の中に去来する、といっても、「香水夫人」の場合は、瑞枝さんの場合とは全然タチが違っていて、ただ「香水夫人」の身辺を包んでいるところの、美しい虹のような謎に対する、淡い興味という程度のものでしかなかったのである。

　さて、その「香水夫人」の部屋へ、酔っぱらった揚句、間違えて、宇津君は、飛び込んでしまったのである。

　背中を、フライ・パンや笊のお尻に突つかれながらも、宇津君、いまは早、酒の酔いなぞどこへやら、いよいよ固くなってしまった。

すると、ここで妙な事が起きた。

部屋へはいった「香水夫人」は、奥のほうへ行って、ふと、黙ったまま立止った様子であったが、急に、

「まア！」

小さく叫んで、

コト、コト、……

何やら探し物でもするのか、戸棚か抽斗《ひきだし》を開けたてしている様子。

が、間もなく、急にシンとなると、今度はそそくさとした足取りで出て来ると、急いで草履を突っかけ、ドアを開けて、廊下へ、階段の方へ、小走りに飛び出して行った。

「何だろう？」

宇津君は、ふと気をとりなおした。

「いずれにしても、絶好のチャンスである。この間に、この部屋を飛び出さねばならぬ。善は急げ」

宇津君は、カーテンの蔭からヒラリと飛び出ると、そオッと、ドアをあけにかかった。

と——

意地の悪いもので、この時、階段を、ヤケに高い男の靴音が登って来た。

宇津君は、ハッとなって身を引き、耳をすました。

しかし、それは、他の部屋を訪れた電報配達夫で、間もなく、四五軒先の部屋で、

「電報です。電報です」

ダン、ダン、
ドン、ドン、
叩きはじめた。

——やがて、用事が済んだのか、電報屋は帰って行った。

待ちかねた宇津君は、この時とばかり、抜け出ようとすると、おっと、待った——

今度は、誰か、便所《トイレット》へでも起き出たのか、下駄を横っちょに突っかけたような足音を引きずって、廊下を通りはじめる、

「チェッ!」

思わず、悲痛な舌打をする。

——やがて、どうやら、足音も遠去かった。宇津君、脱兎の勢いで盗塁? を決行しようとする。

と——ああ、ダメだ。

今度は、どうやら「香水夫人」の足音である。しかも、誰か一人連れているらしい。

咄嗟に、万事を諦めて、再び宇津君は、カーテンの蔭へ身をひそめる。

果して「香水夫人」は、誰かを連れて帰って来た。

ドアをしめて、二人とも、バタバタ部屋へあがり込むと、いきなり「夫人」の声で、

「ね、小母さん。わたし、ここへ仕舞って置きましたの？　困ったことになりましたわ」

「おや、まア、こんなに荒らけて行ったんですか？」

管理事務所の、小母さんの声である。

「いいえ。そちらはわたしが、たったいま、念のためにあけてみましたの。こちらの、小箪笥《こだんす》の戸棚に入れてありましたの。――さっき、わたしが、帰って見ますと、確かに締《しめ》て出たはずの戸棚が、二寸ばかりあいたままになっていましょう。妙に思いまして、調べてみますと、やっぱり大事な品物がございませんの

……」

「まア！——それで、その、なんとか仰有《おっしゃ》いましたね。その品物……」

「ヴァニティー・ケースですわ。緑色の」

「ああ、お化粧函《ばこ》？」

「ええ。ですけど、その中に、大事なものが入れてありましたの」

「お金《あし》？」

「ええ、でも、そんなものは、少しばかりですから……」

「じゃア、ダイヤ？」

「いいえ。そんなものでもありませんわ。もっと大事なもの。わたしの、いのちよりも大事なものですわ。ね。小母さん。わたし、ほんとに困りましたわ」

「まア、何でしょう？」

——金よりも、宝石よりも、いのちよりも、女にとって大事なもの。そんなものが、あるだろうか？　いったい、それは何だろう？　小母さんは、少なからず、その方に興味を惹かれた様子である。

ソフト帽

「小母さん。わたしの留守中に、誰か怪しげな人でも、見かけなかった？」

やがて「香水夫人」は、やや鋭い調子でいった。

「ええ、そんな人は見ませんよ」

小母さん、我にかえって断乎としていった。

「それはもう、わたし、このアパートの番人ですから、間違いございませんわ。それに今夜はこのアパートに、外来客は一人もありませんでしたよ」

「では、……小母さん。この芙蓉荘の中に、どなたか悪い方が……」

「まア！」

と、ここで小母さんは、グッと詰ってしまった。

小母さんは、利口である。全く、こんな風に盗難事件が起っては、芙蓉荘の住人全体に一応の嫌疑がかかるわけだし、そんなことが表沙汰になれば、ひいては、芙蓉荘の人気にもかかわって来る。

そこで小母さんは、一生懸命に気をとりなおすと、「困った」一点張りの「香水夫人」を、あの手この手で慰めすかして、結局、今夜はもう晩《おそ》いから、明朝まで辛抱して貰いたい。明朝は早速事務所の方で、内々に調べて見て、もしそれでも判らなかったら、仕方がないから警察へ頼んでみましょう。

とまア、そういうことに一応ケリをつけて、やがて小母さんは、階下におりて行った。

一人残った「香水夫人」は、暫《しば》らく部屋の中へ坐ったまま黙って考え込んでいる様子だったが、やがて、気をとりなおしたように、静かに床をのべると、草履をはいて、ドアをあけ、御不浄へ出掛けるらしく、廊下を遠去かって行った。

この時、台所のカーテンを音もなくあけて、現われ出たのは、すっかり無視された形の宇津君である。

顔色は鉛色に蒼褪《あおざ》め、額から鼻先にかけて玉のような汗が浮き出し、手足は、まるで中風患者のように、ガタガタ顫《ふる》えている。

——無理もない。部屋を間違えるにも事をかいて、盗難事件の起った部屋へなぞ飛び込んだのであるから、下手に廻れば最も有力なる犯人嫌疑者となることは、火を見るよりも明らかである。

さっきから宇津君は、カーテンの蔭で帽子をとって、額の汗を拭きながら、幾度、気を失いかけたか判らない。

神様にも祈った。

しかし、その甲斐あってか、今、宇津君は、最後のチャンスを与えられたのだ。

「香水夫人」は御不浄へ出られた。今こそ何をどうしても、この忌わしい事件の部屋から逃げ出さねばならない。

顫える足元を必死に踏みしめて、宇津君はドアをあけた。締めた。左右を眺めまわし、靴を脱いで、音のしないように、駈け出した。階段を登った。

——そして、とうとう今度こそは、無事に正真正銘の自分の部屋へ駈け込んだ。それはまるで、偉大なるスポーツ・マンのゴール・インにも比すべく、壮烈きわまるものであった。

暫らく、大の字にぶッ倒れたまま、畳の埃《ほこ》りを吸いつづけていた宇津君。やがて、寝衣《ねまき》に着代えようと立上って、服を脱ぎかけたのであるのがふと、何思ったか、突然、

「あッ！」

と叫んで、ヘナヘナと崩折れてしまった。

——なんと、帽子を忘れて来たのである。

丸善仕込みのソフト帽子で、裏革に、堂々と名前まで書き込んだ奴を、いまさっき、額の汗を拭く時に取ったまま、「香水夫人」の台所へ御丁寧にも忘れて来たのである！

嫌疑者

「とうとう、えらいことになってしまった」

——全く、とり返しのつかない大失敗である。

部屋の隅へ、怯えたように腰を下ろすと、宇津君は改めて自分の危険きわまる立場について

考えてみた。

――旧友に邂逅《めぐりあ》った懐しさから、呑みなれない酒に酔っぱらって、アパートへ帰って来たまではよかったが、部屋を間違えて「香水夫人」の留守部屋へ飛び込んでしまい、おまけにその部屋に盗難事件があったと知って、苦心惨憺《さんたん》機会を摑《つか》んで逃れ出はしたものの、あわてたまぎれに、自分の名前の書き込んであるソフト帽子を、被害の現場へ忘れて来てしまった。

――成る程、これだけ道具立てが整っていれば、まず最も有力な嫌疑者として、逃れることは出来ないであろう。

明日の朝になれば、必ずや「香水夫人」は、例の台所から有力なる証拠物件としてソフト帽子を発見するに違いない。そして、帽子の裏革に記入してある名前を読んで、この部屋へ警官が乗り込んで来る――

「いけねえッ」

宇津君は、飛びあがった。

「どうしても帽子は、今夜中に取返さねばならない」

そう思って、それから二度ほども宇津君は、寝巻にスリッパといういでたちで、足音を盗み人目を忍んで、階段を降り、二階の「香水夫人」丹羽あおいさんの部屋の前まで、忍び寄ったのであるが、しかし結局この大冒険は成就できなかった。

女主人の留守の部屋へ、間違って飛び込んだだけで真赧《まつか》になった宇津君である。どうして現にスヤスヤと、優しい鼾を立てながら「香水夫人」の睡っているその部屋へ、置き忘れた帽子を取りに忍び込む、なぞということが出来ようか。

宇津君は、遂に万事を諦めて半ばヤケじみた調子で寝床へはいった。

が、どうして、寝つかれない。

――考えてみれば、いままで時々、心ひそかに安いと思っていた自分の七十円の月給も、こうなって来ると、どうしてなかなか高価なものだ。おまけに会社が馘《くび》になるばかりではない。いままで宇津君の唯一の心の慰めであり励ましであったところの、管理事務所の小母さんの一人娘、瑞枝さんの楚々たる幻も、今夜のビールの泡の如く、あとかたもなくなってしまう。

そういえば今夜のビールこそ己れの幸福を台無しにしてしまった敵である。いや、そもそも、そのビールを呑まねばならないような立場に立到らしめた懐しい級友のモリ健――あの帝都新

聞とやらで雑報記者をしているとかいう妙に心臓の強いロイド眼鏡。彼奴こそ己れの幸福の敵ではないか。なぞと、遂には宇津君、親友の攻撃にまで、苦悶の妄想を発展させる。まだ五月になったばかりだというに、いつになくムシムシと寝苦しい夜であった。明け方近くなってから、疲れ切って、やっと寝についた。

トン、トン

トン、トン

突然、ドアをノックする音。

宇津君、ハッとなって飛び起きた。

明るい日曜の朝である。時計を見ればもう十時。——思えば今日の日曜日は、ひとつ多年の懸案を積極化して、事務所の小母さんと瑞枝さんを、ピクニックにでも誘ってみようなぞと、楽しい計画も立てていたのに、このドアの音めッ。

トン、トン、

「ただいま、あけます」

宇津君は、とうとうやって来た最後の瞬間を、もうすっかり諦めて立上ると、観念しきってドアをあけた。

「毎度ありがとう存じます。お勘定を頂戴にあがりました」

「なんだ洗濯屋さんか」

洗濯屋が帰ってから、約一時間ばかりというものは、宇津君は、床をあげたあとへ、外出の仕度をして、キチンと坐ったまま、

「宇津というのは君か。警察の者だが、一寸来て貰いたい」

そういって、やって来る恐ろしい男を、待っていた。

もうこうなれば、行くところまで行って、出来るだけの力をつくして身のあかしを立ててみるよりほかに仕方はない、と考えたからである。

ところが、いつまで待っても猫の仔一匹やって来ない。日曜のアパート芙蓉荘は、朝からひっそり閑《かん》として、静かなものだ。

「妙だな?」

あまり静かなので、顔ぐらい洗いに出ても大丈夫だろうと、洗面所まで出掛けて見た。

途中で、二三人、女や男に行会った。宇津君は、その都度《つど》小さくなって、面をそむけながら摺《す》れ違ったのであるが、誰も、なんともいわない。振り返りもしない。いつもとなんの変りもない平凡さである。

「今になっても、なんの沙汰もないとは、妙だな」

宇津君、顔を洗って来てからもう一度坐りなおした。

——確かに帽子は「香水夫人」の部屋へ忘れて来ているのだ。もう今ごろは、とっくに彼女

はその帽子の裏の、自分の名前を見てしまったに違いない。それなのに、まだなんの沙汰もない。

「全く妙だな。果して凶か吉か?」

宇津君は、腹がへって来た。

いっそ、飯でも食いがてら、外出してしまおう。そうすれば何か起きたとしても、今日一日帰って来るまでは、寿命も延びるというもの――

宇津君はそう考えて、こっそり階段を下りはじめた。

二階で、「香水夫人」の部屋の方をソッと盗視《ぬすみみ》ると、戸がしまって、静かなものだ。

玄関へ来て、事務所の前を通る。

瑞枝さんはまだ寝ているらしく、奥の部屋に夜具の裾が見える。小母さんは事務室で、相変らず小さな刺繍の枠を手にしていたが、宇津君の姿をみると、

「お早う。宇津さん」

いつものように愛想のいい調子で、「いいお天気で、お散歩ですか?」

といった。

「はア。いいお天気です」

答えたものの、あんまり何気ない小母さんの様子に、宇津君はもうたまらなくなって来た。

――これではまるで蛇の生殺しだ。煮るなと焼くなと、いっそ手早く料《りょう》って貰いたいものだ。

妙な心理で、宇津君は、出かけた玄関を引返すと、事務所の窓口から、小声で、

「小母さん。昨夜、二階で、何か事件があったらしいね」

何気なく、きいてみた。

すると小母さんは、サッと顔にかげを見せたが、すぐ宇津君の前に寄添って来て、

「まア宇津さん。早耳ですね。何処からそんなことが知れたの？」

「第六感ですよ」

「まア、六感だなんて。……でもね、宇津さん。内密にしといて下さいよ。それがね、とても妙なの、あの丹羽さんたら、昨夜は、あれほど、大事な品を盗られた、困った、困った、って大騒ぎをして置きながらね、今朝になると、どんな夢でも見たのか、カラリと思召が変って、小母さん、もう昨夜の犯人は、調べないで下さい。盗られたと思ったのは、わたしの勘違いでした。と、そういわれるんですよ。ええ、その癖、顔色は昨夜以上に悪いの。だから、勘違いなんて嘘で、やっぱり大事な品物は盗られてるんだが、何かの理由で、犯人の見当でもついて逆に犯人を庇《かば》いだした、とまアそんなおせっかいも考えたくなる位いですよ。ほんとに妙な方ですわ、『香水夫人』は……。でもね、宇津さん。その盗られた品物なんですがね。——お金よりも、宝石よりも、いいか、いのちよりも、女にとって大事なもの。なんて、一体なんでしょう？」

「さア……僕らじゃア判りませんね。ああ、小母さん。瑞枝さんに聞いて御覧なさいよ」

二人づれ

新緑の街には、すがすがしい季節の微風が匂い立ち、早くも明るい色彩のパラソルが、チラ

ホラ、見えだしている。

朝とも昼ともつかぬ食事をすました宇津君は、街路樹の木蔭を、狐につままれたような顔をしながら、ふらふらと歩いていた。

——なんて不思議な女だろう。

宇津君は、さっき小母さんから聞いた「香水夫人」の、妙な心境の変化を、とつおいつ考えつづける。

問題全体の印象から見ると、いまは寧《むし》ろ、ホッとした形の宇津君である。

「香水夫人」は、ともあれ、一応の好意を見せてくれた。自分の帽子を発見して、急に犯人を庇って呉れる好意は、この際考えて見れば有難い。

しかし、どうもこの好意の中には、何か住み憎《にく》いものがある。——実際、考えてみれば、「香水夫人」のそうした好意も帽子の主が犯人である——という明らかな誤謬《ごびゅう》の上に立っての好意であるから、シックリ来ないのも無理はない。

宇津君は、それを考えると、有難い、と思う下から腹が立つ。

「貴女の御好意は有難い。が、僕ア盗人じゃアありませんよ」

いってやりたいような苛立たしさでもあった。

——全く、女の人から好意を受けるのは、誰にしたって決して悪かろうはずはないが、しかし、こんな場合のは、いささか有難迷惑である。それに、もしもそうした「香水夫人」の好意が、今後変な風にでも発展して来ると、心ひそかに愛している事務所の瑞枝さんに対して、申訳のないような、間違いでも起きたら大変である。

純真にして善良なる宇津君は早くもあらぬ妄想を逞《たくま》しゅうして飛んでもない取越苦労に胸を焦《こが》す。

が、結局、今度の事は、凡《すべ》て夢のような出来事の連続である。いま、宇津君は何も考えたくない。芙蓉荘などへ帰れば、いい事は起きないにきまってるし、

「そうだ。ニュース劇場でも見て来よう」

思いついて、銀座へ出ることにした。

ところが――

尾張町《おわりちょう》でバスを降りた宇津君が、電車通りを渡ろうとして、人ごみの中に立止った時であった。

日比谷《ひびや》のほうからやって来たタクシーが一台。赤信号で、宇津君から五間《けん》と離れないところへストップした。

宇津君は、全く何気なくその自動車《くるま》をヒョイと見たのであるが、途端に、

「アッ!」

思わず声を出してしまった。

なんと、その自動車には、いつものように和装で、めかし込んだ「香水夫人」が、これは又ナンと、昨夜宇津君と邂逅《めぐりあ》って一緒にビールを呑んだ、帝都新聞のモリ健と二人で、すまし込んで並んでいるではないか!

尾行

それぞれ全く違った立場からのみ、宇津君と関係を持っているはずの二人の人物が、一つの自動車に乗って、銀座へ出て来た。

宇津君が、思わず叫びをあげたのも無理はない。

一体、二人はどういう間柄だろう。前からの知りあいか、それとも、今日はじめての知りあいか?

「こいつは、どうしても見届けねばならん」

場合が場合だけに、宇津君、咄嗟に尾行を決心した。

幸い二人の方では、宇津君の存在に気付かぬ様子だ。そこで二人の視野から急いで身を隠すと、一汗かいて、大急ぎで自動車を一台探して来た。

やがて、二台の自動車は、前後して尾張町をあとにした。

が、行く程もなく、二人の自動車は、大きな果物屋の前へ停った。

「香水夫人」が先に降り、モリ健が、あとから降りた。

モリ健は、編輯室から飛び出したばかりといった風な、帽子もかぶらぬ軽い服装で、眼鏡を光らせ、ソリ返りながら、「香水夫人」のあとから果物の並んだ店の中へはいり、二階の喫茶店へ登って行く。

宇津君も、すかさずあとに従った。

二人は、一番奥のボックスに向い合ってついた。

宇津君は、気づかれないように、苦心惨憺の結果、やっとのことで、直ぐその手前のボックスにはまり込むと、手真似で苺《いちご》を頼み、新聞をかぶるようにして読みながら、隣席の様子に神経を尖らす。

「ほんとに、お忙しい中を、こんなところへお誘いいたしまして、ご免下さいませ」

「香水夫人」が切りだした。

「やア。構わんですよ」

モリ健である。

どうやら、二人共初対面らしい。宇津君は、ふと、或る種の安堵を覚えた。

「で、御用件と仰有るのは?」

冷たいものを飲みながら、モリ健がいう。

「はい。それが……あの」

「遠慮なくいって下さい」

モリ健は、声が高い。

「香水夫人」は、いよいよ小さな声になって、

「はい。あの、それでは……大変申しあげにくいんでございますが……」

「はア。はア。なんですか?」

「あの……簡単に申しあげますと、つまりその、昨晩の品を、お返し願いたい、と思いまして

「えッ？」

「……」

「いいえ。決してそのまま、お返し願おうなぞとは、存じておりません。あの、大変失礼でございますが、相応のお代価で、お譲りしていただこうと——」

「一寸待って下さい」

　モリ健が遮った。

「いったい、何のことですか？　僕にはサッパリ分りませんが……」

「ホホホ……」

　突然、「香水夫人」が、婉然《えんぜん》たる笑いを洩らした。

「まア。ほんとにお上手な。どうぞ、おとぼけにならないで下さいましな」

「えッ？　な、なんですか。分りませんなア」

　分らないのは隣席なる宇津君である。スプーンの背中で苺を潰《つぶ》しながら、頗《すこぶ》る混沌たる顔つきをしている。

記者根性

やがて、「香水夫人」が、再び声をひそめて、モリ健へいった。

「まアほんとに、御冗談は抜きにしていただきまして、もうすっかり御承知のこととは存じますが、あの品を、あなた様のほうへお預けいたして置きましたんでは、わたし、生きた空はございませんの。わたくしの、いのちよりも大事な品なのでございます。どうぞ、お救け下さると思召して、お譲り下さいましな」

モリ健は、黙ったまま女に喋らせていたが、この時、突然いった。

「ははア。そうですか。判りました。いや。確かに預かってあります。むろん、場合によっては、このままお返しせんでもないですが、しかし、それには、もう少し貴女のお困りになる立場を、御事情を、詳細に承ってからでありませんと……」

「まア、ほんとでございますか」

「香水夫人」は急に元気づいた。

「申しあげますとも、どうせ大体の内幕は御承知のあなた。わたしが、そのためにどれだけ困るかなどというくらいのこと、いくらでも中上げますわ。……でも、こんなとこでも、なんでございますから、もう少し、落着いたところへでも……」

「ええ、何処へでも行きますよ」

やがて二人は立上った。

宇津君は、新聞をかぶるようにして、もうさっき読んだところを、再び読みかえす。

二人は出て行った。ジャスミンが匂った。

が、宇津君は立てなかった。余りの話の意外さに、呆れはてて腰が立たなかった。それに「もう少し落着いたところへ」などといっていたから、これ以上、尾行《つけ》るとしても無駄である。

宇津君、苺のお代りを頼んで考え込んでしまった。

それにしても、なんという驚くべきモリ健であろう。まぎれもなく、話は昨夜の盗難事件である。しかも、その犯人がモリ健であろうとは。そして、なんとその犯人は、白昼堂々と被害者に対して威丈高になって威張っている。

「だが、そうすると、いったい俺は、どうなっちまったのだろう」

――全く、宇津君は、すっかり「香水夫人」から無視された形である。

「そちらがそちらなら、こちらもこちらだ」

というわけでもなかったが、いくら考えても、問題が混沌としていて、頭の中がモヤモヤしてしまうので、気分転換にと、宇津君も店を出て、ニュース劇場を見に出かけた。

が、写真に出て来る人物の顔が、凡て、モリ健や「香水夫人」に見えて来てしようがない。

やがて宇津君は、ニュース劇場を出た。

街を散歩してみたが、やっぱりどうも、二人のことが気にかかる。

そこで、とうとう思い切ってさっきの喫茶店へ寄ると、電話を借りて、帝都新聞へかけてみた。

ほんの試みにかけてみたのであるが、運よくモリ健は、既に帰って社内にいた。

宇津君は、いきなり声を弾ませた。

「ああ森君かね。昨夜は失敬。実ア早速で、なんだがね。君さっき、僕のアパートにいる丹羽って婦人と、銀座の喫茶店へ寄ったろう？　え。そんなに驚くなよ。実ア、僕、君達の話を、済まなかったが立聴きしてしまったんだ。僕のほうこそ驚いたよ。昨夜君は、いったい、いつの間に僕等のアパートへ忍び込んだんだい？」

すると、
「ハッハハッハッハッハッ……」
大きなモリ健の笑い声が、受話器の向うから響いて来た。
「冗談じゃないよ。おい、君。本気で僕を泥棒と思ってるのかい？　勘違いするなよ。さっきはね。あの婦人から、色々妙なことを話された時に、ピンと直感が来たのさ。こいつ、何かネタがあるんだな——とね。そこで、相手の心を惹きつけて、根掘り葉掘り詳細を聞き出すために、咄嗟の芝居で、品物は私が預かっている——なんて出鱈目《でたらめ》をいったまでさ。むろん、まだあの婦人、僕を犯人と思っているらしいがね。なぜそんな勘違いをしているのか、そいつが僕には判らんのさ。いや、しかし宇津君。そんなことはどうでもいい。問題は、あの女と、盗まれた品物だよ。どうやら僕の睨んだ通り、特ダネらしいよ。いま調査部で調べさしているがね。あの女、ただのアパート人種なんぞじゃアなさそうだよ。そうだ、今夜あたり、ひとつ君を訪問しよう。待っていて呉れ給え。なかなか君のアパートは面白いアパートらしいね。じゃア頼むよ。さいなら……」

瑞枝さん

「なかなか君のアパートは、面白いアパートらしいね」

さっき、モリ健はそういった。

「チェッ」

——なにが面白いものだ。

宇津君、サッパリ面白くないのである。

昨夜、盗難事件の起きた「香水夫人」の留守部屋へ、それとも知らず酔っぱらった酒の祟りで、間違えて飛び込んでしまい、あわてた拍子に名前のはいったソフト帽子を忘れて来てしまったそのままの宇津君である。帽子なしで、油気の少くなった髪の毛を、五月の午後の微風になぶらせながら、頗る面白くなさそうな顔をして歩いている。

考えてみれば、全く面白くないことの、連続ばかりである。

――忘れて来たソフト帽子を、有力な証拠物件と誤解されて、警察へでも引ッ張られるかとビクビクしていると、今朝、管理事務所の小母さんの話では、急に「香水夫人」が、犯人の調査方を取消して来たという。

「自分に対して、一応の好意を持っていてくれるのか」

と、変に有難迷惑がって見たりしたが、それも束の間の自惚《うぬぼ》れ。銀座で、意外な人物、帝都新聞の親友モリ健と、一緒にいる「香水夫人」を見てしまった。

あとを尾行《つけ》てみると、どうやら「夫人」は、如何《いか》なる証拠によってか、意外にもモリ健を犯人と看做《みな》して、盗まれた品の返済方を要求している。

モリ健もまたモリ健だ。妙な要求を受けて、こいつ何かネタ臭いなと思ったばかりに、相手から一層詳しい話をズリ出そうと、大きなカマをかけて、疑われるまま盗人になりすましてしまう。――いかにインチキ雑報記者といえどもああまで食い下っては、芝居もいささかあくどすぎる。

――ところで、そうするといったいいまの自分の立場は、どうなるんだ。

これ程心配をしたり、気を揉ましたりして置いて、今更用がないとは――いや、もっけの幸い。身軽になって、瑞枝さんのことでも考えるさ。

だが、待てよ。さっきモリ健は、電話口で、

「……やっぱり僕の睨んだ通り、特ダネらしいよ。今夜あたりお邪魔するから、待っていてくれ給え」

ひどく張り切っていたではないか。

「あら、お帰りなさい。宇津さん」

いつの間にか、芙蓉荘へ帰って来た。

植込の八ツ手の葉蔭から、箒《ほうき》を手にして小母さんが出て来た。

「ああ、行ってまいりました」

「宇津さん。一寸……」

「なんですか」

「今朝の話ね」

「え?」

「娘に訊いてみましたよ」

「ああ『香水夫人』の、盗られた『大事なもの』ですか。ほんとに訊いたのですか? そんなことを」

「だって、あなたが、瑞枝に訊いてみなさいって、仰有ったじゃアないの。——お金よりも、宝石よりも、いのちよりも、女にとって大事なもの。といったら、一体なんでしょう——ってね、何気なく娘に訊いてみましたの」

「瑞枝さん、なんて答えました」

「まア、それがね、宇津さん。いやにあっさり答えました」

「な、なんて答えました」

「それがね、またトンチンカンな代物でね。とてもあの『香水夫人』の、盗られた化粧函の中へなんぞ、はいりそうもない代物なんですのよ」

「なんですか。な、なんて答えました」

小母さんは、もったいぶっていった。

「愛情——ですって」

仮装盗賊

「やア、さっきは失礼。——なかなかいい部屋だね」

モリ健は、はいって来るなり、そういって大胡坐《おおあぐら》をかくと、頭をふりながら、

「どうも昨夜の酒は宿酔《ふつかよい》でね。昨夜、君何時に帰った。僕ア、吾が家へ辿りついたのが午前の一時だったぜ。お蔭で、ステッキと帽子をどこかへ落してしまった」

「なんだ。君も、帽子やステッキを落してしまったのか。ふーム。どうも、昨夜のビールには何か薬でもはいってたんじゃアないかな。実ア僕も昨夜は大失敗をやってしまった」

「何をやったんだい？」

「それがその、手ッとり早くいうと、僕も帽子をなくしてしまったんだがね。ところが、それがただなくしてしまっただけじゃアなくってね。ほら、君が、こうして乗り出してござった、

この芙蓉荘の住人、例の『香水夫人』の盗難事件と密接な関係の中へ、この僕を落し込んでしまったのさ。全く、祟り酒だよ」

「なに、そいつア聞き捨てならん話だね。ああそれで君は、今日銀座で、僕らの話を立聴きしたりしたんだね。いったい、どうしたって話なんだい？」

そこで宇津君は、昨夜、酔払って帰って来て部屋を間違えて「香水夫人」の部屋へ飛び込んだことから、その部屋の盗難事件を知ってあわてて逃げ出した折、有力な証拠物件になりそうな帽子を忘れてしまったこと。並びに、さっき銀座で「夫人」とモリ健に出会ったまでのいきさつを、詳細に亙《わた》って説明した。

モリ健は、黙って考え込んでいる。

「どうしたのさ。森君」

「なに一寸、考えてるんだ。――つまり、いま君のいったように、ハッキリ誤ちを犯している君のほうへは、濡れ衣もかからず、全然なんの覚えもない僕の方へ、その『香水夫人』とやらは飛んでもない泥棒の汚名を着せようとしている……」

「成る程、その点は、考えてみれば妙だね」

「妙だよ。第一僕は、今朝あの女に訪ねられた時から、不思議に思っていたんだ」

「僕もだよ。甚だへんな立場になって、困っている」

「待て、待て。……ふーム。判りかけて来たぞ」

「えッ」

「判りかけて来たんだよ。おい、宇津君。君、昨夜、僕と一緒にビールを呑んだあの酒場を出る時に、僕の帽子を間違えて、かぶりゃアしなかったかい？」

「えッ」

「いや、君が間違えたのか、僕が間違えたのかは判らんが、いずれにしても、昨夜僕らは、お開きにする時、お互いに酔っぱらったまぎれで、帽子を違えやアしなかったか、って訊いてるのさ。だから、つまり、僕が帰り道で、溝《どぶ》へ落してしまった帽子が、実は君の帽子で、君が間違えて飛び込んだという『香水夫人』の部屋へ、忘れて来た帽子が実は、このモリ健の帽子であった――」

「成る程！　そういえば、なんだかあの帽子、かぶり心地があまりよくなかった」

「しかも、僕の帽子には、新聞社の名前までハッキリ書いてあるんだからね。『香水夫人』は盗人を新聞記者の僕だと勘違いして、突然僕を訪れて、妙な要求をして来た――というわけ。そうだ。これに間違いない」

「うまい。君の頭のよさには感心した。理路整然としてるね。――成る程そうだったか。あの帽子が、君の帽子だってことが始めから判ってりゃア、僕アなにも心配するんじゃアなかった」

「おい、薄情なことをいうなよ」

「だって僕ア、生れつき気が小さい」

「冗談じゃアない。君が間違えて、僕の帽子を『香水夫人』とやらの部屋なぞへ忘れて来たからこそ、お蔭で僕は、盗人にされてしまった。飛んでもない濡れ衣さ。……だが、まアいい。禍い転じて福となす――これが、モリ健の主義なんだ。どうせ、ここまで偽りの盗人になりすまして、『香水夫人』の秘密を、徹底的にあばき立てると共に、そもそもの真犯人を、根ッから洗い出してやるんだ！」

雑報記者のモリ健、そういって天井の片隅をハッタとばかり睨みつけた。

合　鍵

「ところでね。今夜君を訪ねたのは、そんな、帽子の間違い咄を聞かされるためではなかったのさ」

紅茶をすすりながら、改めてモリ健がいう。

アパートの近くの、静かな喫茶店である。

「今日も電話で君にいったように、あの『香水夫人』こと丹羽あおいと称する女。こういっちゃア失礼だが、芙蓉荘なんかにくすぶってる程度の女じゃアない、と僕ア初手から睨んだんだ。今日もあれから、長崎料理で飯を食いながら、あの女の困った立場とかいうのを聞かされたんだが、なんしろぬらりくらりと、困った一点張りで、肝腎の事情というのがとんと判らんが、犬崎《いぬさき》とか、会社とか、一つ二つヒントになりそうな言葉にぶつかった。犬崎と聞いて僕はすぐに、少し大きいか知れないが、あの犬崎航空工業の少壮社長、学者肌の犬崎彌太郎《やたろう》あたりを、ピンと思い出したんだ。全く、あの『香水夫人』の気品からいっても、そこらがあの女の相手にしそうな世間のレベルじゃアないかな、とまア、僕ア思うんだ」

　モリ健は、煙草に火をつけた。

「ところで、盗られた品物というのは、まだハッキリは判らんが、兎に角その品物を、僕のような新聞記者に利用されることを死よりも恐れていることは確かなんだ。だからこそ、僕のあとを追ッかけて、拝まんばかりにして返して呉れと頼んでいるのさ。しかし、僕ア、盗人を装ってはいるけど、本当の盗人ではない。ない袖はふれないのであるから、あまり執拗にせがまれてまでも出せないでいて、却って僕が何も盗っていないことを、相手に悟られてしまったら、万事終りである。そこで、僕としても、一応、どんな品物が、どうして、誰に盗られたか――その方面からも、探訪の手を伸ばして置きたい、とこう思って、盗難アパートの住人である、宇津君の協力を仰ぎに来たというわけさ」

「そうかい。いや、僕だって、そもそもの事件のはじまりから、首を突込んでる事件だよ。このためには、或は会社も馘になるかとまで心配もした僕なんだ。その方が無事に助かった今となれば、一日二日は会社を休んだって、君の探訪に協力して、早くセイセイした気持になりたいものさ」

「よし。それじゃア早速はじめよう。――さっき君が話したところによると、君が間違えて『香水夫人』の部屋へ飛び込んで、台所へソッと隠れている時に、管理事務所の小母さんが、『香水夫人』へ、怪しい者なぞおろか、今夜は外来客は一人もありませんでしたといったってね」

「そうだよ。尤も、あの小母さんは、居睡りが得意だから、あてにはならんがね」

「ま、一応信用してかかるさ。ところで、そうすると、犯人は、アパート芙蓉荘の住人の中にあることになる。しかし、ここで訊き度いのは芙蓉荘では、各室の鍵は、全部どの部屋へも通用出来る、合鍵かね?」

「いや、そんなはずはないよ。僕はもう、芙蓉荘の古い住人だから、よく知ってるがね、決してそんな安アパートでもない。鍵は、別々だよ」

「じゃア、訊くが、なぜ君は、昨夜、酔っぱらって『香水夫人』の部屋へ間違えてはいった時に、君の部屋の鍵でもって、『香水夫人』の部屋のドアを開けることが出来たんだい?」

「えッ。ああ、それはね」

宇津君、急に熱心な顔になった。

謎の部屋

「そうそう、それはね。こうなんだ」

ゴクリ、と紅茶を呑んで、宇津君は続けた。

「――つまりこうなんだ。芙蓉荘は、御覧の通り三階まであって、各階ごとに、十室ずつ部屋があるんだ。そしてその、各階の十室の鍵は別々なんだが、縦には、三階合鍵になってるんだ。そうそう、やっと思い出したよ。これは大事なことだな。――つまり、一階なら一階の十の部屋は、それぞれ鍵は別なんだが、一階の第一室と、二階の第一室と、三階の第一室とは合鍵なんだ。同じように、一階の第三室と、二階の第三室と、三階の第三室とも、合鍵なんだ。同様に、僕の部屋は、三階の第四室で、『香水夫人』の部屋は、二階の第四室だ。だから、僕の部屋と『香水夫人』の部屋は合鍵であり、僕が、彼女の部屋へ間違えてはいることも出来たわけさ」

「おい、一寸まって呉れよ」

モリ健が遮ぎった。

「もう一人、合鍵を持ってる者があるだろう?」

「え?」

「一階の第四室はどうだい」

「ああ、そうだね、うっかりしていた」

「それだよ。問題は。──つまり、二階の第四室である『香水夫人』の部屋へ、はいることの出来る合鍵を持っているものは、三階の第四室にいる君と、一階の第四室の住人、との二人──ということになるわけだね。そして、その二人のうちで、君は全然『香水夫人』の部屋へ、悪いことしにいっていないとすれば、犯人は、残りの一人、つまり、一階の第四室にいる者が、甚だ怪しいということになる。どうだい、宇津君。その一階の第四室にいる男──か女かは知らないが、兎に角その部屋の住人を、君、知ってるかい?」

「成るほどな。新聞記者だけあるわい。うまく考えたね。しかし、僕、その部屋に、どんな人間がいるか、全然知らない。よし。ひとつ、そいつを僕が調べてみよう。ね、僕に調べさせてく――」

宇津君は、不意に口をつぐんだ。

なんだか嗅ぎ覚えのある匂いを、嗅いだように思ったのである。

――ジャスミンだ！

本能的に振り返ると、

「あッ」

口の中で叫んだ。

檜葉《ひば》の鉢植の蔭に、いつの間にやって来たか「香水夫人」が、明るい市松模様の御召《おめし》に黒ッぽい夏羽織を着て、婉然として立っている。白い首すじにパーマネントの髪が艶々しい。

「まあ、こんなところにいらしたの」

「香水夫人」がいった。

むろん、モリ健に対してである。

「いやア、友達につきあってね」

早くもモリ健立上って、そういうと、それとなく宇津君のほうへ流眼《ながしめ》をくれた。

その眼は、

「また責められる。昼間のつづきだ。仕方がないよ」

と、いっているようだ。

「お連れの方、およろしいんですか?」

「ええ、かまいませんよ」

肩をならべて、出て行った。

不　安

「おや、瑞枝さんじゃアありませんか」

独りきり、喫茶店から出て来た宇津君である。

「……」

相手は、黙ったまま、ふと、薄暗の中に立ちどまっていたが、

「まア、宇津さんなの」

寄添って来て、一緒に歩きだした。

宇津君、急にノドが硬張《こわば》って来て、ものがいえなくなった。

「喫茶店?」

「ええ、友達と一緒にね」

「だって、一人で出て来たじゃアない」

「ええ、それがその、友達がまた、別の友達と一緒になってしまったものですから、一人で出て来たんです」

しどろもどろである。

「まあ。宇津さんの美点ね。その、もののいいかた」

瑞枝さんは笑って、

「わたしも、今日は、昼間のうちから、友達のところで遊んで来たの」

コツコツ、靴音を立てて歩きつづける。

——この小女、今日は、母親の問いに対して金よりも、いのちよりも、女にとって大事なものは、愛情である、と、言下に答えているのだ。

それを思うと、いままで瑞枝さんの側にいて感じた心臓の鼓動が、今夜は、一層強く感じられる宇津君であった。

宇津君は、やっと、話題がみつかった。

「ああ、瑞枝さん。つかぬことを訊きますがね」

「え?」

「あの芙蓉荘のね。一階の、階段室から四つ目の部屋ね」

「第四号?」

「ええ。あの部屋、誰かはいってるんですか?」

「いいえ。あれは空室よ」

「えッ!」

「そう、空室よ。だけどね。わたしが、いろいろ、荷物なぞ、入れさして貰ってるの」

「な、なんですって?」

「吃驚《びっくり》するじゃアないの。そんな大きな声出して」

「瑞枝さん! あなたがあの部屋を使ってるんですか?」

「そうよ」

「じゃア、鍵もあなたが持ってる」

「モチさ。——なによ。宇津さん。そんなにムキになって。でも、もしもあなたのお友達でもお使いになるんでしたら、わたし、あけるわ」

「……」

宇津君は、もう、ものがいえなかった。

——これは大変なことになった。

恐ろしい不安が、夏空の雲のように、ムクムク湧きあがって来る。

瑞枝さんもなぜか急に黙って歩き出した。

部屋々々に、まばらに電気のついた芙蓉荘がすぐ眼の前に見えて来た。

宇津君は、たまらなくなって来た。

——さっき、モリ健と一緒に立てた推理によれば、「香水夫人」の留守部屋へ忍び込んだ盗人は、芙蓉荘の一階の第四号室の住人ということになっている。だが、いまの瑞枝さんの何気ない言葉によれば、その部屋は目下空室で、瑞枝さん自身が使っているという。

なんという恐ろしいことだ。自分の疑いが去ったと思うと、一難去って又一難。今度は、大事な心の愛人、瑞枝さんの上に災難がふりかかろうとしている。しかも、モリ健はあの通り心臓の強い男で、どこまでも犯人を追求するといっている！

宇津君は、とうとう思い切って、一か八か、ケジメのつくような、きわどい質問を試みようと決心した。

「瑞枝さん。緑色の、ヴァニティー・ケースを知ってる?」

「えッ！」

——大変なことになった。瑞枝さんは、棒立ちになると、みるみる顔を歪めながら、やがて低い、吐きだすような声で、いった。

「まア、宇津さん、見ていたの……?」

誤解

「まア。卑怯だわ。卑怯だわ。女のすること、隠れて見ているなんて、男らしくないわ」

瑞枝さんは、とうとう眼頭に光るものを見せながら、からだをゆすりあげた。

「あたし、口惜《くや》しい!」

「ま、まって下さい」

洋装の下で、瑞枝さんのハチ切れるような肢体がくねりあがるのを、宇津君、見ながら、いよいよしどろもどろだ。

「そ、それはなにかの、誤解というものです、待って下さい」

「じゃア何故、そんな恐ろしいことを、あたしに訊くの」

「そ、それです。僕ア、決して貴女のしたことなんぞ、見ていたわけじゃアありません。これには、わけがあるんです。わけが……」

「じゃア、そのわけを聞かして下さい」

「いいますとも。これがいわずにおれるものですか」

宇津君は、ゴクリと唾を呑みながら、

「立話も、なんですから、ボツボツ歩きながら、話しましょう。——実ア、こうなんです。始めから申しますと、昨夜、僕は、昔の親友にヒョックリ行きあったんです。帝都新聞に出ているモリ健という男なんですが、お互いに珍らしがったものですから、一緒にビールを呑んで、久しぶりに酔っぱらってしまったんです。それで、何でも十一時ごろかと思いましたが、僕アモリ健と別れて、芙蓉荘へ帰って来たんですが、なにしろ、ふだん呑みなれない酒を一寸過ごしたものですから、すっかり酔っぱらってしまって、面目ないですが、自分の部屋を間違えて、あの『香水夫人』の部屋へはいってしまったんです」

宇津君は、一寸口をつぐんで、恐る恐る、瑞枝さんのほうを見たのち、あとを続けた。

「ところが、間違えたと気づいて、急いで出ようとすると、運悪く『香水夫人』が帰って来た。僕は台所のカーテンの蔭へ隠れていたんですが、『夫人』はすぐに盗難事件を発見して、事務所のあなたのお母さんを呼び寄せるやら、大騒ぎになったんです。僕は、隙をうかがって、九死に一生の思いで、その忌わしい部屋を出たんですが、運の悪い時は仕方のないもので、あわてたまぎれに、その部屋へ自分の帽子を忘れて来てしまったんです。それで、僕は、それからずっと、その帽子を証拠物件として、犯人の嫌疑者となり、今に警察へ引っぱられるか、引っぱられるかと、心配していたんですが、今さっきやっと分ったんですが、実は、その僕の帽子だと思っていた帽子は、そもそも昨夜酔っぱらって、友達と別れる時に、お互いに間違えてかぶってしまった、その友達——帝都新聞のモリ健の帽子だったんです。それで、『香水夫人』の盗られたヴァニティー・ケースの中には、恐らくあの女《ひと》の秘密に関する大事なものがはいっていたのでしょう。『香水夫人』は、僕が間違えて置いてきたそのモリ健の帽子を見て、犯人を新聞記者と思い、事件を表沙汰にしては、却って困ったことになると、小母さんにも口留めしたりして、単身モリ健のあとを追廻しては、盗られた品物の返還を要求しているんです。なにがなんだか分らないのは、モリ健ですよ。そこで『香水夫人』と同じアパートにいる僕を訪ねて来て、そこでボンヤリながらも事情が分って来ると、途端にモリ健、記者根性を出して、今度は逆に、疑られるままに偽りの盗人になりすまして、『香水夫人』の弱みにからみつき

『夫人』の秘密をあばき立てると同時に、そもそもの真犯人をみつけ出そうと、僕を仲間に引き入れて探訪にかかったんです。僕は何も知らないものだからいい気になって、一緒に推理を立てると、――二階の第四室である『香水夫人』の部屋へ忍び込める合鍵を持っている者は、三階の第四室にいる僕と、一階の第四室の住人だけということになり、一階の第四室の住人が怪しいということになって、モリ健と別れての帰り、幸いあなたに会ったものだから、何気なくその一階の第四室の住人を訊いてみると、意外にも、その部屋は貴女自身が使っているといわれ吃驚した僕が、一か八かを知るために、思い切って『緑色のヴァニティー・ケースを知ってますか』なんて、恐ろしいことを訊いたのに対して、貴女は『見ていたの』なぞと情《なさけ》ないことを仰有る。僕はまさか、僕の大事な心の恋人――あッ。ご免下さい。や、やさしい貴女が、

盗人だなんて思わなかったものですから、吃驚したのは、僕のほうですよ。僕は決して、貴女のしたことなんぞ、見ていたわけじゃアありません」

宇津君、一気にまくしたてた。

愛の盗人

「分ったわ。宇津さん」

瑞枝さんは、眼頭を濡らしたまま、にっこり笑って頷いた。

「分ってくれましたか」宇津君ホッとして、「でもね。僕はまだ、非常に心配なんです」

「どうして？」

「あなたが」

「ああわたし？――宇津さん『香水夫人』のヴァニティー・ケースを盗ったのは、やっぱりわたしなの。でもね。心配しなくてもいいの」

「だって」

「いいえ。心配しなくてもいいの。あの時、『香水夫人』は、お芝居に行ってたらしいの。だからわたし、その留守に、盗ってしまったの。でもね。わたし少しも恐ろしいことをしたとは思っていないの。だって、ひとに頼まれてしたんですもの」

「誰に頼まれたんです」

「それは、いまはいえないの。そのひとの許しがなくては、いえないの」

「いくらひとに頼まれてしても他人《ひと》のものを盗るのは恐ろしい事じゃアない」

「そうよ。でも、そこにわけがあるの」

宇津君は、今朝がた事務所の小母さんを通じて、お金よりも、宝石よりも、いのちよりも、女にとって大事なものはなんであろうと、訊ねたことに対して瑞枝さんが言下に、愛情です。と答えているのを思い出した。そこで宇津君は、その、わけというのを突込んでみた。

「つまり、愛情――ですか」

するると、瑞枝さんは、急に眼を輝かして、

「そう、ひとくちにいえば、そうよ。宇津さん、案外カンがいいわ。――でもね。その愛情の盗人――わたしに冒険を依頼した、真の犯人よ。そのひとが、誰であるか。そしてまた、そのひとが、どんなものを、どういう動機で、わたしに盗るように頼んだか。それから、あの丹羽あおいっていってる『香水夫人』が、どういう方であるかってことも、いまのところ、わたし一人だけが知ってるの。宇津さんにだって、その依頼主の許しがあってからでなくては、いまはいえないの。ごめんなさいね」

「いいえ。僕はかまいませんよ」

いってから、ふと、軽い嫉妬を覚えて、

「でも瑞枝さん。僕はかまいませんが、僕の友達の、その帝都新聞のモリ健というのは、案外ネバル男なんですから、すっこんじゃアいませんよ。僕は、それが心配なんです」

「分ってるわ。でもね。もう間もなく何も彼もわかる時が来るの。もともと、すぐに解決する

性質の問題なのよ。それを、あなたが、間違えて、新聞記者の帽子なんかを、『香水夫人』の部屋へ忘れて来たりなぞしたものだから、『夫人』も勘違いして、問題が複雑になっちまったの。なんでもないのよ」

「ほんとに、そうならいいですがね」

「宇津さん。わたし、なんだか疲れたから、もう失礼したいわ。帰らない」

もっと、二人で歩いていたい宇津君であったが、諦めて、暗い木蔭の道を、芙蓉荘のほうへ帰って行った。

何処からか、甘い花の香りが夜風に乗って流れて来た。

危機

「おい。宇津君。開けろよ。開けろよ」

朝早くから、どうやらモリ健の声である。

今日一日会社を休むことにして、ゆっくり静養の朝寝をしていた宇津君。ボンヤリ起きてドアをあけると、いきなり躍り込んだモリ健。

「おい、宇津君。急いでるから簡単にやっつけるよ。――昨夜あれから『香水夫人』に引っぱり廻されて、僕アひどい目に会ったよ。手っ取り早くいえば。木乃伊《みいら》とりが木乃伊になりそう――というわけさ。いささか深入りし過ぎた形だよ。なんしろ盗人に化けたはいいが、ほんとの盗人じゃアないんだから、絶対に『盗んだ品』を返してやるってことが出来ない。いつまでたっても、僕が『盗った』といって置きながら、その『盗った品』を返さないものだから、『こいつただのゆすり記者じゃアない』とでも『香水夫人』考えはじめてか、いささか雲行きが悪くなったんだ。おまけに、僕の名入りの帽子は、君のお蔭で彼女の手にはいっているし、『香水夫人』もいささかヤケじみて来て、昨夜は、告発でもしかねまじい形勢を示しはじめて来たものだから、ろくに記事も取らない先に、濡れ衣とはいえ、いまどきブタ箱へなぞ叩ッこまれても有難くねえと思い、咄嗟の気転で、実は、盗った品は、芙蓉荘の友人宇津君に預けてある——っていってしまったんだよ」

「やア、そいつは困るね」

「まア、あとをきけよ。するとね。『香水夫人』では、明朝早速、その宇津さんとやらへ伺って談判するから、あなたも立会え——ということになって、実アこうして、僕、一足さきに、君のところへ善後策を講じに来たわけさ。もう、そのうちに『香水夫人』も、この部屋へやって来るよ」

「そいつア、いよいよ困る」

宇津君、すっかり眼が醒《さ》めてしまった。

「なに心配せんでもいい。善後策を講ずればいいじゃアないか、つまりこの場合、ひとまず真犯人を探して置くんだよ。——ところで、昨夜、君に頼んだ、例のこの芙蓉荘の、一階の第四号室の住人、あれは分ったろうね」

「うん。あ、あれか。あれは、君。空室、だそうだよ」

宇津君、思わずあわてていった。

「なに空室だって。でも、誰か使ってるだろう?」

「つ、つかっていないよ。断じて空室だよ」

すると、モリ健は、急に坐りなおして、

「——おい。宇津君。君は、うそをいってるな」

「なに、うそ?」

「そうだ。うそでなかったら、モリ健、腹を切る。君は、このアパートの、管理人の娘に懸想《けそう》してるな」

「じょ、じょうだんじゃアない」

「だめだよ。もう、ネタはすっかり上ってるんだよ。僕ア、ここへ上って来る前に、あの事務所の小母さんに、それとなくあたって、すっかり一階の四号室の使用者を調べあげたんだ。あの小母さん、娘の犯行を知らないと見えて、僕を部屋を探してるお客とでも勘違いしてか、すっかり喋ってくれたよ。おまけに、僕ア、その瑞枝とかって娘の、勤め先まで知ってしまったよ。驚いたね。その娘が、丸の内の、犬崎航空工業へ勤めているとは」

「えッ。犬崎航空——」

「なんだ、君、知らなかったのか? トボケてるのか? まアいい。とに角、その犬崎の社長室のタイピストなんだ。どうだい。昨日、僕が『香水夫人』の言葉からヒントを得て、築きあげた六感は正しかったね。今ごろ、その娘、社長室で、クシャミをしてるだろう。——宇津君、君の恋人、だったら甚だ君には気の毒だが、これから『香水夫人』がやって来たら、三人して丸の内の、その会社へ乗りつけようじゃアないか」
「ま、まってくれ給え」
しかし、この時、
トン、トン、
ドアをノックして、どうやら「香水夫人」が、訪れたのである。

罰すべからず

「ああ、もしもし、瑞枝さんですか。僕、宇津ですがね。大変なことになったんですよ」

階下の電話室である。切羽詰った宇津君、丸の内の会社へ電話をかけて、瑞枝さんを呼び出すと、こう前置きして、モリ健と「香水夫人」が押しかけて来た顚末《てんまつ》を、訴えるような調子で報告に及んだ。

「ね。そんなわけで、僕どうしてよいか、困っちまったんですよ」

「まア、それは大変ね。じゃア一寸待ってて下さい」

瑞枝さんも、あわてた様子でそういって電話を切ると、何をしてるのか、そのまま五分近くも宇津君を待たしてから、

「あら、宇津さん。お待たせしましたわね。でも、安心して頂戴。すっかり解決する時が来たのよ。わたしの冒険の依頼主から、お許しが出たの。これからすぐに、そのお二人を連れて、

自動車《くるま》で来て頂戴。あら、会社の方ではなくってよ。芝《しば》のね。葺手町《ふきてちょう》よ。二十四番地をアテにして来て下さい。わたし、先に行って、そちらで待ってますから。すぐ分りますわ。では、お願いしますわ」

電話室を出ると、宇津君、やや生気をとり戻した形だった。

間もなく、宇津君と、「香水夫人」と、モリ健の三人は、自動車《くるま》を駆って、アパート芙蓉荘をあとにした。

案内役といった恰好で、宇津君は、助手台へおさまっている。安心した、とはいっても、まだ、一抹の不安の漂っている顔であった。

その場の空気に順応して、一応、モリ健の盗った品物を自分が預かり、そのまた品物を、自分が委託した或る人物の処へ、これから御案内する、という形にして、「香水夫人」への手前をとりつくろった宇津君とモリ健である。「香水夫人」は、今日は、どこか検察官——といった風な、冒《おか》しがたい一抹の威厳を見せて、黙々と車室に納まっている。

自動車が電車通りへ出て、溜池《ためいけ》のあたりから、霊南坂《れいなんざか》の方角へ折れ曲ると、後ろからモリ健が乗り出した。

「おい、宇津君。方角が違うじゃアないか。丸の内だぜ」

「ああ、電話できいてみたら、芝のほうへ来てくれってことだったよ」

何気なくいったのであるが、この時宇津君は、バック・ミラーの中の「香水夫人」の顔に、かすかな不審の色の漂ったのを、はからずも見てとった。

が、間もなく自動車が、左手はるかに愛宕山《あたごやま》のアンテナを隠見しながら、霊南坂の大通りを西南の方角へ、一気に突っ疾《ぱし》りはじめると、「香水夫人」の顔の、そのかすかな不審の色はいよいよ強くあらわれはじめた。そして、最後に自動車が、葺手町へ向って、グイと左にハンドルを切ると、いままで不審の色を湛えていたその美しい両頬には、時ならぬ薔薇色の紅潮が、ホノボノと漂いはじめたのである。なにか、激しい情熱的なものを、ジッと押えている顔の美しさであった。

宇津君は、こんなにも美しい顔を、はじめてみた。

しかし、その、不思議な表情の美しさは、自動車が、とある宏壮な邸宅の正門前へやって来て、スピードを落すと、美しさの、花が咲いたような、最高潮を見せたのであった。

立派な門の前には、なんと、軽快な洋装の瑞枝さんが、ハンカチを振って迎え出ていた。自動車は、瑞枝さんの指図で、そのまま門をはいると、立派な邸宅の横を通って、裏庭の、広々とした芝生の上へ来てとまった。

宇津君とモリ健が、キョトンとして自動車を降りると、瑞枝さんは、車内の「香水夫人」へ丁寧な口調で、

「奥様。お邸でございます。どうぞ――」

といった。

「香水夫人」は、黙ったまま、瑞枝さんに手をとられて、静かに自動車を降りた。美しい両の瞳に、真珠のような涙を浮べ、心持ちよろめくような足どりで……。

芝生には、五つの椅子がありそのうちの三つへ、三人の客は腰を下ろした。

向うから、年のころ三十五六の、立派な、無髯の、颯爽たる壮年紳士が、近づいて来た。

すると瑞枝さんが、快活な声で、俯向《うつむ》いている「香水夫人」と、キョトンとしている宇津君とモリ健との三人へいった。

「御紹介いたします。アパート芙蓉荘の住人、『香水夫人』丹羽あおいさんこと、犬崎あおい夫人の、大事なヴァニティー・ケースの窃盗犯人、犬崎航空工業株式会社社長犬崎彌太郎氏を御紹介いたします」

五月晴れ

「まア、そんなに、しつこく訊くもんじゃアなくってよ」

湘南《しょうなん》の、とあるゴルフ・リンクである。

宇津君とモリ健を相手にしてネをあげている女性は、いわずと知れた瑞枝さん。

空は五月晴《さつき》れ。うららかな新緑の光の中へ、今日一日、犬崎夫妻から豪華な招待を受けた三人である。

「僕等だって、これで相当、苦労させられたんだぜ。少しは、洩らしてくれたって、いいじゃアないかね」

「だって、ひと様の愛情問題なんか、あんまりしつこく訊くものじゃアなくってよ。野暮じゃない」

「でも――」

「じゃアね。簡単にね。チョッピリいったげるわ。――つまりあの奥様のあおい夫人はね。ある事情があって、二タ月ばかり前から、暫らく旦那様と別れることになったのさ。そして、旦那様から頂いた、しばしお別れの、その悲しい思い出の大事なお手紙の束を、緑色のヴァニティー・ケースへ秘して、芙蓉荘へ隠れておいでになったの。そのアパートの娘のわたしが、旦那様の会社のタイピストだなんてことは知らずにね。――ところが、やっぱり夫婦って、いいものらしいわね。うららかな、人恋しい季節と一緒に、旦那様の心の氷が、解けて来たのさ。それで、仲直りをして奥様を呼び戻すに先立って、前に差上げてある、冷たい手紙の数々を、とり戻そうとなさって、このわたしを、愛の盗人の、手先きに使われた、というわけよ。――男って、やっぱり意地があるものね。御自身、頭を下げては行けないのさ。――ところで、問題は、それだけのことだったのに、偶然、あなた方が飛び込んで来たりしたものだから、この間の事情を、新聞なぞへ書き立てられては、御自分よりも、愛する御主人の名誉にキズがつくと、奥様すっかり、御心配なすったというわけ。もう、分ったでしょう。――あら、いらしたわ」

犬崎夫妻がやって来た。

「やア、なにか、面白いお話でも、あるんですか？」

「いや、なに。此処の眺めは、なかなかヨキですなア」

モリ健の好調子に、ドッとばかり哄笑が湧きあがる。

「いやどうも、今度は、皆さんに、すっかり御厄介になりましたね」

　犬崎氏の言葉に、モリ健、たちまちセリ出して、

「どういたしまして。僕なぞ、木乃伊とりの木乃伊は、馴れてますんで。お蔭で今度も、大事なところで、はぐらかされましたよ」

「記事ですか？　記事なら沢山ありますよ」

「いやア、それが、僕のは艶《つや》ダネ専門でしてね」

「艶ダネ？　艶ダネなら、そこにもあるじゃアありませんか」

　いいながら犬崎氏、赧くなってる宇津君と瑞枝さんを指差せば、モリ健クサって、

「こいつア参った。僕アつらいです」

「同情しますわ」あおい夫人だ。

「じゃア、お見舞のしるしに、差上げますわ」

いいながら、モリ健へ寄り添って、大きなボール箱を差出した。

「有難う。奥さん。なんですか」

遠慮なく受取って、モリ健は蓋をとった。

すると、中から、いつぞやの晩、宇津君の手によって、「香水夫人」の部屋へ置忘れられたモリ健のソフト帽が、すまし込んで顔を出した。

カーン！

何処からか、クラブの音が、爽かな空気を截《き》って響いて来た。

（「週刊朝日」昭和十四年五月七日・十四日・二十一日・二十八日号）

正札騒動

正《しょう》札《ふだ》騒《そう》動《どう》

大阪圭吉
矢崎茂四画

ジジジジジジジ……

追いたてるようなベルの音《ね》が、さっきからしきりに鳴り亘《わた》っている。

午後六時――

デパート丸菱《まるびし》の閉店時間である。

エレベーターから、階段から、一階の玄関口をめざして流れ下る人波が、追々静まるにつれて、早くも上層の各階では、陳列ケースの上へ、真白なシーツが掛けられはじめる……

ここは、六階の家具売場。

たださえ余り混みあわない売場である。もうすっかり片附けも出来てしまって、店員達は、帰り仕度に忙しい。

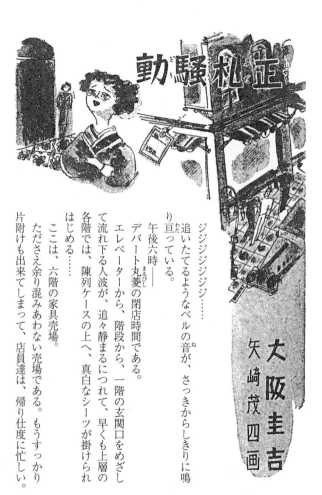

と、その中で、紺のブルーズに白い頸筋がクッキリ浮き立った、くびれた二重顎《ふたえ》の可愛い娘が、何がカンにさわったのか、すこぶる御機嫌ななめな御面体《ごめんてい》で、向うの窓から流れ込む暮れ近い午後の光を、発止《はっし》とばかり睨み返して立ったまま、動かない。

家具部の受持女店員、304番嬢である。

丸い頬ッぺたを一層丸くふくらして、薄青い血の筋さえ浮きあがった顳顬《こめかみ》のあたりには、二筋、三筋、おくれ毛がピリピリ顫《ふる》えている。——どうやら、女の子の、特別な理由による癇癪《かんしゃく》などではなさそうだ。

全く——

304番嬢の、今日の癇癪は、どうしてなかなか、深刻な問題に端を発しているのである。

そもそも、深刻な問題とは?

話は、十日前にさかのぼる。


場所は同じ、六階の家具売場。

ジジジジジジ……

やっぱり、今日と同じように、お客を追いたてるようなベルの音が、もうそろそろ鳴りはじめようという、閉店間際のことであった。

それとなくお客に気づかれぬよう、そろそろ売場の片附けにかかりながらも、店員達の頭の中には、帰途《かえりみち》の喫茶店のことや、今夜見に行く映画のことなどが、いっぱいになっていようという、内外共の忙しさ。その忙しい家具売場へ、折柄《おりから》ひょっこりやって来た、一組のお客がある。

多分、四階の呉服部あたりで仕入れたものであろう。絞《しぼ》りの風呂敷にズッシリ荷物を抱え込んだ、年の頃四十五六の品のいい中年婦人と、どうやらその娘らしい、派手な錦紗《きんしゃ》の単衣《ひとえ》にパーマネントの晴々と似合う、若い綺麗なお嬢さんとの二人連れである。

母と娘は、家具部へやって来ると、とッつきの、鏡台や衣桁《いこう》の前に立って、暫《しばら》く、幸福そうに語り合った。

——このひとも、お嫁入り仕度か。

なぜともなく、304番嬢は、軽い吐息をついたものである。

母と娘は、暫くあれこれと、正札を見ながら鏡台の前で語らっていたが、そのうちに、まだ、めざす代物があるとみえて、通路を奥のほうへ進んで行くと、大物の並べてある方へ曲って行った。

そこには、家具部の一番奥で、簞笥《たんす》や、応接セットや、上等の机などが、陳列されてあった。

——どうやら、簞笥を買うらしい。

果して、母と娘は、薄暗いまでに立並んだ、立派な簞笥の一つの前へ立止った。

三つ重ねの総桐簞笥で、中段の両開戸の鏡板には、絹本《けんぽん》を張って花鳥かなんかの日本画が描いてあろうという代物。一棹《さお》、正価百四十円。いまのところ、この家具部で出している簞笥の中で、一番高価なものである。

ところが、嫁入り母娘《おやこ》。すっかりこの品がお気に召したと見えてなかなか動こうとしない。そのうちに、決心がついたのか、中年婦人は通路を曲って、いそいそと304番嬢のところへやって行くと、

「一寸《ちよつと》、お願いします」

「はい」

304番嬢をお供につれて、孔雀《くじやく》のように胸を反らせながら、簞笥の前まで戻って来た。

「この簞笥、まず、一棹いただきますわ」

ハンド・バッグの口をあけて、中から十円紙幣《さつ》を五枚とり出すと黙って304番嬢の前へさし出した。

不審に思ったのは、304番嬢である。

「あの、奥様」

恐る恐る、訴えるようにいった。

「こちらは、百四十円でございますが」

「えッ。なんですって?」

「あの、百四十円でございますが」

「百四十円? まア」さッと顔色を変えて、「だって、正札は、五十円としたるじゃアありませんか?」

今度は、304番嬢のほうが驚いた。

答えも出来ず、急いで箪笥に寄りそうと、開戸の引手の金具にブラ下げた正札を、手にとって見た。が、その途端に、304番嬢、思わずよろよろッとなったものである。

成程。¥50.00としてある。

――これは、大変なことになった。

誰か、間違えて、正札をつけ違えたものらしい。

「まア、ほんとに失礼いたしました。これはなにか、正札の間違いらしゅうございます」

「あら、正札の間違いですって。でも、五十円と、百四十円の間違いは、少し大きいではありませんか」

「はい。なんとも、申訳ございません。ただいま、主任を呼んで参りますから、少しお待ち下さ

いまし」

　ほうほうの体で逃げかえると、304番嬢、やがて売場主任を連れて戻って来た。

「なにか、間違いがございましたようで、申訳もございません」主任氏は揉手《もみで》をしながら、

「ええ、こちらの重箪笥《かさねだんす》は、一棹百四十円でございますが……」

　しかし、中年婦人は、もうとっくに紙幣束《さつ》をしまって、ツンとしていた。

「番頭さん、もう不要《いり》ませんですよ」

「はい、まことにどうも……」

「わたしはね、この箪笥が五十円なら、時節柄ねうちだと思いましてね、特売のつもりで、戴いてみようと思ったんですのよ。それが正札の間違いだなんて、ずいぶん失礼ね」

「はい、どうも、なんとも……」

「いいえ、別に、あやまって戴かなくってもいいんですのよ。ただね正札というものにも、間違いがあるということになると、うかつに買物も出来ないということになりますからね。ま、ほんの、御注意までですよ。ごめんなさい」

　二人揃って、サッサと引きあげて行った。

　どえらい縮尻《しくじり》をやったものである。売場主任氏と304番嬢は、しばし呆然と立呆《たちほう》けていたが、そのうちに、ジジジジジジジ……

閉店ベルが鳴りはじめた。

こうしてもいられないというので、とりあえず間違いが何処《どこ》から起きたか、急いで調べにかかったのであるが、しかし、それはすぐに判った。

問題の重箪笥から二間《けん》と離れていないところに、余り立派でもない、平凡な洋服箪笥がある。確か、正価五十円のその洋服箪笥に、重箪笥の正札――¥140.00がブラ下っている。つまり、この洋服箪笥の安い正札が、どうした間違いか高価な重箪笥の正札と、入れ替っていたわけである。

店員の間違い――などということは、ありよう筈はない。誰か、意地の悪いお客さんの悪戯《いたずら》ではあるまいか？

しかし、兎《と》に角《かく》もう閉店時間である。それにこのようなことが、階主任の耳にでもはいったなら結局係りの責任ということになって、キツイお目玉を戴くにきまっている。

そこで、売場主任氏と304番嬢は、この縮尻は二人だけの秘密にして置いて、とりあえず正札をもとに戻すと、すっかり忘れてしまうことにして、帰途についたのであった。

ところが、これだけで済んでしまえば、なにも今日、304番嬢、青筋立ててふくれあがってしまわなくてもよかったのであるが、問題は、これから愈々《いよいよ》本物で、同じような正札の間違い事件が、二度、三度と、続けて持ちあがったのである。

二度目の時は、最初の時から六日目の、やはり閉店時間に三十分程前の、なにかと落つきのない時のことであった。

　場所も同じ、家具売場の奥の、大物部。今度のお客さんは、見るからに幸福そうな新婚夫婦。何処ぞの会社のサラリーマンらしいりゅうとしたみなりの新郎氏が、

「一寸君、頼む」

　304番嬢を呼び寄せて、蟇口《がまぐち》の蓋をあけながら顎でしゃくった品物は、飛切り豪華な、籐椅《とう》子の応接セットであった。

　中央卓《テーブル》をあわせて五つ組の特製籐椅子で、同じ意匠の植木鉢置きに、扇風機台から、季節向きにレースのクッションまでついていようという豪華版。この正価が百五十円、というところを、新郎氏が気前よく出したのは十円紙幣《さつ》五枚。——例によって、この大物部では一番安物の、あの洋服箪笥の正札が、いつの間にか高価なセットの前へ入替って来て、何くわぬ顔でブラ下っていたのであった。随分、タチの悪い悪戯である。

　新郎氏、今度は流石《さすが》男だけに、いささかタンカを切った。

「——いや、どういう間違いにしてもだね、こりゃア君、客の自尊心を傷つけること夥《おびただ》しいよ。僕ア、ま、ザックバランにいうと、特売だと思ったからこそ、買うことにしたんだよ。それがなんと、三倍もする代物であろうとは、正札が聞いて呆れるじゃアないかね。いや、僕は、百五十円しようと、二百円しようと、買おうと思えば、買うよ。しかしだね。こんな不快な思いをしてまでも、買う気にはなれないよ。これは君、この家具部だけの問題じゃアないよ。伝統を誇る丸菱百貨店の、信用にかかわる大問題じゃアないかね。気をつけて呉れ給え」

いい捨てると、一寸テレ臭そうな顔つきで、花嫁としきりに語らいながら、出て行ってしまった。あきれたのは、売場主任氏と304番嬢である。本来ならば、すぐお客に追いすがって、お名前とお住居《すまい》を伺い、後刻改めてお詫びに参上する——というところであるが、なにしろ閉店真際の落つかない時刻に、いきなり、まるで自分達に覚えもない失態が持上《もちあが》ったのであるから、あきれてしまって、前後を考える隙《ひま》なぞトンとなかったのである。

幸い新郎氏、タンカを切ったとはいっても、新婚早々のことである。そんなに大きな声ではなかったので、別に、他の店員に聞かれた様子はない。そこで、主任氏と304番嬢、今後は充分気をつけることにして、もう一度だけ、問題を秘密にして、お目玉を逃れようと考えたのである。

——そうして、第三度目の事件、即ち今日である。

時刻も、場所も、前と同じ。今日のお客さんは、年の頃五十五六の、立派な天神髭を生やした肥《ふと》っちょの紳士である。

お気に召したのは、立派な紫檀《したん》の応接机。それも、この家具部で一番大きな、広間用の特大品で、手のこんだ透彫《すかしぼり》は兎《と》も角《かく》も、面《おもて》の四隅へケバケバしい象嵌《ぞうがん》細工が施してあろうという、いかにも天神髭氏のお気に召しそうなやかましい代物。正価百二十円、というところへ、例によって、その附近で一番安い五十円の正札が、ブラ下っていたというわけ。天神髭氏、お気に召すのも無理はない。

ところが、今日の天神髭氏は、大きな声を出してしまった。

「――待ちたまえ。わしのいうことを聞いてくれ。わしは、今日は伜《せがれ》の報告を受けて、すぐさま駈けつけて来たのじゃ。丸菱に、特別安売りの、応接机が出ているから、という報告をな。わしは今日はこの店の近くの、或る法律事務所へ、所用があって伜と二人で来ていたのじゃ。ところが、伜が、買物があるというので、わしを事務所へ残して、つい二十分程前に、この店へやって来たのじゃが、この家具部で、このねうちな机をみつけて、すぐさま、日頃机を欲しがっていた、このわしへ報告して呉れたというわけじゃ。なに、伜は、なんでも、洋服箪笥を買いに来たというのじゃがな。大方、その安ッぽい洋服箪笥じゃろう。ところが、伜も正札が違っているなんてことは知らぬものじゃから、買おうと思ってやって来ながらも安ッぽい箪笥に、飛切り高い正札がついているのを見て、手もつけずに帰ってしまったというわけじゃ。いや、待ちたまえ。わしのいうことを聞け。いいか。わしは、この机で騙《だま》され、伜は、その箪笥で騙された。つまり、わし達親子は、二人とも、騙されたのじゃ。それもじゃ、場末の、ちっぽけな家具屋で、間違いがあったとでもいうなら兎も角、東京のドまん中で、堂々と店を張っている丸菱ともあろうものが、こういう間違いをしでかしたのじゃから、つい、大きな声も出したくなったのじゃ。次第によっては、わしは、法律問題にしても構わん、とまア、思うのじゃが、お前方はまだ若いし全然覚えもないことじゃというのなら、今日のところは、特に勘弁して置く。いいか。気をつけねばいかんぞ。――あ、それから、この机は、もういらん」

天神髭氏、散々呶鳴《どな》り散らして、引きあげて行った。

しかし、売場主任氏も、今日は必死の思いで、天神髭氏に追いすがると、後刻改めてお詫びに上りたいからと、御尊名とお住居を、やっとの思いでお伺い申上げた。

これで、今夜は、主任氏と304番嬢、風呂敷かなんかを一本奮発して、天神髭氏のお宅へお詫びに上らねばならぬ、という仕儀に立到ったのである。

——が、問題はそればかりではない。天神髭氏、大きな声を出したものだから、どうやらすっかり、他の店員へも縮尻が知れてしまい、この調子では、明日の朝あたり、階主任のお目玉を喰らうかも知れない。

——いや、そればかりではない。そもそも、いったいどうして、どういう因果で、こんなにタチのよくない悪戯に、二度も三度も、悩まされなければならないのだろう！

読者諸君は、この話の冒頭で、今日の304番嬢が、楽しい閉店時間だというに、すこぶる御機嫌ななめな御面体で、窓の外を睨みつけたまま、つッ立っていたのを御存じであろう。古風な云い廻しではあるが、何が、彼女をそうさせたか？——以上申上げたところで、すっかりお判りになったことと思う。

さて、話は前に戻って、丸い頬ッぺたを一層丸くふくらせながら、つッ立っていた304番嬢。やがて、ショボショボと帰り仕度をすると、力の抜けた足取りで、静かになった売場を横切り、店員通路から六階の事務室の前までやって来たのであるが、するとこの時、事務室のドアをあけて、

「やア、お帰りかね」

声をかけたのは、やっぱりお帰りの、六階警備員牧《まき》氏である。

「おや、どうしたの。ひどく顔色が悪いじゃないか」

いつもながら、親切な牧氏である。304番嬢、とたんに眼頭が熱くなって、ポッつり、涙が一粒浮きあがった。

「どうしたのさ、泣いたりなどして」

すると涙は、急に大きくなって、ポロポロと流れ落ちた。

――やっぱり牧氏は、警備員だけあって、こんな時には、主任氏などより頼りになる。

そう思うと、いよいよ涙は、あとからあとから浮きあがっては、ポロポロ流れ落ちる。

薄暗い店員通路を、着替所のほうへ歩きながら、とうとう、304番嬢は、すっかり、ことの次第を、牧氏に打明けてしまった。

――どうせ、明日までには、六階中に知れてしまう……

ところが、黙って、腕を組んだまま、304番嬢の妙な打明け話を聞いていた牧氏は、やがて話がおわると、一寸考えてから、顔をあげると、ポン、と304番嬢の肩を軽く叩きながら、

「なアーンだ、そんなことか。だが、よく知らせてくれたね。隠してちゃアいけないよ。――ふーム、すると、なんだね、いつも、正札のつけ違いがあるたびごとに、洋服箪笥の方には、百円以上の、高い正札がついていたことになるね。成程、それじゃア、いつまでたっても、その洋服箪笥のほうは、お客様のお気に召さないわけじゃアないか。よし、考えがある」

牧氏は、すぐに引返して、事務室に飛び込むと、店内電話で、残っている各階の警備員に、

六階へすぐ集るように注文をつけた。

牧氏の注文は、すぐに果された。残っていた七人の警備員が、間もなく牧氏のところへ集って来た。妙な気配を察して、二三の店員も、例の売場主任氏も、顔を出した。

やがて牧氏は、一隊を引きつれて、家具売場へやって来た。例の大物のならんでいる処へである。

牧氏は、洋服箪笥の前へ立った。

「ふーム。この箪笥へ、百二十円や、百五十円もの、正札がついていたんじゃア、買手が出来ないよ」

皆んなの不審げな視線を尻眼にかけながら、牧氏は、屈みこむと洋服箪笥の開戸や、横板や、裏板を、吟味するように、握拳《にぎりこぶし》の先でコツコツ叩いてみていたが、やがて皆んなのほうを振返ると、意味ありげな眼つきで、

「一寸、手を貸してくれたまえ。こんなもの、向うへ運んでしまうんだ」

妙に威厳のある声だったし、意味ありげな眼つきだったので、他の警備員達も、漠然と何かを感じて、すぐに牧氏の申出に従った。

やがて、洋服箪笥は、大勢の手で、狭い通路を、エッサエッサと事務室のほうへ運ばれて行った。

二分ののちには、洋服箪笥は、殺風景な事務室の真ン中へ据えられていた。その周囲には、一隊の人々が、ボンヤリ立ったまま、額の汗を拭っている。

やがて、牧氏は、一歩前へ進み出ると、洋服箪笥へ向って、声をかけた。

「おい。もうダメだよ。ここは、六階の事務室だよ。おまけに、お前の周囲《まわり》には、腕に覚えのある大勢の警備員や、その他の人々が、ギッシリとり巻いているんだよ。もう、ジタバタしても駄目だよ。観念して、おとなしく出ておいで」

まことに妙な言葉である。牧氏の言葉が終ると、急にあたりがシーンとなった。が、間もなくその静けさを破って、洋服箪笥の中で、コトリ、と音がした、かと思うと、
ギーッ
妙な、低い、軋音《きしみ》をたてて、洋服箪笥の、鏡のついた両開戸が静かにひとりでに開かれて、中からなんと、割に立派な洋服紳士が靴ばきのまま、右手に帽子を、左手に、たたんだ風呂敷を一本、それぞれ持って、いともションボリ、皆んなの前へ立ちあらわれたのであった。

「ハッハッハッ……。なんでもないよ。ただのありふれた居残り先生さ」

304番嬢と売場主任氏を相手にしながら、帰り途《みち》の牧氏である。

「あの男、もう暫く前から、あの洋服箪笥を利用して、居残り稼ぎをしていたのだよ。閉店にそろそろなろうという時刻に、ただのお客のようなふりをして、割に静かな家具売場の奥へやって来て、隙をみて洋服箪笥の中へ忍び込む。やがて、すっかり店内に人気がなくなってしまって、夜が来ると、洋服箪笥からノッソリ出て来て、多分靴を脱いで足音を忍びながら、売場の中を勝手気儘《きまま》にほッつき廻って、お好みの品々を、風呂敷の中へ失敬する。それから、再び

箪笥の中へ帰って来て朝までひと睡《ねむ》り。朝が来て、開店になり、お客が店の中へはいって来ると、隙をみて忍び出し、ただのお客のような顔をして、お土産《みやげ》片手に、本宅へ帰って行く。ありそうな奴だよ。ところが、先生、ひとつ心配なことがあったのさ。つまり、閉店前にやって来て、洋服箪笥の中へ忍び込んだはいいが、それからすっかり閉店になってしまうまでに、ひょっと、お客さんがやって来ないとも限らない。現にもう、あなた達を悩ましたお客さんが、少くも三人はあったのだからね。それで、若《も》しも、洋服箪笥を買いたいお客さんでもやって来て、先生がはいっているとも知らずに、『この箪笥は、なかなかいいな』なんて、開戸をあけられでもしたら、大変だよ。すぐみつかってしまう。なんしろ、あそこは、居心地はいいが、トイレットのように、中から錠がかえないからね。――そこで、先生、考えたのだよ。つまり、そういうお客さんが来たとしても、見ただけで手も触れずに帰ってしまうような方法をね。やっぱり先生、考えたわい。開戸の引手の金具へ、安ッぽい品物とはまるで、不釣合の、高価な正札を、お客さんが見ただけで首をすくめるような正札を、ブラ下げて置く、とね。そこで、恰度《ちょうど》近所にあり合せの、飛切り上等な家具類の正札と、即座につけ替えてはおさまり込んでいたというわけさ」

「まア、それで、わたし達、あんなにチョイチョイ悩まされたのね」

「そうですよ。いや、ただ悩まされただけではない。そんな意地悪な正札のつけ替えや、その又安札に飛びついて来たお客さんの、トンチンカンな御立腹に悩まされて、その方へすっかり気をとられていた為めに、あなた達ともあろうものが、こんなありふれた居残り先生に、いつまでも気づかずにいたというわけさ。――おや、二人とも、そんな方へ行くの？……え。天神髭のお客様の宅《うち》へ、お詫びに出掛けるんだって。そうかい、じゃア、さよなら」

ところで、例の洋服箪笥であるが、割に永い間、居残り先生の宿泊所に提供してあった為めに、よく調べてみると、先生の靴の当ったあたりのワニスがはげかかっていたり、重いお尻の乗っかっていた底板にかすかながらも、割れ目が出来たりして、どうやらもう、疵物《きず》である。そこで、丸菱百貨店では、思い切って、五十円の正札を、半額の二十五円に書き改めて、再び、もとの家具売場へ陳列したのであった。

どうやら今度は、ほんとうの安売りらしい。

（「新青年」昭和十四年六月号）

告知板の女

一

　どこの停車場にも、かならずひとつはある小さな黒板を、多分、読者諸君は御承知のことであろう。白いペンキの線で、板面にいくつかの縦罫《たてけい》を引かれたこの黒板は、ところによっては伝言板とも云い、或はまた告知板とも呼ばれ、きまって待合室や出札口の片隅で、旅客や待人《まちびと》たちのさまざまな伝言を書きつけられながら、静かに役目をはたしているのであるが、それは全く、どうかすると、人びとから忘れられたように、雑踏の片隅にこっそりブラ下っていたりするので、時として吾々は、その存在に気づかないでしまうこともあるようだ。

　が、若《も》しも心ある人が、少し注意してその伝言板を見られたなら、必らずやその人は、うす穢《よご》れのしたその黒板の上に、いくつかの微笑ましい人生の断面図を見られるにちがいない。

――

　或る日曜日の、正午《ひる》近くのことであった。

　東京の中心に近い賑《にぎ》やかな停車場の待合室へ、一人の青年がやって来た。鼠色の洋服に同じ色のソフト帽をかむった、肉附のいい、何処《どこ》となく好人物らしい青年であったが、何かひどく気にかかることでもあると見えて、落つきのないセカセカした調子で、群衆の中を物色している様子であったが、やがて思いついたように片隅の伝言板の前まで歩みよると、その板面にギッシリ書き詰められた沢山の伝言の上へ、あわてた視線を投げかけた。が、すぐに眼を輝かせながら、その中のひとつへ、吸寄せられるように顔を近づけて行った。

木谷龍太郎《きたにりゆうたろう》君――それがその青年の名前であるが、爽やかに晴れわたった久々の日曜日で、誰しも平和な休息と慰安への出発で楽しげにやわらいでいようというに、一人だけなにをそんなにクヨクヨと気を揉んでいるのか――むろんこれには、ひと通りならぬわけがあるのであった。

実際、木谷龍太郎君にとっては、この日こそ、出来たての恋人と、はじめての郊外散歩を約束した、かけがえのない大事な日曜日であった。が、それにもかかわらず木谷君は、その大事な約束の時刻を、余儀ない事情のために正味三時間半も遅らしてしまったのだ。

待呆《まちぼ》けを喰わされた相手の女性というのは、木谷君の勤めている銀行の三階に事務所を開いている或る会社の、美しいタイピストである。木谷君は、三日前に、はじめて彼女と口をきき、そして今日の楽しい郊外散歩を、約束することが出来たのであった。そういえば、三保子《みほこ》――そんな可愛い名前も、その時聞いて覚えたばかりの木谷君である。

いうまでもないことであるが、むろん木谷君は、真面目で善良な青年であるから、故意に相手の女に、待呆けをくわせるような不届きな術《すべ》は心得ていない。いやそれどころか、約束の八時よりは三十分も前に出掛けていようと、前の晩から意気込んでいた。ところが、それがとうとう出来なかった。

と云うのは、急な用事が出来て日本橋《にほんばし》の支店へ、課長が日曜日でありながら早朝から出張するというので、そのお伴を命ぜられたのが友人の某君。ところがその某君は、折しも今日の日曜日の当直に当っていたので、その某君の次番に当る木谷君が、某君に代って当直を勤めなければならないという、世にも哀れなハメに陥ったのであった。木谷君がどんなにあわてたか、いうまでもない。およそ三時間というもの、半狂乱で、当直の身替りを作ろうと、手当り次第に同僚のところへ電話で泣きついたその結果、やっと十一時過ぎになって解放され、取るものもとりあえず約束の場所へ駈けつけたという次第。

さて、このようなわけであるから、正午《ひる》近くになって、やっと約束の場所へ駈けつけた木谷君が、既にその人の姿は見られなかったが、伝言板の上に、まがいもないその人の言葉をみつけて、思わず眼を輝かしたのも無理はない。

——K様。九時までお待ちいたしました。ひと足お先に参ります。代々木《よよぎ》駅にてお待ちいたします。M子。——

M子からK様へ当てた伝言は、これ一つしかないから間違いない。

——そうか、かの女は、九時までも待っていて呉れたのか！

木谷君は、早くも胸をときめかしながら、割に達者なその優しい文字を、しばらくうっとりと眺めていたが、やがて気をとりなおすと、急いで代々木までの切符を買い、前より一層セカセカした足どりで、ホームの階段を登って行った。

二

やっぱり、代々木駅には、もう彼女はいなかった。日曜日の楽しげなアベックが、幾組もいそいそと、出入りしているばかり。木谷君は、それ等を見るとむしょうに腹立たしくなった。そもそもこの日曜日に、日本橋の支店なぞへ出張する課長の薄情な気持というものが、どだい癪《しゃく》にさわった。

とは云え、いまさら過ぎ去ったことを云っても仕方がない。無情な待呆けを喰わされた彼女は、もう数時間も前に、この代々木駅からションボリ立去ったに違いない。木谷君は云いようのないすまなさで胸を一杯にさせながら、引きあげようとした。が、ふと気がついて、片隅の伝言板に寄添ってみた。

と、なんとその小さな黒板の上には、同じ人の同じ筆蹟で、次のような伝言が記されてあるではないか。

――K様。都合で駒込《こまごめ》駅にてお待ちいたします。早くおいで下さいませ。M子。――

――なんだ。駒込駅へ行っていたのか!

木谷君は思わずホッとした。

なにか特別な都合が出来たに違いない。兎《と》に角《かく》、どのみち彼女を見失うにしても、彼女が駒込駅まで出掛けたことには違いないのであるから、自分もそこまで一応出掛けて、その上で、引揚げるのでなければ、申訳もない。木谷君はそう思って、とりあえず駒込までの切符を買うと、山手線《やまのて》に飛び乗った。

間もなく電車は、駒込駅についた。

やっぱり、彼女はいなかった。が、その代り、又も告知板には、

——K様。三十分お待ちしました。あんまりいらいらさせないで、早くお逢い下さいませ。原宿《はらじゆく》駅でお待ちします。M子。——

——なんだ、また原宿まで引返すのか！

木谷君は、その告知板の前で、しばらく呆然として立止っていた。が、やがて苦りきって原宿までの切符を買った。

——いらいらさせないで……

と彼女は云ったが、いらいらさせられているのは、いまはむしろ、木谷君のほうである。

木谷君は、妙に速力のない電車の中で、益々いらいらしていた。が、やがて電車は、原宿駅についた。

——K様、ずいぶんな方ね。いつまでお待ちしてもおいでになりませんから、わたしもう帰ります。でも、もう少しだけ、万世橋《まんせいばし》でお待ちしますわ。M子——

読みおわって木谷君は、思わずためいきをついた。が、時間を合せてみれば、もう一時間しか遅れてはいない。この分では、うまくいけば万世橋で追いついて、神田《かんだ》でお茶でも飲むことが出来るかもわからない。木谷君は、又もや勇気をふるいおこして、万世橋行の切符を買った。

代々木で乗替えて、再び中央線を南へゆられながら、しかし、木谷君は考えた。

――自分はいま、ずいぶんいらいらした気持でいる。生れてはじめてと云っていい位の、苦しい気持である。が、考えてみれば、そもそも最初に、三時間あまりもの待呆けを喰わされた彼女は、やっぱりいまの自分と同じような、いや或はこれ以上の、苦しい思いをさせられたのかも知れない。してみれば、こういうことは云えないであろうか。自分に苦しい思いを与えた男に、同じような思いを与えて痛烈な復讐をする。そうだ、諺《ことわざ》にもあるではないか。待つもつらいが待たるるつらさ――と、ここのところの心理を巧みにつかんで、「待呆け」に対する謂わば「待たれ呆け」ともいうべき、辛辣な仕返しを企てているのではあるまいか。

電車にゆられながら、木谷君はそんな風に考え、そんな風に、われと己に云いきかせた。そして電車は、間もなく万世橋駅についた。

三

――K様。帰ろうと思いましたが、でも、もう少しお待ちいたしますわ。浜松町《はままつちょう》駅にて……。M子。――

やっぱり万世橋駅にも、こんな伝言があった。

木谷君は、いまはもう何も考えずに、セカセカと浜松町までの切符を買うと、再び車中の人となった。

なんのことはない。恋人のあとを追ッ駈けて、東京市の周囲をグルグル廻っているようなものだ。が、それでも、こんどこそは、もう時間的にも距離は少なくなっているのであるから、うまく行けば、追いつくことが出来るかもしれない。万事はその上で——

そんな期待を持って、木谷君は、浜松町駅へ躍り込んだのであるが……

——K様。あなたはほんとに呑気屋さんね。呆れました。もう三十分だけ、鶴見《つるみ》駅でお待ちいたしますわ。M子。——

もうこれ以上は、決して何処《どこ》へも行くまい、と固く心に誓いながら、さて、こうしてはるばる鶴見くんだりまで引ッぱり廻されて来た木谷君は、その煤《すす》けた駅の小さな告知板で、とうとう彼《か》の女《じょ》の、最後の伝言を読まされたのであった。

——K様。あなたはとうとうおいでになりませんでしたね。では、さようなら。M子。

5.30——

木谷君は性《しょう》も根もつきはてた思いで、ふらふらと傍《かたわら》のベンチへ腰をおろした。

——考えてみれば、全く、よくもこんなところまでやって来たものだ。恋とは、なんという馬鹿げた気違いじみたものであろう。だが、それにしても、如何《いか》に待呆けの仕返しをするとは云え、こんなに方々を引っ張り廻さなくたって、よさそうなものではないか。

そんなことを、ボンヤリ考えるともなく考えていた木谷君は、ふとこの時、妙なことに気がついた。というのは——

この鶴見駅に残された最後の伝言の終りのほうに、5.30と妙な数字が残されているが、最初この数字を見た時には、木谷君は、それを、この伝言を書きつけた時間とばかり思い込んでいたのであるが、いま、ふと気づいて見ると、いまはまだ、三時少し過ぎたばかりではないか。三時少し過ぎたばかりに、伝言を書いた時間を五時三十分と書きつけるのは、少し妙ではないか。いや、たしかに妙だゾ！

木谷君は、急にシャンとなって、腕を組んだ。

が、なんのことやらサッパリわからない。謎の数字である。——尤《もっと》も、妙だ、といえば、今日のことは、この数字に限らずすべて妙である。考えてみれば、いかに辛辣な女の仕返しとは云え、こんなに引ッ張り廻された男の話なぞいうものは、いまだ曾《か》つて聞いたことがない。散々嘲弄《ちょうろう》された揚句に、この最後の謎のような言葉である。

——いや、待てよ。

木谷君は急に、霊感？　を覚えた。

——嘲弄といえば、いままで自分が受けて来たこの嘲弄らしきものは、実は、こんな漫然とした嘲弄ではなくて、その裏面に、もっと底意地の悪い、ハッキリした嘲弄の正体を隠し持っているのではあるまいか。そうだ。一見なんでもないようにあしらわれていながら、実は、もっと辛辣な嘲弄が、今日のバカ気た話全体の中に隠されているのではあるまいか。例えば、一種の暗号——。暗号の中にひそめた嘲《あざけ》りの言葉——。そうだ。今日の手きびしい仕返しのやり方からみれば、それ位のことはやり兼ねない相手である。

木谷君は、急にムラムラッと挑戦的な気持になって、心をつとめて落つけ、もう一度冷静に、今日の出来事をすっかり始めから考えなおしてみた。

最初、代々木の駅から振出しに、考えてみれば、この鶴見ともで六つの駅を廻ったことになる。六つの駅――？　代々木、駒込、原宿、万世橋、浜松町、鶴見――？

木谷君は、こうした苛立たしい思い出の数々を、いろいろにひねくって見て、なんとかしてこのバカ気た話全体の中から、自分に対する暗号文でもみつけ出せないものかと、いまは疲れも忘れて、一所懸命考えはじめた。そしてとうとう木谷君は、とてつもない暗号を発見したのであった。

最初木谷君は、若《も》しこうしたバカ気た話の中に隠されている暗号であったなら、きっとそれは、自分に対する嘲笑の言葉であるに違いないと合点し、予《あらかじ》めいくつかの嘲笑の言葉を、あれこれと用意して、答のほうから暗号を解いて行こうと考えた。それで大分苦心をしてしまったのであるが、ふと気をかえて、何気なく最も平凡な方法で、今日廻らされた六つの駅の名前を、順々に並べて、その頭字を一字ずつ拾って見ると、

――代々木、駒込、原宿、万世橋、浜松町、鶴見――

であるから、

――代、駒、原、万、浜、鶴――

となり、仮名にすると、

――ヨ、コ、ハ、マ、ハ、ツ――

となるではないか。しかもこ奴《いつ》へ、例の最後の謎の数字をくっつけると、なんと、

——ヨコハマハッ、5.30——

即ち、

——横浜発五時三十分——

四

木谷龍太郎君は、すっかり元気をとり戻した。こういうことになってみれば、今日の彼女の奇怪な行動も、いちいち、うなずけるではないか。

しかも、なんとその素晴らしい暗号文は、まるで、何処か泊り込みの旅にでも出掛けるような、深い意味をたたえているではないか。だが、待てよ。そんな時刻に横浜を発つ列車があるのかな。——兎に角、横浜まで出掛けてみよう。

木谷君は、そう思って、立ちあがると、出札口のほうへ出かけたのであるが、しかしこの時、ふいに木谷君は、ギクッとなって立止った。

云い落したが、鶴見駅の告知板には、そのとき彼女の伝言だけが書かれていたのであるが、その伝言板の前に立って、トランクを提げた一人の男が、喰い入るような視線で、彼女の伝言を読み下していたが、すぐにツカツカと出札口まで来ると、木谷君よりお先に、

「横浜一枚」

切符を買って、サッサと改札口のほうへ出かけて行ったのであった。

木谷君がおどろいたのも無理はない。なんと、自分と同じように彼女の暗号を解いて、彼女のあとを追って横浜へ向おうとする男がもう一人ある！

しかも木谷君のおどろきは、それればかりではなかった。その怪しい男は、ソフト帽を眼深《まぶか》にかむっていたが、改札口へ歩いて行こうとする時に、チラッと見たその顔は、たしかに木谷君の見覚えのある顔であった。誰だったか、咄嗟《とっさ》には思い出せない。だが、いずれにしても、こうしてはいられない。木谷君も大急ぎで切符を買うと、その男の後姿を求めるようにして、歩廊《プラットホーム》へ駈け出して行った。

電車はすぐに来た。奇怪な男の姿は見失ったが、この電車に乗ったことは間違いない。木谷君も急いで飛び乗った。

五輛連結の快速電車は、京浜《けいひん》線を、唸《うな》りを立てて疾《はし》走りはじめた。その電車の一隅で、いまや木谷君は、前にもまさる激しい苦悩を味わねばならなかった。疑惑と混乱と、そしていまは得体の知れぬ嫉妬の思いとが、入り乱れて木谷君の胸中をかけずり廻る。

が、やがて電車は、横浜駅へ滑り込んだ。

木谷君は真ッ先に飛び降りた。そしてあたりを眺め廻した。が、降車客の中には、さっきの男は見当らない。電車は桜木町《さくらぎちょう》へ向って走り出した。

仕方がないので木谷君は、歩廊《プラットホーム》を抜けて、待合所のほうへやって来たが、さっきの男はむろんのこと、彼女の姿もみられない。ふと思いついて、時間表を見てみると、なんと五時三十分発の列車なぞ一つもない。

急にたまらない不安におそわれて、木谷君は、とうとう案内所へ泣きついた。

「さア、横浜発五時三十分なんて列車はありませんね」

と、そこの若い係員は答え、それから一寸何かを調べて、こうつけ加えた。

「尤も、汽船なら、近海郵船の北斗丸《ほくとまる》というのが、五時三十分に、上海《シャンハイ》へ向って出航することになっていますがね」

「えッ。なに汽船！　上海《シャンハイ》行の汽船!?」

──ああ、そうか。それであの男は桜木町まで乗り越したのだな。

失敗《しま》った。

木谷君は、いまははや前後の考えもなく、脱兎の勢いで駅を飛び出ると、タクシーに飛び乗った。

「桟橋までやってくれ！」

自動車はすぐに走り出した。車のなかで木谷君は切歯扼腕《せっしやくわん》した。

──なんというヘマなことを、したものだ。あんな男に、一杯喰わされるなんて……。

だが、その代り木谷君は、自動車にゆられながら、ふと、天の啓示を受けた。外《ほか》でもない、その怪しい男の正体を思い出したのである。

どうも、最初見たときから、何処か見覚えのある顔だと思っていたが、なんとその顔は、木谷君の勤めている銀行の、日本橋の支店へ、最近はいったばかりの事務員ではなかったか。そうだ、今朝、課長が日曜日だというに、出張した日本橋支店の、新らしい事務員！

だが、いったいどうして、そんな男が、彼女を知っているのだろう？

しかし、その疑問は解けないうちに、自動車は桟橋の入口へ着いてしまった。

と、正《まさ》に天祐！

自動車のステップを降りようとした木谷君は、ふとその時、目の前の広場を桟橋のほうへ横切って行く、例の男をみつけたのだ。

いきなり飛び降りて、思慮もなく、

「おーい君、一寸待って呉れ給え！」

と声をかけた。

するとこの時、妙なことが起きあがった。

呼びとめられたその男は、瞬間木谷君のほうを振返ったが、みるみる激しい狼狽に顔色をかえながら、振り向きざまあたふたと向うのほうへ駈け出しはじめた。

木谷君も、ひっぱたかれたような感じで、半ば夢中に追いかけた。

桟橋の入口で、一人の女が手を振っているのが、走りながらチラと見えた。すると木谷君は猛烈なスピードが出た。すぐに男に追いついた。

と、その瞬間、男が急に向き直ったかと思うと、いきなり何かひどく固いもので、木谷君の顔を真ッ甲から、
ガツ！

とばかり殴りつけた。

そのまま木谷君はふらふらッとなって、あとは夢心地……。

——なんでも、殴られてカッとなり、やたらむしょうに相手へ嚙《かじ》りついて行って、物凄い格闘になった事と、すぐに税関吏だか水上署員だか、なんでもそんな風な人物が飛び出して来て、相手を引離して呉れた事と、それから、格闘がはじまるとみるや、いきなり桟橋のほうへ逃げ出そうとした時の、例の手を振っていた女のあわてた顔が、彼の女とはまるで似ても似つかぬ、全然別の女の顔であった事と、その三つだけは、どうやら木谷君の記憶の底に残っているが、あとは、なにがなんだか皆目わけがわからない。……

五

その翌日のことである。

海の見える病院の一室で、頭を繃帯《ほうたい》巻きにされた木谷君が、こころよい日射しを受けながら、うつらうつらとしていると、ドアを、
コツ、コツ……

ノックして、なんと、綺麗な花束を抱えた、正真正銘の三保子が現れた。

「お加減、いかが?」

「……う、……う」

木谷君が、あきれて声も出せずにいると、ツカツカはいって来て、ぷんぷん香水の匂いをさせながら、枕元へ花束を飾ると、それから、あつかましくも、ベッドの裾へ腰をおろしながら、

「でも、ほんとに、軽くてよかったわね」

「……う、……う」

相変らず木谷君があきれていると、彼女は、組んだ両手を投げ出すように股《もも》の上へのせ、頸《くび》を傾《かし》げて、白い天井へ憧れるような視線を投げながら、勝手に喋りだした。

「でもね、あたし、あなたが、こんなに素敵な非常時型とは、思いませんでしたわ。ほんとに勇敢ね。昨日は、あんな待呆けを喰わされて、一寸口惜《くや》しかったけど、でも、今朝の新聞を見て、あたし、おどろいちゃったの。——停車場の告知板に書かれた、一見たわいもない媾曳《あいびき》の言葉を、拐帯《かいたい》犯人の街頭聯絡《れんらく》と睨んで、見事に暗号文を解読するなんて、ただの非常時型とは違うわ。でも、あなたが捕えた、あの近藤某《こんどうなにがし》とかいう日本橋の支店員よりも、あの相棒の、横井美智子《よこいみちこ》とかって女事務員のほうが、主犯者で、よっぽど凄いのね。——そうそう、あなたんとこの課長さんの言葉も、載ってましたわ。——課長さんも、やっぱり昨日は、その事件の関係で、大金だったものだから、極秘で、日曜にもかかわらず、支店へ出張されたんですってね。なんでも、その現場へ出張していた自分よりも、本店の当直員の木谷君のほうが慧眼で、早くも犯人を捕えたとかって、すっかり面喰っていらしたらしいわ」

「……う、……う」

木谷君は、目を丸くしてやっと身を起した。

「あら、大丈夫ですの」

「……か、かまいません。大丈夫です。……三保子さん、あなたは、昨日はずいぶん口惜しかったでしょうね。待呆けを喰わされて……」

「……」

彼女は黙っている。

「あなたは、停車場で、どれくらいお待ちになったのですか？」

「ええ、一時間ほど……」

「一時間？」

「でも、ずいぶん永いと思いましたわ」

と、顔を赧《あか》らめながら、

「……いつまで待っても、おいでにならないものですから、がっかりして一人で映画を見て、帰ってしまいましたの。つまらなかったわ」

「そうですか。それはすみませんでしたね」

「でも、もういいわ。——兎に角、非常時型って、そんなものね。一介の婦女子の情よりも、大事件のほうに心を惹かれやすいんですもの……」

そういって、彼女は、ツンとそっぽを向いて、一寸すねて見せた。

「……う、……う」

木谷君は、再びソリ返って、呻《うめ》いてしまった。

その木谷君のほうへ、再びやさしい眼《ま》なざしを、くるりとふりむけた彼女は、木谷君の手の上へ、自分の手をそっと重ねたと思ったら、

「今度、何んにも事件の起らない日に、もう一度、本当に行きましょうね」

木谷君は、いつしか彼女の手を固く握りしめていた。


（「新青年」昭和十四年十月号）

香水紳士

ユーモア探偵小説

香水紳士

大阪圭吉

松本かつぢ 絵

一

品川の駅で、すぐ前の席へ、その無遠慮なお客さんが乗り込んで来ると、クルミさんは、すっかり元気をなくしてしまった。

「今日は、日本晴れですから、国府津《こうづ》の叔母さんのお家からは、富士さんがとてもよく見られますよ」

お母さんからそう聞かされて、喜び勇んでお家を出たときの元気はどこへやら、座席の片隅へ小さくなったまま、すっかり悄《しょ》げかえって、窓越しに、うしろへ飛び去って行く郊外近い街の屋根々々を、ションボリ見詰めつづけるのだった。

東京駅発午前八時二十五分の、伊東《いとう》行の普通列車である。

その列車の三等車の、片隅の座席に、クルミさんは固くなって坐っているのだ。

日曜日で、客車の中には、新緑の箱根《はこね》や伊豆《いず》へ出掛けるらしい人びとが、大勢乗っている。しかしクルミさんは、箱根や伊豆へ出掛けるのではない。ずっと手前の、国府津の叔母さんのところへ行くのだった。

国府津の叔母さんのところには、従姉《いとこ》の信子《のぶこ》さんがいる。信子さんは、クルミさんより五つ年上の二十一で、この月の末にお嫁入りするのである。クルミさんは、日曜日を利用して、娘時代の信子さんへの、お別れとお慶《よろこ》びを兼ねて、叔母さんのお家へ出掛けるのだった。

網棚の上の風呂敷の中には、お母さんから托《たく》された、お祝いの品が包んである。昨日、お母さんと二人で、新宿へ出てととのえた品であった。が、その時、おなじ店で、お母さんに知れないように、自分だけのお祝いのつもりで、買い求めたもう一つの品物がある。

それは、クルミさんの制服のポケットの中に、こっそり忍ばせてあった。

可愛い真紅《まつか》のリボンをかけた、小さな美しい細工の木箱にはいった香水だった。

「なにか、あたしだけのお祝いをあげたい……」

と思い、

「なんにしようか知ら？」

と考えて、思いついた品だった。

「これ、あたしだけの、お祝い……」

そういって、こっそり信子さんに渡すときの楽しみを、昨夜から胸に描いていたクルミさんである。

その香水の、可愛い木箱と一緒に、クルミさんのポケットの中には、チューインガムとキャラメルがはいっている。快い小旅行への、楽しい用意であるはいうまでもない。

実際、クルミさんは、今日の国府津行を、もう三日も前から、夜も眠られないほど楽しみにしていた。

いよいよ今朝になると、もう御飯もろくに咽喉《のど》を通らない。

「駄目ですよ、クルちゃん。御飯だけは、ウンと食べて行かなくっては……」

お母さんにたしなめられても、

「だって、いただきたくないんですもの。もし、おなかがすいたら、大船《おおふな》でサンドウィッチを買いますわ。あすこのサンドウィッチ、とてもおいしいんですもの」

「まア、あきれたおしゃまさんね。どこからそんなこと聞き嚙《かじ》ったの？」

「あーラいやだ。だって、去年の夏、鎌倉の帰りに、お母さんが買って下さったじゃないの……」

そんなわけで、早々にお家を飛びだすと、いそいそとして東京駅へやって来たクルミさんである。

日曜日で、列車はわりにたて混んでいたが、それでも車室の一番隅っこに、まだ誰も腰掛けていない上等のボックスがみつかった。

一番隅っこであったことが、わけもなくクルミさんを喜ばした。

「ここなら、ガムを嚙《か》んだって、サンドウィッチを食べたって、恥かしくないわ」

こころゆくまで、一時間半の小旅行が楽しめるのだ。

まず、窓際へゆっくり席をとって、硝子窓《がらすまど》を思いッきり押しあける。と、こころよい五月の微風《びふう》が、戯《ざ》れかかるように流れこんで来た。

やがて、ベルが鳴り、列車は動きだす。そして、クルミさんの楽しい小旅行がはじまったのだ。

ところが――

そうして、まだ十分もしないうちに、列車が品川の駅へとまると、クルミさんのボックスへ、一人の相客が割りこんで来た。そしてそのお客さんのお蔭で、とたんにクルミさんはすっかり悄げかえって座席の片隅へ、小さくなってしまったのであった。

二

その客は、年のころ四十前後の、眼つきの妙に鋭い、顔も体もいやに大きな、洋服の紳士であった。

中折帽を眼深《まぶか》にかむって、鼠色のスプリング・コートのポケットへ、何故か右手を絶えず突込んだままでいる。

最初、紳士は、車室の中へはいって来ると、通路に立ったまま、素早く車内を眺めまわし、まだほかにも席がないではないのに、ふと、クルミさんのほうをみると、さも満足したような表情をチラッと見せて、すぐにやって来ると、クルミさんの眼の前の席へ、大きな体で無遠慮に、黙ったままドシンと腰掛けたのであった。

そして、笑うでもない、怒るでもない、まるでお面のような無表情な顔で、クルミさんの顔を、体を、シゲシゲと見るのだ。

帽子はかむったまま、右手はポケットへ入れたままである。

クルミさんは、ヒヤリとして、身をすくめると、窓の外へ顔をそむけてしまった。

列車はいつのまにか、新緑の大《おお》森《もり》の街を走っている。

空は、すばらしい日本晴れだ。

普通ならば、もうこの辺で、そろそろチューインガムを噛みはじめる予定だったのに、いまはそれどころではない。

「折角の楽しみも、これですっかりオジャンだわ」

クルミさんは、横顔のあたりに、紳士の気味悪い視線を感じながら、ひそかに溜息をついた。

やがて紳士は、クルミさんのほうから顔をそらすと、窓の方を背にして、横向きになった。そして、コートの左のポケットから左手で新聞をとり出すと、相変らず右手はポケットへ入れたまま、不自由そうに片手で新聞をひろげて、それを顔の上へかぶせるようにしながら、熱心に読みはじめた。

窓の外を見ていても、クルミさんには、その動作がよくわかるのである。

時々、窓から流れ込む爽やかな風に吹かれて、新聞が、ペラペラと鳴る。すると紳士は、その都度《つど》顔をしかめて、こちらを見る様子である。

「窓をしめなければ、いけないかしら」

クルミさんはそう思った。

しかし、どうしたものか、妙にからだがすくんでしまって手が出せない。だいたい、この紳士が乗り込んで来てからは、まだ、身動きひとつしていないクルミさんである。それに、窓をしめるとすれば、どうしても、紳士の頭のうしろへ片手を持って行かなければならない。そう思うと、いよいよ固くなってしまうのだった。

突然、紳士が立ちあがった。

そして、窓から外を見ているクルミさんにはものも云わず荒々しい調子で、硝子窓をしめてしまった。

クルミさんは、ハッとなって身を退《ひ》いた。

紳士の不機嫌が、クルミさんの心を鞭打《むちう》ったのだ。が、そればかりではない。もう一つ大きな理由があったのだ。クルミさんは、紳士の右手を、はじめて見たのである。

誰でも知っているように、汽車の窓をしめるには、必ず両手を使わなければならない。それで、今、立ちあがった紳士も、この時はじめて右手をポケットから出して、両手で窓をしめたのであるが、丁度《ちょうど》その右手が、窓の外を見ているクルミさんの顔の前へ来てとまった。が、窓がしまると、素早く紳士はその手を引ッこめて、ポケットへ入れ、再び前の姿勢になって、新聞を読みはじめたのだ。

しかし、その短い間に、クルミさんは、紳士の右手を見てしまった。

その手は、中指が根元からなくて、四本指である。

「ああ、傷痍《しょうい》軍人の方か知ら？」

瞬間、クルミさんはそう思って、みるみる身内が熱くなった。

「もしそうだったなら、あたしはなんて愚かな少女だろう。そういう立派なお方と、同席したことを不愉快に思っていたなんて！」

しかし、すぐにクルミさんの頭の中には、ムラムラとひとつの疑惑が持上った。

「でも、もし軍人さんだったなら、どうしてそのように貴い御負傷を、こんなに不自然にお隠しになるのだろう？」

――そうだ、たとい、軍人さんでなくって、普通にお怪我《けが》をなさった方にしても、こんなに不自然な、隠されかたをされる筈はない。

クルミさんは、そう思うと、なんだか前よりも体が引きしまるような気がして、一層小さくなりながら、硝子越しに、ひたすら窓の外を見詰めつづけるのだった。

三

間もなく列車は、横浜を過ぎた。

「ひょっとすると、横浜で下りてくれるかも知れない」

そう、ひそかに心の中で思っていたクルミさんの望みも、すっかり裏切られて、紳士は、相変らずクルミさんの眼の前にいる。それどころか、読みかけの新聞を、帽子をかむったままの顔の上へ乗せるようにしたまま、どうやら居睡《いねむ》りでもはじめたらしく、軽い鼾《いびき》が聞えて来る。この分だと、何処まで行くか知れない。ひょっとすると、国府津よりも向うの、小田原か、熱《あた》海《み》あたりまで行くのかも知れない。

クルミさんは、とうとう観念してしまった。

「これでもう、大船のサンドウィッチも、みすみすダメになってしまった」紳士は、居睡っているのであるから、サンドウィッチを買ったって、構わないようなものの、しかし、物音を立てて、うっかり眼でもさまされたら、却って困る。

クルミさんは、そおッと自分のポケットへ手をやってみる。チューインガムもキャラメルも、まだそのままでジッとしている。

クルミさんは、固唾《かたず》を呑みながら、外を見た。

窓の外には、すがすがしい新緑に包まれた湘南《しょうなん》の山野が、麗《うらら》かな五月の陽光を浴びながら、まるで蓄音機のレコードのように、グルグルと際限もなく展開されて行く。そういう景色を眺めながら、クルミさんはなんとかして自分の気持を引きたて、今朝の元気をとりもどそうと、つとめてみるのだった。

ところが、気持が引きたてられるどころか、この時、却って、大変もないことが起きあがってしまった。

さっきから、少しずつズレかかっていた紳士の顔の上の新聞が、この時、ガサッと音をたてて、紳士の横坐りになっている膝の上へ落ちて来た。

クルミさんはヒヤリとなった。どうしようかと思って、紳士の顔と、落ちた新聞を見較べた。むろんこのまま、そっとしておくより仕方はない。がしかし、この時クルミさんは、思わずギクリとなった。

紳士の顔は、うしろのもたれと窓枠の間へはまり込むようにして居睡っているので、帽子が前へズレて、半分隠されたようになっているが、それは、さっきのままの顔である。クルミさんが、びっくりしたのは、その顔ではなくて、落ちた新聞のほうである。その新聞は、落ちた拍子に裏返しになって、さっきまで紳士が熱心に読んでいた方の面が出ているのだ。クルミさんは全くなにげなしにその新聞を見たのであるが、思わずギクッとなって、あやうく声を立てるところだった。

それは三面記事で、上のほうの右肩のところに、次のような恐しい文字が、大きな活字で印刷されてあった。

覆面の盗賊、今暁《こんぎょう》渋谷の××銀行を襲う、行金を強奪して逃走す

それが見出しで、その次に小さな文字が何行も並び、それから又、前よりは少し小さな活字ではあるが、一層恐しい第二の見出しが印刷されてあった。

犯人は洋服姿の大男で、中指のない四本指の右手が最大の特徴、兇器を擬《ぎ》せられつつ沈着なる宿直員の観察

クルミさんは、急に眼の前がクラクラッとなって、思わずうしろのもたれへよりかかってしまった。

四

なんという恐しいことだろう！

からだ中の血潮《ちしお》が、ドキドキと逆流するようだ。とてもジッとしていられない。が、さりとて、妙に体が硬張《こわば》って、声を立てることも、動くことも出来ない。

「人違いであってくれればいいが！」

クルミさんは、一所懸命に自分を押えつける。しかし、その下から、ムクムクと恐しい考えが浮上って来る。

——なるほど、洋服を着た人は何処にでもいるし、大きな男も何人もいるかもしれない。そして、中指を怪我して失った方も、広い東京には何人もいるかも知れない。しかし、この三つの特徴が三つともピッタリあてはまるというような人が何人もいるものだろうか？

「しかも、この紳士は、極端なくらい不自然に、四本指の右手を隠しているではないか！　そういえば、車室にはいって来た時の態度からして、とてもおかしい！」

クルミさんは、ブルブルッと身ぶるいした。

——恐らくこの紳士は、最初車室にはいって来た時に、素早くあたりを見廻して、クルミさん一人だけのこの席をみつけると、相手を少女とみくびって、それであんな満足そうな顔をしたのに違いあるまい。そして、昨夜あんな恐しい仕事をして睡《ねむ》らなかったので、熱海か箱根へ逃げのびる途中で、ついウトウトと、居睡りをしはじめたのに違いない。

クルミさんは、もうジッとしていられなくなった。が、さりとて声を立てたり動いたりすることはとても出来ない。

すぐ眼の前の新聞記事によれば、犯人は兇器を持っていたとあるではないか！　うっかり声でも立てたなら、どんなことになるかも知れない。

「こっそり車掌さんに知らせようか知ら」

しかし、そんなことをしたとて、無駄である。相手がそのように恐しい男では、却って騒ぎ

立てて、平和な旅客たちの間に、間違いでも起きたなら、それこそ大変である。

いやなによりも、もうクルミさんは、石のようになってしまって、出したくても声も出せなければ、動きたくても、身動きも出来ないのだった。永い時間がたったようだ。

ジッとしたまま、こわごわ、もう一度新聞を見る。

「沈着なる宿直員の観察」

という見出しが、ふと目についた。すると、少しばかり、クルミさんの心の中に、明るいものがみつかった。

「そうだ、落ちつかなければいけない」

われと己《おのれ》をはげまして、思い切って紳士の顔を見る。

すっかり居睡りが、本式になったらしい。

列車は、もういつの間にか、幾つかの駅

を通過して、だんだん国府津の町へ近づいて行くらしい。

ふと、クルミさんは、云いしれぬ恐しさの中から、なんともいえない口惜しさが、こみあげて来るのを覚えた。

考えてみれば、大変なことになってしまった。折角の楽しい旅行が、お蔭で滅茶々々になってしまった。たださえ、知らない大人の人との同席なぞ、あまり歓迎したくなかった今日の旅行に、こともあろうに恐しい盗賊紳士と乗合わすなぞとは！　ふとまた、クルミさんは、別の考えにとらわれる。

——いま、この客車の中に、このように恐しい紳士が乗っていることなぞ、誰も知らないのだ。あたしだけが知っている。このまま知らぬ顔をして、国府津で降りてしまっていいものだろうか？

——しかし、それかと云って、どうして、自分のような少女の身で、こんなにふるえているような臆病さで、このことを人に知らせることなぞ出来ようか？

遠く、松原の向うに、見覚えのある国府津の山が見えだした。

「そうだ、もう、そろそろ荷物を下《おろ》して置かなければならない」

急に我に返ると、クルミさんは、思い切って、静かに立ちあがった。手足がガタガタふるえている。まるで夢の中のしぐさのように、中々網棚の風呂敷包みが下せない。

が、やがてとり下すことが出来た。

紳士は、相変らず居睡っている。

と、この時、お祝いもののはいったその風呂敷包みを膝の上へ置きながら、ふと、クルミさんの頭の中へ、とてつもない考えがひらめいた。すると、前よりもはげしくクルミさんの手足はふるえ出した。が、その眼は、急にいきいきと輝き出した。

しばらくクルミさんは、どうしようかと迷っているようであったが、窓の向うに国府津の海が見えだすと、いきなりクルミさんは、制服のポケットの中へ手を突っ込んだ。そして、真紅のリボンのかかった、小さな美しい木箱をとり出した。

それは、信子さんへのお祝いに、こっそり買求めて来た、あの香水だった。

クルミさんは、ものに憑《つ》かれたような手つきで、ぶるぶる顫《ふる》えながら、その美しいリボンをほどき、レッテルをはがして、木箱の蓋《ふた》をあけると、中から、円《まる》い、可愛い香水の瓶をとり出し、その栓の封を切った。

クルミさんは、静かに前かがみになった。

栓を抜いた香水の瓶を、居睡っている紳士のほうへ、ワクワクふるえながら差出し、差出したかと思うと、素早く瓶の口を下へ向けて、紳士の洋服へ、惜しげもなくタラタラと中味を流しつくしてしまった。

列車は、国府津駅にとまった。

なおも居睡りつづける紳士を残したまま、クルミさんは、列車をあとにした。そして、駅を出ると、まるで火でも放ったようなはりつめた顔をして、すぐ駅前の、交番の前へ立ったのである。

五

湘南から伊豆の町々へかけて、警察電話が、活潑な活動をしはじめた。

小田原から伊東に至る十一の停車場の出口には、鋭い眼をした私服のお巡りさんたちが、眼でない、鼻をヒクヒクさせながら、まるで旅客のような恰好で、こっそり立ちはじめた。

ここは、熱海の駅である。

午前十時四十六分、伊東行きの列車が到着すると、大勢の旅客たちが、広いプラット・ホームになだれ出た。

その人びとの中に混って、一人の異様な紳士が——満身にすばらしい香水の匂いをプンプンさした紳士が、右手をスプリング・コートのポケットへ入れたまま、なにかひどく腑《ふ》に落ちかねたような顔つきで、鼻をヒクヒクさせながら、人混みをかきわけるようにして、出口のほうへ歩いて行った。

人びとは、誰もかも、その紳士の発散する、強い激しい芳香に打たれて、びっくりしたように立ちどまると、不思議そうな顔をして、或はあきれたような顔をして、紳士を見返り、見送った。

すると紳士は、いよいよわけが判らないというような顔をしながら、少からずうろたえはじめ、急にいそぎ足になった。

と、その体から立ちのぼる芳香は、自ら捲きおこした風に乗って、いよいよひろまり、一層多くの人びとが立ちどまって、不思議そうに紳士を見詰めはじめた。

紳士は、泣き出しそうに顔をしかめた。が、急に今度は、真ッ赤になると、歩きながらしきりとなにかブツブツいいはじめた。そして前よりも一層はげしくうろたえはじめ、あわてた足どりで、プラット・ホームから地下道へ、地下道から駅の出口へと、折から爽やかな五月の微風に、停車場一面ときならぬ香水の嵐をまきおこしながら、かけ出して行った。

このような紳士が、駅の出口で、さっきから鼻をヒクヒクやりながら、待ちかまえているお巡りさんを、ごまかすことが出来よう筈はない。……

その晩、東京のお家へ帰ったクルミさんのところへ、警視庁のえらいお巡りさんと、××銀行の支配人さんと、それから新聞社の人たちがやって来た。

写真をとられたり、色々な話を聞かれたりしたあとで、銀行の支配人さんがいった。

「お嬢さん。あなたのお蔭で、私共の銀行は、おお助かりをいたしました。ついては、何かお礼を差上げたいのですが、なにがお望みでしょうか?」

するとクルミさんは、一寸ためらってから、こっそりいった。

「そうですの? じゃ、折角ですから、あたしの使ってしまった、あの香水を買っていただきましょうか? だってあたし、あの品を、従姉《いとこ》の信子さんに、お贈りするつもりだったんですもの」

「おやおや、お嬢さん。私共は、もっと沢山のお礼を差上げたいのですよ。それはそれとして、さ、なんでも外《ほか》にお望みの品を、もうひとつおっしゃって下さい」

すると、クルミさんは、一寸考えてから、恥かしそうに囁《ささや》いた。

「じゃ、あたし、サンドウィッチをいただきますわ」


(「少女の友」昭和十五年五月号)

空中の散歩者

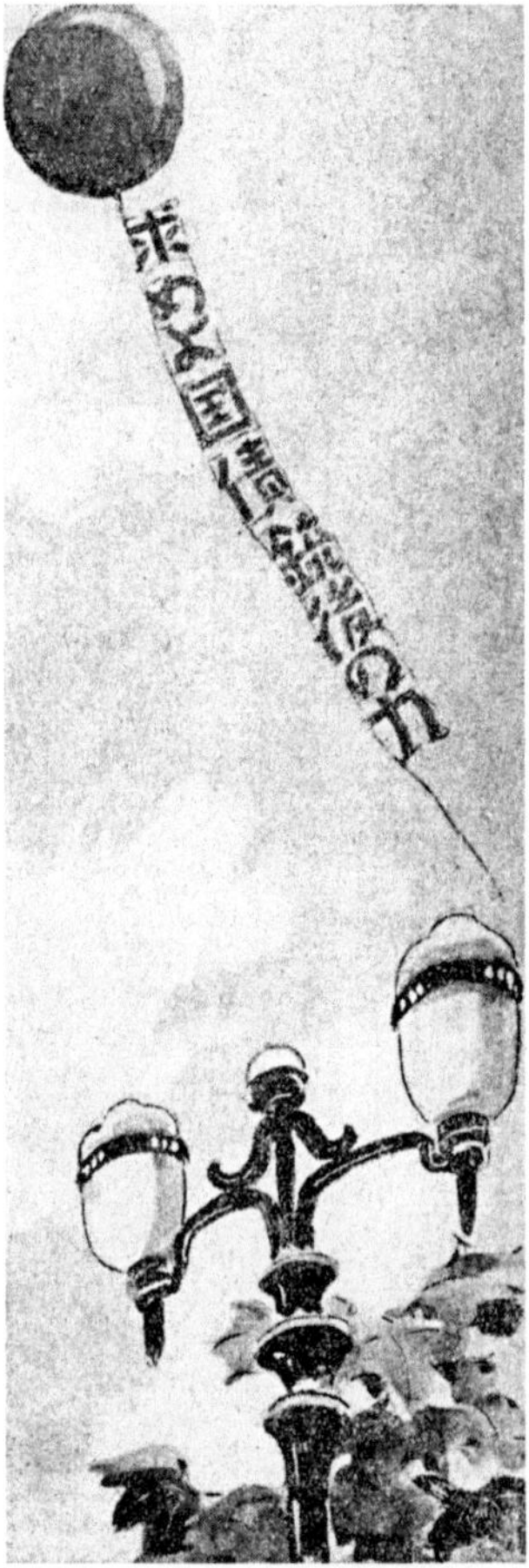

奇怪な悪戯

或る暑い日の、昼近くのこと――

銀座の街角を歩いていた二人づれの男が、急に立止って、大空の一角を見ながら、

「わあッ！」

と異様な叫びをあげると、いきなりゲタゲタと笑いはじめた。

すると、その近くを歩いていた他の男女達も、一様に立止って空を見上げ、

「わあッ！」

と同じように叫んで、これ又ゲタゲタと笑いはじめた。

と、今度は、その次の人々が……そして、そのまた次の人々が……十人、二十人、五十人、百人……と、遂には銀座中の人々が、一斉に鋪道に立止って、空を見あげ、口々になにやら叫びながら、ゲラゲラゲラゲラと止めどもなく笑いはじめる。

不思議な騒ぎは、鋪道から車道に伝染《うつ》り、店舗に伝染って、店々の日除《ひよ》けの蔭からも、電車の窓からも、バスの窓からも、顔、顔、顔……が、一斉に空を見上げてゲラゲラと笑いざわめく。

いったい、何事が起きたというのだ。

見れば——

なんと、それもその筈、大空の一角には、（求めよ国債、銃後の力）と、債券売出しの赤い四角な広告文字を、大きく長々とブラ下げた空の愛嬌者、銀灰色の広告気球《アド・バルーン》が、綱の根元からひき千切れて、フワリフワリと風のまにまに、天空さして昇りはじめているではないか。

確か、いましがたまで、M百貨店の屋上に、繋留されていた広告気球《アド・バルーン》である。

めったなことには驚ろかない銀座の人々も、流石《さすが》に、これにはいささか吃驚《びっくり》したと見え、いまや、街中の人々が一人残らず空を見上げて笑いざわめき、下を見ている人間なぞは一人もいなかった。……

それはさて、これらの人々の誰にも増して、最も驚ろいた人間が、一人ある。

ここは、M百貨店の屋上——

「おーいッ。気球屋さアん。気球屋さんはどうしたアッ」

小鳥売場の主任店員が、大声で呶鳴《どな》っている。

「大変だぞ。気球《バルーン》が逃げちまったぞオ。気球屋さんは何処《どこ》へ行ったア！」

すると、反対側の階段室から、紺の背広にノー・ネクタイの青年が、ハンカチで手を拭きながら飛出して来たが、すぐに、大空の一角へ、長い広告文の尻《し》ッ尾《ぽ》をブラ下げながら昇って行く気球《バルーン》を見ると、

「うわあッ！」

と魂消《たまぎ》るような叫びをあげて、恐ろしくうろたえながら、気球《バルーン》の繋留《つな》いであった一隅へ駈け出した。

興亜《こうあ》空中宣伝社から、M百貨店へ毎日出張して来ている、気球《バルーン》の番人氏である。

「何処へ行ってたんだね。大変じゃないか」

「ト、トイレットへ行ってたんです。そ、その間に……あ、畜生！　こいつア、誰かが切りや

アがったんだ！」

番人氏は、鉄柵に縛りつけたまま、短く垂れ下っている繋留索の端を拾いあげて見ていたが、急にこう叫んで、あわてながら周囲を見廻《みま》わした。綱の端は、何か剃刀《かみそり》みたいな鋭利なもので切られたと見え、一刀のもとに切断されている。が、誰もそんな悪戯《いたずら》をしたようなものの姿は、もう見えない。

「畜生！　とんでもない悪戯だ」

番人氏は、蒼くなりながら、歯を喰いしばっていたが、ふと、空を見上げて、折から西南の微風に流されながら、呑気そうにフワリフワリと空の散歩をしはじめている気球《バルーン》の姿を認めると、急に、こうしてはいられないという様子で、呆ッ気《あけ》にとられている店員をあとに残して、夢中で階段を駈け下りはじめた。

やがて、街頭へ飛出した番人氏、街中の人々が空を仰いでゲラゲラ笑っているのを見ると、もう一度、

「畜生！」

と叫んで、自分も思わず空を見上げたが、大事な気球《バルーン》が、もう大分小さくなりながら、東々北の方角へ、相変らずフワリフワリと流れて行くのを認めると、急いで来合せた電車へ飛び乗った。

走って行く電車の窓から首を出し、苛々《いらいら》しながら逃すまいと、必死になって気球《バルーン》の姿を追求める。が、間もなく番人氏は、大失敗に気がついた。気球《バルーン》は大体東に向って流されているのに、

この電車は真北へ進む上野《うえの》行きだ。

番人氏は、日本橋《にほんばし》であわてて飛び下りると、いらいらと空を見ながら、あやうく自動車に轢《ひ》かれそうにして車道を横切り、本所《ほんじょ》行の電車へ飛び乗ると、再び走り出す電車の窓から首を出し、時どき、両側に並んだ大きな建物の蔭へ、隠れたり現れたりする気球《バルーン》の姿を、舌打しながら一所懸命に追求める。

こうして、番人氏は、隅田川《すみだがわ》を渡り、本所の街へやって来ると、そこで再び乗換えて、今度は少し北へ、それからまた乗換えて、今度は省線で……という風に、際限もなく車を乗換えては、汗グッショリになりながら、こちらの苦心も知らないで、いともノンビリと、赤い広告文字の尻ッ尾をブラ下げながら、フワリフワリと空の散歩を続けて行く気球《バルーン》の姿を、血眼《ちまなこ》になって追い続けるのであった。……

重なる怪事

汗びっしょりになって、ヘトヘトに疲れ切った番人氏が、瓦斯《ガス》を抜いて畳んだ広告気球《アド・バルーン》を重そうに背負って、やっとM百貨店の屋上へ戻って来たのは、もうそろそろ閉店時刻に近い、夕方のことであった。

「やア、よく捕えられたね。いったい何処まで飛んで行ったかね？」

内心に笑いを押えながらも、同情を籠めた調子で小鳥売場の主任が声をかけると、番人氏は

肩で息をしながら、

「いや、どうもえらい目にあいました。最初は千葉の方角へ行くかと思いましたが、ずッと北寄りになって、とうとう印旛沼《いんばぬま》の北まで飛ばされました。一時は随分高くまで登りましたが、流石《さすが》に気球《こいつ》も、瓦斯《ガス》は洩れるし、くたびれはしたと見えて、雑木林の中へ降りて来るところを、捕えたという次第です。どうも驚ろきました。ところで、悪戯の主は、わかりましたか?」

「冗談じゃないよ。そんなものが判るものかね。もうあの時だって、素早く姿を隠したと見えて、みつからなかったじゃアないかね。此処《ここ》はデパートだから、お客さんの中にはどんな人間が紛れ込んでるかも知れないんだから、君が気をつけるより他に、仕方はないんだよ」

「どうも、お騒がせして済みません。でも、私だって、何も不注意をしていたわけじゃなし、トイレットへ行ってる間なんですからね。チェッ。仕様ない奴だな」

「あれから、店の宣伝部長も来られて、結局、君の不注意、ということにされてしまったんですからね。兎《と》に角《かく》、店としては、お客さんの手前余り騒ぐことは出来ないんだからね。ま、今後を注意して貰うんだね」

と、いうようなわけで、結局この出来事は泣寝入りということになり、もう閉店時刻になっていたので、番人氏は、格納函《かくのうばこ》へ気球《バルーン》を仕舞って錠を下ろすと、重い足取りで帰って行った。

ところで――

このままで済んでしまえば、気球《バルーン》逃走事件も、なんでもなかったのであるが、それから五日ばかり後のこと、なんと又しても、何者かに綱を切られて、広告気球《アド・バルーン》が逃げ出したのだ。しかも、例によって再度の悪戯の主は、影も見えないのであった。

東の風に吹かれて、西へ西へと流されゆく広告気球《アド・バルーン》を眺めて地団駄《じだんだ》踏んで喚《わめ》き立てる番人氏が、如何《いか》に口惜《くや》しがっても、どうしようもないのである。愚図々々していれば、大事な気球《バルーン》は行衛《ゆくえ》不明になってしまう。番人氏は気を取りなおしてか、再び前と同じように、あたふたと駈け出しはじめた。

その番人氏が、やっとのことで気球《バルーン》を押えて、ヘトヘトにくたびれながらM百貨店の屋上に戻って来たのは、矢張りもう夕方近い頃のことであった。

「いったい、どうしたというのかな。君、誰かにこんな悪戯をされるような、恨みを受けるような、覚えでもあるのかね」

今度は、宣伝部長が、直々《じきじき》出て来て云った。

「へえ、どうも相済みません。恨みなんて、そんなものは他人《ひと》から受けた覚えはありません。恨みを受けるどころか、私の方が恨みたいぐらいです。この暑い日盛りを、村山《むらやま》近くの禿山の中までも駈けさせられたんじゃア全くやり切れませんよ。いったい何処のどいつがこんな太いマネをするのか、探し出して警察へでも突出してやりたいくらいですよ」

「まア、そうムキになったって仕方がないよ。困るなア君の方だけじゃアない。僕の方だって、今まで頼んでいた東京空中宣伝会社に較べると、君の方は大分料金が安いから頼んでみたんだが、これじゃア全くなんにもならないよ」

部長はそういって、御機嫌斜めのていで引揚げて行った。

すると部長と入違いに、交番のお巡りさんがやって来て、一応、番人氏から、前後二回に亙《わた》る奇怪な悪戯の情況を聴取すると、お巡りさんは云った。

「うーム。成程、少し悪質な悪戯だな。いや、実は、今日、通行人が空を見上げて騒いでいるうちに、掏摸《すり》にやられた人間が二人もあるんだ。それから、この前の時には、自転車に乗っていた小店員が、安全地帯へ乗上げて人間と衝突している。兎に角、随分人騒がせな悪戯だよ」

「ああ。すると、こいつはてっきり、その掏摸の仕業かも知れませんね」

番人氏が、目を輝やかせていった。

「いや、そういう事は、警察の方へ委《まか》せて置いて貰いたい。兎に角、君達は君達で、何度もこういうことが起きないように注意して貰いたい。若《も》し少しでも怪しい人間がやって来たら、すぐ知らせて呉れ給え」

そういってお巡りさんは、迷惑そうな顔をしながら、階段を下りて行った。番人氏も、気球《バルーン》を格納函へ仕舞うと、重い足取りで引上げて行った。……

横川氏登場

それから、四日ばかり後のこと――

ここは、丸ノ内の八紘《はっこう》ビル、読者もお馴染の、国民防諜会の事務所である。

「あーア、暑い暑い。こう暑くてはやりきれないわ」

いま迄《まで》読んでいた写真週報を伏せて、こう呟《つぶや》きながらノビをしたのは、この事務所の所長で、有名な愛国青年探偵横川禎介《よこかわていすけ》氏の女秘書、才色兼備の柴谷《しばや》菊子《きくこ》嬢だ。

「――どうやら先生は、又例によって御病気が始ったようね、この調子では、今年の夏は、遂に一日も、海水浴に行けないかも知れないわ」

「贅沢いうなよ、菊子さん。海水浴なんてのんきな話ではないよ、先生が例の病気がはじまってから、もう三日になるんだ。相当大きな事件かも知れないぜ」

と云ったのは、今までしきりにペンを動かして何やら仕事をしていた、防諜会切っての猛者《もさ》、柔道五段の明石《あかし》君だ。

「そうよ。確か、銀座で二度目の気球《バルーン》脱走事件があった、あの翌日からですもの。毎日毎日、急に人が変ったようになってしまって、あたし達にもろくに口も利いて下さらない。黙りこくって行衛《ゆくえ》も告げずに、朝から晩まで何処かへお出掛けになる……しかも、今度は、毎日弁当御持参よ。パンと水筒を持って、いったい何処へお出掛けなんでしょうね。……」

「ま、兎に角、先生のああいう妙な病的状態が始ったら、必らず何か事件を嗅ぎつけられた証拠に違いないんだから、ま、神妙にして、御連絡のあるまで待つべきだね」

「……ね、明石さん。あたし今度の、先生の病的状態は、あの銀座の、気球《バルーン》の悪戯事件と、何か関係してるんじゃないかと思うけど、どう?」

「そうだね。二度目の悪戯事件のあった翌日から、先生の例の病気が始ったところからみると、そう思われぬこともないが、しかしどうも、なんだね。あの気球《バルーン》事件は、そんな、先生が目をつけるような、大事件とは思われないね。なんしろ、東京中には、気球《バルーン》なんか、毎日幾個所にも上っているんだからね。そいつを偶々《たまたま》、物好きな男が、街の人々をあッと云わせようと思って、一寸《ちょっと》悪戯をしてみる、といったようなことは、ありそうなことだからね」

と、いいながら明石君は、肥《ふと》った体を窓際へ運んで、襟元を拡ろげながら、扇子を使いはじめたが、急になにを見たのかハッとなって、思わず扇子をとり落すと、銀座の方の空を見ながら、こう叫んだ。

「わあッ。またやった。早く来て御覧、菊子さん。また気球《バルーン》が逃げ出したよ」

恰度《ちょうど》その頃——

銀座のM百貨店の屋上では、またしても広告気球《アド・バルーン》を切られた番人氏が、カンカンになって口惜しがっていた。

が、それでも、すぐに空を見上げると、例によって債券売出しの広告文字をブラ下げた、可愛い天体のような銀灰色の広告気球《アド・バルーン》が、悠揚迫らぬ態度で上昇しながら、朝がたから吹いている北寄の微風に誘われて、フワリフワリと南のほうへ流されはじめているのを認め、

「チェッ」

と舌打ちしながら、捨てても置かれぬ顔つきで、あわてふためいて階段室のほうへ駈け出して行った。

すると、この時、人気のなくなったその屋上の一隅から、六間《けん》と離れないところに、昇降機《エレベーター》

の電動室の裏側に隠れるようにして、お稲荷《いなり》さんの祠《ほこら》があるのだが、その祠の狐格子の中で、ゴソゴソと妙な気配がしたかと思うと、なんと、急に一人の人間が——年の頃三十五六、洋服を着て立派な人品ながらも、どうしたというのかまるで子供の遠足みたいに、肩から水筒をかけ、片手に喰べかけの食パンを持った一人の男が、いとも満足そうにニヤニヤと笑いながら、扉をあけて祠の中から出て来たのである。

——既に読者も御賢察の如く、これぞ他ならぬ、国民防諜会の横川禎介氏だ。

前から打合せがしてあったと見えて、別に驚ろきもしていない小鳥売場の主任のところまでやって来ると、

「いや、どうもいろいろと御厄介になりました。お蔭で、三日間の苦心が酬《むく》いられ、遂に悪戯の犯人を見つけましたよ。しかし、どうも、気球《バルーン》の上る十時前から、狭いところでお稲荷さんと御一緒に暮しているのも、なかなか苦しいことでしたわい。——では、いずれ後程……」

そういって横川氏は、主任に別れると、急に活潑な態度になって、一気に一階まで駈け降り、そこの一隅の公衆電話へはいると、すぐに丸ノ内の防諜会を呼び出して、菊子嬢と、明石君に、すぐM百貨店の入口まで来るように吩咐《いいつ》けた。

それから、二十分ばかり後。

早くも、勢い込んでやって来た明石君と菊子嬢を連れて、横川氏は早速尾張町《おわりちよう》から築地《つきじ》行の電車へ乗り込んだ。

いったい先生は、何処へ何をしに出かけるのであろう？　そして又今しがた、あの気球《バルーン》の飛

び上って行ったばかりのM百貨店に、今まで先生は何をしていたのであろう?

菊子嬢や明石君にとっては、いろいろと聞かせて貰いたい疑問だらけだ。が、流石は防諜会の職員だ。絶対に無駄口を利かない。黙々としている横川氏に従って、二人とも神妙に黙ったまま、座席は市民に譲ってやって、黙々と吊革にブラ下っている。

やがて、勝鬨橋《かちどきばし》の袂《たもと》まで来ると、横川氏は電車を降りて、二人を従えながらやって来たのは、なんと明石町《あかしちょう》の水上警察署。

呆ッ気にとられている二人を控室に待たして置いて、署長室へ出掛けて行った横川氏は、そこで署長さんと暫くなにやら話していたが、やがて出て来ると、二人を連れて建物の横を廻り、すぐ傍らの隅田川に面した水上署の繋船場へやって来た。

するとそこに、いつの間にか、制服に顎紐も凜々《りり》しい署員の人が二人待っていて、三人を、何艘も並んでいる快速艇の一つへ案内した。

白い船体には、隼号《はやぶさごう》と船名が記してある。

間もなく、快いエンジンの律動が起上った。

水上の追跡

五人の人々を乗せた快速艇隼号は、満々たる隅田の水面を切って一定の速度で、静かに南へ南へと走りはじめた。

運転席の二名の警察官は、既に万事を呑み込んでいるものの如く、前方をジッと睨んだまま、厳として微動だにしない。

間もなく、勝鬨橋の橋間を潜《くぐ》り抜けた隼号は、浜離宮《はまりきゆう》の緑を右舷に見ながら、月島《つきしま》の端《はな》をかわすと、遥か水平線上に横たわる、第三台場と第六台場の中間の海面に、ピッタリ進路をつけて、エンジンの音も軽く、大東京港を縦断しはじめた。

この頃になって、やっと菊子嬢は、横川氏の目的が判ったとみえて、急に眼を輝かすと、傍らの横川氏をソッと肘《ひじ》で小突きながら、

「先生。先生の目的が、判りましたわ」

そういって、遥か前方の空の一角を、眼で指した。

見れば、その空中には、例の奇妙な空の散歩者、赤い広告文字をブラ下げた銀灰色の広告気球《アド・バルーン》が、大豆粒ぐらいの大きさにポッカリ浮んで、北寄りの微風に押されて南へ南へと静かに流されている。恰度いま大森の沖あたりであろう。

「先生は、これから、あの逃げた気球《バルーン》を追ッかけようとなさるんでしょう」

(いま頃判ったか)

横川氏は黙ったまま、そういわんばかりの眼で笑った。

傍らの明石君は、そんなことにはチンプンカンプンで、始めて乗せて貰った快速艇に、もうすっかりいい気持になってしまって、舷側に首をつき出し、深緑色の水面に乗ったままサアッと後ろへ流れて行く泡の縞を、さっきからニヤリニヤリとバカみたいな薄笑いを浮べながら満

足そうに眺め続けている。

「先生」と菊子嬢が囁《ささや》く。「でも、あの気球《バルーン》を追ッかけているのは、あたしたちだけではないんでしょう?」

「うん。気球《バルーン》の番人が、陸路を追跡しているよ。いずれ適当なところで、モーター・ボートでも借りるつもりだろう」

「じゃア、その番人さんと競争ってわけね。ずいぶん物好きだわ」

「いまに、万事わかるよ」

「でも、これじゃ、この艇《ふね》、余り速くはないですね。気球《バルーン》にはなかなか追付けないわ」

「急いではいけないんだ。それも、いまに判る」

「ま、なんでもいいですわ。お蔭様で海へやって来られましたもの。でも、やっぱり一度は水にはい

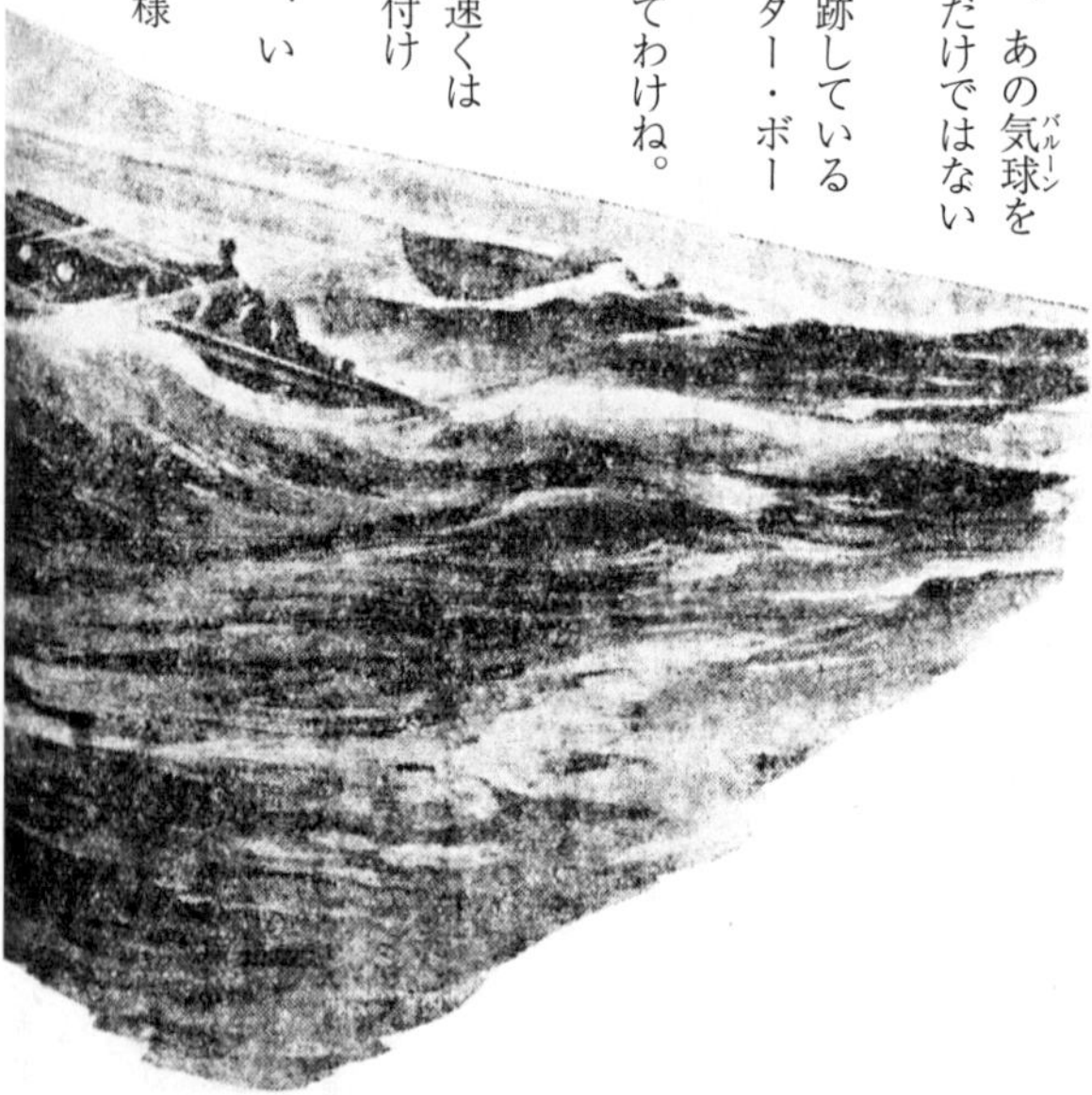

らないと、なんだか物足りませんわ」

「君達は、どうも始めて快速艇に乗せて貰らったんだから、無理もないが、この艇《ふね》が、いまにスピードを出す時が来たら、どんなことになるか知らないんだね。

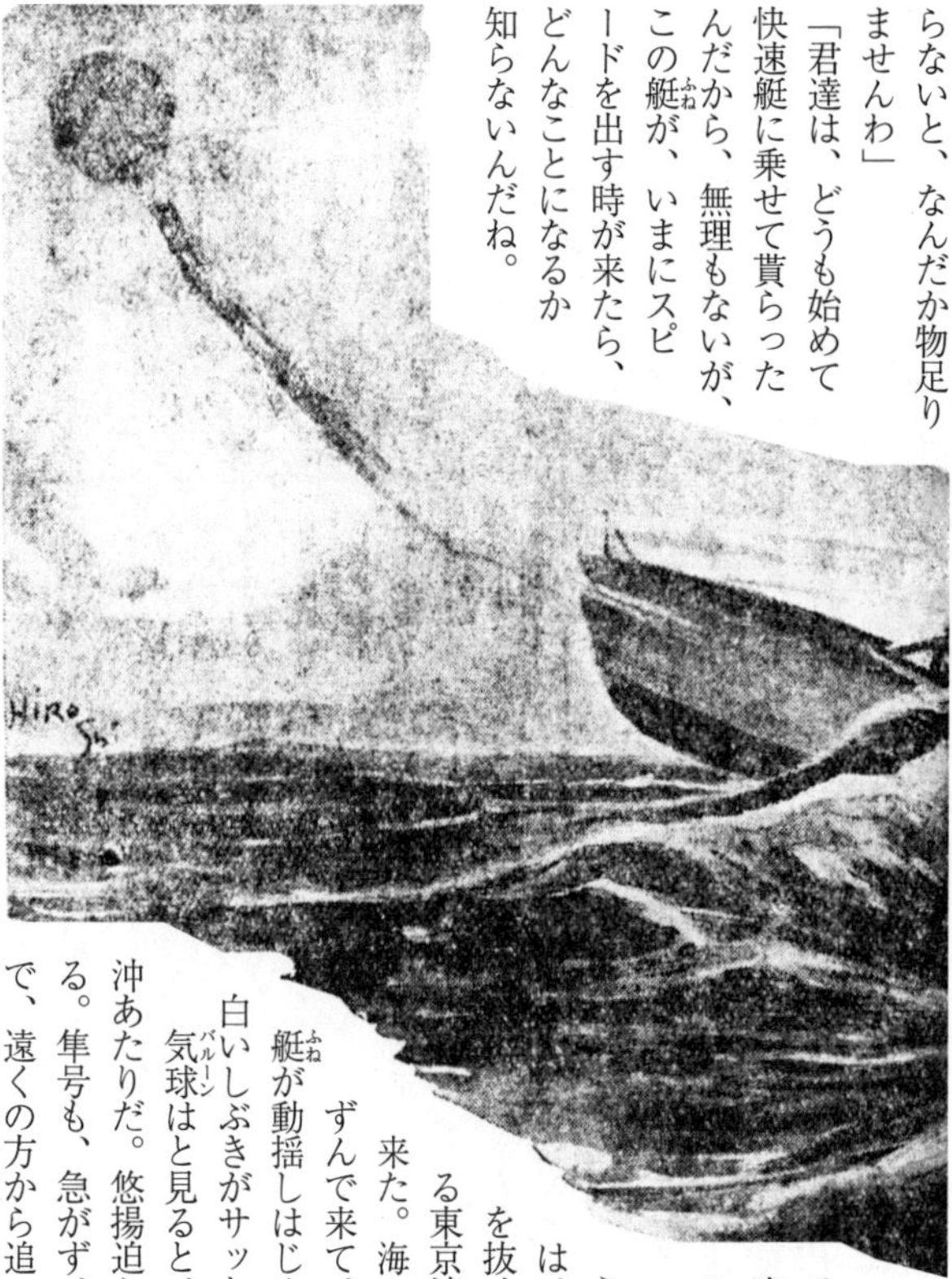

ま、そうしていたまえ、そのうちに物凄いことになるから……」
　話しているうちに、隼号は、お台場の間を抜けて、洋々たる東京湾へ乗出して来た。海の色が急に黒ずんで来て、波が大きく、艇《ふね》が動揺しはじめた。時どき白いしぶきがサッと躍る。
　気球《バルーン》はと見ると、もう羽田《はねだ》の沖あたりだ。悠揚迫らず浮んでいる。隼号も、急がず、一定の速さで、遠くの方から追って行く。そ

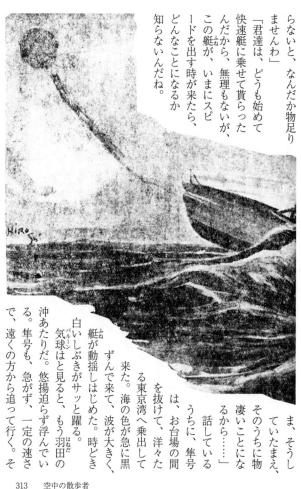

れでも、艇《ふね》が羽田の沖あたりまでやって来ると、海水浴の人達が、去り行く気球《バルーン》へ向って、この時ならぬ空の訪問者に愛嬌を覚えてか、やんやと歓声を送っているらしいのが、見受けられた。

こうして、追うでもない追わぬでもない不思議な追跡を続けること約一時間。横浜沖のあたりまでやって来る頃から、流石に気球《バルーン》は、瓦斯《ガス》でも洩れてか、段々疲れたように下降しはじめた。

と、この時――

遥か右舷前方の海上を、子安《こやす》の海水浴場あたりから出て来たものらしく、一隻の娯楽用の小型モーター・ボートが、全速力で、気球《バルーン》が下降して行くあたりの海面へ向って、疾走して行く。

「さア、お願いします」と横川氏が運転席へいった。「あのモーターに番人が乗っているんです、あいつに渡さないで、いきなり飛出して、こちらで横取りして下さい！」

急に、隼号のエンジンの音が変ってきた。

と、見る。たちまち周囲の海面が、盛れ上るようになって、洪水のような恐ろしい勢いで後ろへ流れはじめたかと思うと、いきなり船首に当って、パアッと飛び散った物凄い滝のような飛沫《しぶき》が、そのまま三人の頭から真ッ向にかぶさって来た。菊子嬢が思わず悲鳴をあげる。が、飛沫は次から次へと襲って来るので、急いで持っていたケースから、ケープを引ッ張り出してあわてて体へまとった。が、もうその時は既に、ス・フ入りの洋服はビショ濡れである。

「どうだね。これこそ真の海水浴というものだ」

横川氏は、うらめしそうに睨んでいる菊子嬢の眼に、答えるようにこう投げつけると、そのまま、自分もビショ濡れになりながら、ジッと前方へ視線を凝らす。

気球《バルーン》は、もうどんどん下降する一方だ。五百米《メートル》、三百米、二百米、百米……と、もう間もなく長い綱の尖端《さき》を水面につけるであろう。そいつをめざして、番人の乗っているという彼《か》のモーター・ボートは、全速力で近づいて行く。が、その何者よりも速く、隼号は飛沫をあげて驀進《ばくしん》するのだ。はやい、速い。実に速い。やがて気球《バルーン》の綱の端が水面についた。番人のモーターが、そいつへめがけて駈けつけようとする。と、間一髪！　ヒラリと鮫《さめ》のように身を躍らして、相手の船首を掠《かす》めた隼号は、アッとみる間に早くも気球《バルーン》の下に躍り込んで、綱の端は、警官と横川氏の手によってシッカと捕えられた。隼号は、速力をゆるめる。狭い甲板《デッキ》の上では、横川氏と警官が、エッサエッサと気球《バルーン》の綱を手繰り寄せる。広告文字も巻き取った。大きなお月様のような気球《バルーン》が頭の上に降りて来た。甲板《デッキ》へ着いた。

と、いきなり横川氏は、隠し持ったナイフを振りあげて、飛び上るようにしながら、成るべくバルーンの上の方を、サアッとばかり切裂いた。スウーッ！　と妙な風が起って、既にしぼみかかっていた気球《バルーン》は、忽《たちま》ちグニャグニャと崩れて、見る間に一片の、巨大な醜い布切れと化した。

と、おお、なんと——

その布切れの下で、まるで蚊帳《かや》をかぶった子供のように、バタバタと暴れているものがある。横川氏は、すかさず布切をまくりあげるように返しはじめたが、すぐに気嚢《きのう》の底部の瓦斯《ガス》弁の近く、どういうものかそこだけゴム引布が一段と厚く、ゴワゴワとしているところを引ッ張り出すと、そこに幾つも虫が喰ったようにあいている、二銭銅貨大の奇妙な穴へ、チョイチョイと指を突込んでは手早く何やらしていたが、たちまち、エイッと力を入れて引ッ張ると、なんとゴム引布の一部が、急に蓋《ふた》が取れたように丸く口をあけて、その中から、なんと異様な一人の男が躍り出した。

妙に顔のむくんだような浅黒い色の男だったが、飛出るや否や、手に持っていた写真機のような機械で、いきなり横川氏の頭を殴りつけようとした。が、間髪を入れず手許に飛込んだ水上署員の手によってバッタでも押えるように捕えられてしまった。

「皆さん。御紹介します」と横川氏がいった。「興亜空中宣伝社の主人公です」

捕えられた男は、眼をムイて横川氏を睨みつけた。が、横川氏は笑いながら、相手の手から写真機のようなものをふんだくると、

「ふム。なかなか、精巧な望遠カメラだね。いや、カメラばかりじゃアない。その気球《バルーン》の、気嚢底が二重になっている装置なんかも、どうして仲々立派なものだよ」と今度は署員の方へ、

「こいつをしっかり縛って船底へ入れて置いて下さい。そして、大至急、今度はあのモーターを追跡して下さい」

といった。

見れば、たったいま隼号に鼻先を掠められた彼の番人のモーターは、意外な形勢に吃驚してか、舳《へさき》をめぐらして元来た方角へ、まっしぐらに逃げだしている。……

再び、隼号は、物凄い飛沫をあげはじめた。

恐るべき陰謀

番人のモーターは、今や死物狂《ぐるい》になったと見えて、仲々速い。おまけに今度は向い風で、徒《いたずら》に飛沫ばかり高く、ともすると獲物を見失い勝《がち》だ。その飛沫を満身に浴びながら、横川氏はだれへともなく云った。

「この男も、それからあの番人も、実に恐るべき奴ですよ。表面はまんまと日本名を使って日本人にばけていますが、重慶《じゅうけい》政府直属のスパイ団、藍衣社《らんいしゃ》の派遣してよこした人間です。善良な国民政府下の中国人なぞではさらにありません。――もう、判られたでしょうが、こいつらは一年ばかり前に、上海《シャンハイ》を経由して日本へ潜入すると、二人とも以前永らく日本にいたことがありますから、早速巧みに日本人に化けて、京橋《きょうばし》のSビルに一室借り受け、広告気球《アド・バルーン》社を開店して、もう前からある立派な邦人経営の空中宣伝社よりも、ずっと安い料金で商売を始め、東京中の方々の盛場へ広告気球《アド・バルーン》と見せかけて、実はこの不敵な装置の観測気球を持廻って繋揚し、狭い二重底の中へ忍び込んであの穴から望遠カメラで、東京中の精密な空中写真を、撮影しつづけていたのです。ところが、最近になって、東京中の精密な空中写真はすっかり完成して了《しま》ったので今度は序《ついで》に、東京附近の重要地帯を撮影しようとわざと気球《バルーン》が切られたように見せかけて、三回に亙って東京を中心とする三方面へ飛出したのです。最初の時は、〇〇方面の海軍の重要施設を、二度目の時には○○や○○方面の陸軍の重要施設を、そして今日は、この東京湾の要塞地帯を……と、恐らく今日が最後で、これで商売を畳んで何喰わぬ顔をして逃げ出すつもりだったでしょうが、天網恢々疎《てんもうかいかいそ》にして漏らさず、遂にこうして押えられる事になったのです。あッ、右です。右です。物凄い勢で逃げていますよ。もう一息だ」

番人のモーターは、独機の空襲を受けた英艦のように、右へ左へと体をかわしながら、煙幕のような水煙りを立てて驀走《ばくそう》している。

「後で調べれば判るでしょうが」と横川氏は続ける。「恐らくこれは、こうして出来上った、普通では絶対に入手出来ない恐ろしく精密な、しかも最近の新らしい東京附近の大俯瞰《だいふかん》写真は、直接重慶政府が使うものではないでしょう。今後多量に輸送されようとしている援蔣《えんしょう》武器に対する、交換品の一つとして○国へ提供されるであろうことは、推察に難くありません……おや、大将、もう大分疲れて来たようだな。もうほんの一息だ」

「うーム。それにしても、先生には、もう最初から今度のことは判っていたのですか」

明石君が、もうやり切れないというように裸になりながら、はじめて口を切った。

「いや、とんでもない。二度目の気球《バルーン》脱走事件までは、僕も全然気がつかなかった。が、二度目の時に、その気球《バルーン》が二度に飛んで行った経路《コース》を聞いて、ハッと霊感が来たんだ。が、余り吾ながら突飛《とっぴ》もない考えだったので、誰にも告げずに、こっそりと、あの興亜空中宣伝社というのを、内偵してみたんだ。すると社員というのは、日本人の何も知らない給仕を入れて、たった三人だけなんだ。それでもう一歩突込んで内偵してみると、その二人の大人というのが甚だ臭い——とまアいうようなわけで、今度は、弁当持で、M百貨店の屋上のお稲荷さんの祠へ隠れて、ひそかに監視を始めたんだ。二日間何事も起きなかった。ところが三日目の今朝十時頃、番人がやって来て気球《バルーン》を揚げようと仕度にかかっていると、客のようなフリをしながら屋上へ出て来た、その宣伝社の社長?氏が、誰もいない隙を見て番人と眼配せすると、サッとばかりあの袋の穴から中へ忍び込んだのだ、弁当とカメラを持ってね。それから番人は何喰わぬ顔をして圧搾器《ボンベ》から水素を入れると、気球《バルーン》を静かに上げて、さてそれから約二時間は何事もない。が、昼頃になって、風向きを見ていた番人氏は、急にポケットから取出した剃刀みたいなもので、気球《バルーン》の綱をサッと切ると、そのまま何処かへ飛んで行って、小鳥部の店員が騒ぎ出すと、自分が切った癖に、いかにも大変だというような顔をして、飛出して来た、というわけなんだ。なんでもないよ。あッ、よし。明石君、飛び移れ！」

ダダアッと物凄い飛沫をあげて、隼号がモーター・ボートの横ッ腹へ、のしあげるようにぶつかって行くと、驚破《すわ》とばかり明石君、裸のままで甲板《デッキ》を蹴ると、モーターの操縦席に恐ろしい顔をして身構えている番人の体へ、ガッとばかり飛びついて行った。

勝負は、瞬くまについてしまった。……

×

それから間もなく、京橋Sビルにある、興亜空中宣伝社の書類金庫から、尨大な大俯瞰写真集が押収されたことは、いうまでもない。がそれと同時に、茲《ここ》に、この事件の結末を飾るきわめて愉快なニュースが、防諜会へもたらされたことを、つけ加えて置きたい。
それは他でもない。三度に亙って気球《バルーン》が逃げ出して行った、その経路《コース》に当る広大な地方一帯で——東京市はいうまでもなく、各地方の市町村に於ても、この数日来、いつもより一段とはげしく、物凄い勢で支那事変債券が売れ、関係者を驚殺せしめている、というニュースである。

（「冨士」昭和十六年十月号）

氷河婆さん

一

アラスカの（氷河婆さん）の話をしよう。ひとつ小説に書いて下さい。

こいつは、私の取っておきの実見談でね。ちょっと信じられないような恐ろしい話なんだが、まだ誰も知らない事実譚《ものがたり》なんだ。

――私がまだ、アメリカから引揚げない以前、ちょうど今から、六年ばかり前のことなんだが……

その年の夏、私はサンフランシスコの地理学協会の招待を受けて、アラスカの旅に出た。当時まだ支那事変も始まらない前のこととて、日米関係も比較的平穏だったのだが、それでも、例の、アメリカ陸軍のリチャードスン将軍を会長とするアラスカ州道路建設委員会なぞという奴が、シヤトルからカナダを抜けて、アラスカのフェヤバンクスにまで通じる蜿蜒《えんえん》たる軍用自動車道路の建設を準備しはじめたりして、そろそろ北の対日進攻路を固めようと企てていると いうに、一方学術団体では、数年後に敵となった枢軸国の人間を、御叮嚀《ていねい》にもそのアラスカの地質研究に招待していたというのだから、凡《およ》そアメリカという国は、輿論《よろん》の不統一な、出鱈目《でたらめ》な国だと云えるわけだ。尤《もっと》も、そのお蔭で、アラスカの土地柄もまた、この（氷河婆さん）みたいな、アメリカが口に正義人道を唱えながら、その蔭で行っていたところの数々の罪悪の一つを、掘り出すことも出来たわけだから、こっちにとっては、至極都合のいい話というべきだが……

さて、そのアラスカ行《ゆき》の一行は、皆で六人だった。アメリカ人の教授が四人、独逸《ドイツ》人の教授が一人、それに日本人の私と。会長は、テーラーというスタンフォード大学の教授だった。で、この一行が、その年の五月、汽船でサンフランシスコを出帆し、シヤトル、バンクーバーを経て、アリューシャン東端の例のダッチハーバーから、黄緑色《おうりよく》に濁った無気味な波と、濃霧に包まれたベーリング海に入り、聖《セント》ミカエルの港町で汽船を捨て、そこから河蒸汽に乗りユーコン河を奥地のクロンダイクまで進み、そこから再びユーコン河をタナナというところまで下って、こんどは支流のタナナ河にはいり、そいつをアラスカの首都フェヤバンクスまで遡航して、そこから陸路を鉄道で南岸のセワードまで来て、それから再び汽船に乗ってサンフランシスコまで帰ったという、だいたいそういうコースを辿《たど》って所期の研究調査を終ったわけなんだが、ところでその問題の（氷河婆さん）というのに僕が出会ったのは、そのユーコン河の上流のクロンダイクでのことなんだ。

いったい、ひとくちにアラスカといっても、日本本土の何倍というくらいのだだっぴろいところで、雪をかぶった岩山とツンドラばかりの、荒涼たるその大陸のまん中を流れているユーコン河というのも、満ソ国境の黒龍江《こくりゆうこう》にも劣らぬ程の大河なんだ。

尤も、船の通れるのはほんの夏のうち暫《しばら》くのことで、あとは物凄い雪と氷の原になってしまうんだが……

その、雄大なユーコン河の渓谷を、私達は夏の間だけ通っている河蒸汽に乗って、奥地へ奥地へと進んで行った。

河蒸汽といっても、隅田川《すみだがわ》あたりを疾《はし》っているような、あんな小さな船ではない。北満の松花江《しょうかこう》を往復しているような、吃水《きっすい》は浅いが、ちょっとしたアパートでも水の上へ浮べたような大きな外車船なんだ。

ユーコン河の流域は、広漠たるツンドラ平原もあるが、大部分、北のブルックス山脈と南のアラスカ山脈に挟まれた、峨々《がが》たる渓谷地帯で、いちめんに青々とした小さな芝生みたいな草ばかりの茂った、荒涼たる無木帯の岸辺には、時どき、狼や狐や馴鹿《となかい》なぞが、突然現れて来た河蒸汽の汽笛におどろいて、つん裂くような鳴き声をあげながら逃げ去って行く以外には、殆《ほと》んど人間の姿というものを見かけない、全く世界の涯《はて》といった眺めなんだ。

おまけに、名物の白夜《はくや》で、太陽は毎日頭の上をグルグル廻っていて、殆んど夜らしい夜というものがない。時どき、その白夜の空の彼方に、まるで悪魔のサーチライトみたいな北極光《オーロラ》が、なんともいえない異様な極彩色で、ダラダラダラと垂れ下るのだ。

なにしろ、アラスカの内陸方面といえば、シベリアの奥地と同じような典型的な大陸性気候で、最低気温は零下五〇度から六〇度に達しようというきびしさであるが、アリューシャンや海岸地方と違って、風は弱く、暴風雨も霧も少くて、徹底的に乾燥しきった大気を通して、三十里も四十里も離れたところにある、富士山よりもはるかに高い五千米《メートル》突級の連山の、雪を頂いた針鼠の背のような姿さえ、近々と手にとるような鮮やかさで眼に迫って来るという……ま、そんな風な、この世離れのした風景の中を遡航しつづけること二十日《はつか》ばかりで、やっと私達は、クロンダイク地方のドーソンシティーを過ぎてセルカークの町についた。

ご存じのように、このクロンダイク地方というのは、明治三十年例のゴールド・ラッシュで一躍世界に有名になった砂金地で、ドーソンだのセルカークだのという町も、その砂金礦発見当時の殷賑《いんしん》によって、一夜にして出来上ったという町なんだが、黄金の夢もすでにさめはてた今では、すっかりさびれて、人口なぞも当時から見るとグッと減少してしまっている。

で、そのセルカークの町に私達が滞在中のことなんだ。

或る時一行は、ユーコンの上流を渡って、渓谷の南岸の、ローガン山系の一支脈にかかっている物凄い氷河を視察に出かけた。

――なに、アラスカに氷河があるかって？　冗談じゃないよ。アラスカには、長さ五〇哩《マイル》もあるというセワード氷河だの、聖《セント》エリヤスの山麓一帯に拡ろがるマラスピナ氷河だのと、世界的に知られた氷河さえあるよ。

ところで、われわれの探険に出掛けたその氷河というのは、長さも十哩《マイル》ばかりの名もない氷河なんだが、それでも典型的な谷氷河として発達しているところに興味があったんだ。

で、その氷河の末端が、融解して、ユーコンの一支流の小さな谷川の源にそそいでいるあたりの、汚れ、荒れ果てた草原に、われわれが天幕《キャンプ》を構えた時だった。その天幕《キャンプ》から半粁《キロ》も離れないところの岩壁に一つの洞穴があって、その入口に一人の六十歳ぐらいの老婆が立っているのを見て、私はアッとばかり驚いた。

「旦那。あれは氷河婆さんといいましてね。もう四十年近くも昔から、あの洞穴に住んでいる、唖《おし》で、気狂いのエスキモー女なんですよ」

「なにエスキモー女だって！」

セルカークの町から雇って行ったアサバスカン・インディアンの人夫にそう説明されて、このような無人の境に人間を発見した驚ろき以上の驚ろきを覚えた私は思わずそう問返したものだった。

——全く、エスキモーといえば、アラスカでも海岸地方にのみ居住している徹底的な漁撈民族で、このような奥地にはまず絶対に住んでいないといってもいいほどの、海洋民族なのだ。そのエスキモーの女が、しかもただ一人で四十年間も、アラスカの奥地に暮しているというのだから、私が驚いたのも無理はない。

ところが、驚くべきことは更に起った。

そのインディアンの人夫は、（氷河婆さん）を唖で気狂いだといったが、はげしい魅力に惹かれてジッとしていられなくなった私が、こっそり天幕《キャンプ》を抜け出てその洞穴に婆さんを訪れた結果、氷河婆さんは唖でも気狂いでもなく、ただある事情によってアメリカ人やアメリカ系の人間には絶対に口をきかず、こうして山の中で一人暮しをしているために、そんな風に誤解されたのであって、しかも私は、婆さん自身の口から、婆さんがこの物凄い氷河の末端近くの山の中で四十年も暮していているという、恐ろしい謎の身の上ばなしを聞き出すことが出来たのだ。

二

「あなたは、アリューシャンの西の、ニッポンに住むというアイヌですか」

最初は極端に警戒していた婆さんも、私の執拗《しつこ》さに根負けしてか、それとも私のアジア人としての顔つきに心をゆるしてか、やっと婆さんはそういってエスキモー語で問いかけながら、語りはじめたのだ。

（尤も、これは私の顔がアイヌに似ていて勘違いされたというよりは、どうやらこの婆さんが、日本人とアイヌとをゴッチャにしているらしいがね）

ところで、これから、その婆さんの身の上ばなしになるわけだが……

エナ、というのが、彼女の名前だった。

ちょうど当時から、三十九年前、明治三十一年の春、アラスカへは、夥しいアメリカ人達が、金坑熱《ゴールド・ラッシュ》の波に乗って陸続と押しかけて来た。黄金に憑かれた亡者共は、群をなしてユーコン渓谷に流れ込み、河口の港町聖《セント》ミカエルの河岸《かし》には忽ち倉庫が立並び、金山通いの河蒸汽がひしめきあって、風来者《ふうらいしゃ》の懐中《ふところ》を狙う天幕《テント》張りの賭場が随所に開かれるという大変な活況を呈しはじめたのだ。

当時、二十歳の処女だったエナは、聖《セント》ミカエルの西方、ユーコン河口の三角洲にあるささやかなエスキモー部落で、幸福な北の乙女の生活を送っていたのだが、金坑熱《ゴールド・ラッシュ》の波と共に、この彼女の上に、大きな不幸がやって来た。

ユーコン河の交通運輸の急激な膨張と採金事業の拡大に伴って、インディアンは申すに及ばず、エスキモー達の中にも、アメリカ人に半ば強制的に雇われて河蒸汽の荷役や、奥地の採金場の労働に従事させられる者が大勢出て来た。

そして、エナの部落からも、或る時、ニュー・アラスカ・カムパニーという金山事務所の許《もと》に、三十人のエスキモー達が雇われることになった。

漁撈民族であるエスキモー達は、報酬に金を貰っても仕方がない。で、労働の代償として、漁撈に使用する鉄砲弾《だま》や火薬を貰うことになり、金山事務所の監督に引率されて聖《セント》ミカエル近くの部落をあとにしたのだ。

エナには、恋人があった。

マルクイという、エスキモーの青年だった。

この恋人が、エナの父と一緒に、ニュー・アラスカ・カムパニーに半ば強制的に雇われることになると、父娘《おやこ》二人だけの暮しだったエナは、自分も父や恋人と一緒に、クロンダイクの砂金礦へやらして貰えるよう、金山事務所の監督に頼んだ。

ところが、これが聴き入れられない。エナは遂に決心して、三十人の部落民達が河蒸汽に乗せられて出発すると、自分も住みなれた部落を捨て、皮舟《カヤック》に乗ってはるばる大ユーコンを遡航しはじめたのだ。

エスキモーというと、昔のままの海豹《あざらし》や猟虎《ラッコ》の皮で作った着物を着ていると思われるかも知れないが、それは海に出て猟をする時だけのことで、その頃ではもうすっかりアメリカナイズされ、男達は菜葉服《なっぱふく》のようなものに鳥打《ハンチ》をかぶり、女は普通の婦人洋服を着ていたんだ。

背は低いが、色の白い大柄な顔に黒い豊かな髪を頂いた、エスキモーの女達の中でもかなり美しい娘だったエナの胸には、また、極北女にふさわしい、沈潜した深い、ひたむきな情熱があった。

いつも恋しいマルクイと二人で乗って、ベーリング海の波に戯れた思い出の皮舟《カヤック》を操りながら、彼女は、遠い遠い奥地のクロンダイクまで、父や恋人を追っての長い旅に出たのだ。皮舟《カヤック》といってもバカにならない。手馴れたエスキモー達はこれに乗ってゆうに一時間五、六哩《マイル》の速力を出す。

だが、なんといっても、そのような扁舟《へんしゅう》をかって、はるばる数百哩《マイル》の僻地へまで駆けつけるなぞということは、だいたい無理な仕事だった。使い馴れた手銛《てもり》を以って川魚を獲ったり鳥を獲ったり、草の実やウバ百合の根を食べながら、やっとクロンダイクの砂金地まで着いた時には、もう夏も終りに近かった。そして、そこには、恐ろしいことが待ち構えていたのだ。

エナよりはずっと早く、夏の始め頃に荒涼たる奥地の砂金地に着いた三十人の部落民たちは、言語に絶した酷使と虐待の中へぶち込まれていたのだ。

だいたい、アラスカの砂金地に於けるアメリカ人達の非人道ぶりなどというものは、ルーズヴェルトやその手先の外交官たちによって表現されていたアメリカの人道主義などとは、口にするのもバカバカしい位いの違いようで、博打はうつ喧嘩はする、自分達より余計の砂金を摑んだ他の仲間たちを人知れず葬って金塊を奪取する、といったようなことはいくらも行われたというほどの無警察ぶりで、世界の眼から遠ざかったこの僻地に於て俄然本性を現した彼等は、エスキモーやアサバスカン・インディアンの土民達なぞは虫ケラほどにも考えず、冷酷無類の虐使をしはじめたのだ。

それで、ニュー・アラスカ・カムパニーの金山事務所に引っ張られた三十人のエスキモー達も、そういう極地の自然は住み馴れた人種達ではありながら、たちまち疲弊困憊して病気になり、病気になった体をそのまま皮鞭で引っぱたかれて労働へ追い立てられ、揚句のはてに死んでしまった者が、エナの着くまでに十二人という夥しい数にのぼっていた。

むろん食糧などは全然給しない。エスキモー達が自分で野や川から獲って来ては賄《まかな》っていたのだ。だが、それでも、極地のきびしい自然との闘争以外に、人間と争うということを知らない楽天的な温和な人達は、ジッと辛棒して約束のひと夏の労働をすましたのだ。そして夏が終りに近づくと、はじめて自分達の報酬のことについて、遠慮深くアメリカ人に申出たのだった。

「おいおい、何を勘違いしとるか。そんな報酬を支払うほどお前達は労働をしていないじゃないか」

事務所の米人達は冷くつっぱねてしまった。

エスキモー達は始めて怒った。そして執拗に迫った。すると米人達はニヤリと笑いながらいった。

「よし。じゃア仕方がない。お前達に約束通り、火薬と鉄砲弾を呉《く》れてやることにする。だが、お前達に呉れてやるその鉄砲弾は、ここにはない。山の中に隠してある。それを運び出すために、明日、お前達全部、俺達に手伝って山の中まで来て貰おう」

その翌日、十八人のエスキモー達は、腰に拳銃《ピストル》をさげたアメリカ人達に連れられて、岩山の奥のほうへはいって行った。が、そのまま、いつまでたっても帰って来ない。ただアメリカ人達だけが、何喰わぬ涼しげな顔をしてセルカークの町に戻って来たのだ。

――もとより米人達は、エスキモーに報酬を払う気持など毛頭なかった。それどころか、彼等を、やがて仕事が終ってから、再び河蒸汽に乗せて、はるばる聖《セント》ミカエルの浜まで送り帰すだけの経費までも惜しみはじめたのだ。そして、とうとう恐るべき手段に出たのだった。

エスキモー達の行方がわからなくなってしまってから五日目に、恋しい父や愛人のあとを追って皮舟《カヤツク》を漕ぎ続けたエナが、やっとセルカークの町に辿り着いた。

三

「さア。何処《どこ》へ行ったか知らぬな。お前の仲間達は、みんな四五日前に何処かへ逃げてしまったよ」

必死になって訴えるエナを、冬籠りの仕度《したく》に忙しい米人達は、そういってきびしくつっぱねた。

エナは狂気のようになった。そして、セルカークの荒々しい天幕《テント》町の周囲を泣き叫びながらうろつきはじめた。

すると一人の、同じ金山事務所に使われていたインディアンが、彼女にそっと耳打した。

「川を渡って、川向うの険しい山にかかっている氷河のほうへ、お前の仲間達は連れられて行ったままだ」

と。

エナは出掛けた。谷川を渡って、岩山の奥へはいって行った。そして、堆石や漂石の乱雑に積み重なった間を、チョロチョロと水が流れ、時どき大きな氷のかけらが崩れて来ては粉々に割れくだかれている、凄まじい氷河の末端に辿りついた。

が、求むる人々の姿はどこにも見当らない。

エナは、鋭い氷壁に飛びついて、氷河の上に匍《は》いあがった。彼女の眼の前には半粁《キロ》近くもあろうかと思われる広い幅の氷河の肌が、ギラギラと鈍く光りながら横《よこた》わっていた。その氷河は、両側に迫った険しい針のような岩山の間を、奥のほうから、長い、幅広い、巨大な一条の白い帯となって、ジリジリと徐々に流れ出ているのだ。

氷の坂道でも登るようにして、複雑な氷片が波のように飛出している氷河の肌の上を、彼女は、奥へ奥へとあるきつづけた。が、求むる人々の姿はなかなか見つからない。けれどもエナは、少しもあゆみをゆるめず、憑かれたもののように、ひたむきに進みつづけた。

何時間も、何哩《マイル》も、けわしい凹凸《でこぼこ》の肌を登り下りしながら進みつづけるに従って、末端近くの、両側の山から流れ落ちる礦物質の水や、崩れ落ちる砂礫《されき》によって、薄穢《うすぎたな》くよごれていたあの氷河の肌は、段々すき透るような純白の色に変りはじめ、ところどころに大きな深い裂罅《クレバス》が縦横斜めに幾つも幾つも無気味な口をあけて、いまにも彼女を呑み込みそうに迫っていた。

これから先へどしどし登って行くと、氷河は最早氷でなくなって、やがて、だんだん、足の踏み込むような柔かな雪の河になるのだが、そんなところまで行かないうちに、何をみたのかエナは急にハッとなって立止まった。

まっ白な氷の肌の上は、まだ生《な》ま生《な》ましい色をした赤い血潮のあとが、いちめんに凭《こび》りついている場所へ行きあたったのだ。

狂気のようになって、彼女は異様な周囲の景色を眺め廻した。だが、何処にも屍体らしいものはみつからない。

けれど、やがて彼女は、はげしい恐怖の叫びをあげた。眼の前の、深い裂罅《クレバス》の底に、投げ込まれている十八人のエスキモーの惨殺屍体をみつけたからだ。

ところが、これはまたなんという不思議なことか、その裂罅《クレバス》の細長い口は、五吋《インチ》足らずの狭さに押しせばめられて、屍体を拾いにはいろうとする彼女の体のはいらないばかりか、どうしてその十八人の屍体がその中へ投げ込まれたかも解しかねる程の狭い割れ目になっているのだ。しかもそれでいてその裂け目の底は白い周囲の氷の反射で、氷の部屋のように明るく、その十八人の死体の中に、父の死体も、恋しいマルクイの死体もはいっていることさえよく判るのだ。

――むろん、ご存じのように、氷河という奴は、山頂の雪が段々落ち集って雪渓となり、それが又更に集積して、追々はげしい圧力を持ち、やがて巨大な氷ばかりの流れとなって、徐々に渓《たに》沿いに下って行くのだが、その流れ下るにつれて速度や張力の関係で、氷河の表面には、絶えずいろいろ複雑なかたちの裂け目、つまりクレバスという奴が出来るのだ。でその裂罅《クレバス》も、出来たままの形でいつまでも残っていない。時間のたつにつれて、物凄い流下の圧力によって、その出来た裂罅《クレバス》も再びなくなったり、又違ったところへ新らしい裂罅《クレバス》が出来たり、という風に徐々にではあるが、絶えず間断なく変化をして行くのだ。そしてその裂罅《クレバス》の開閉する音が、氷河の流下につれて、まるでピストルでも乱射するような、バリバリバリという凄じい音となって、絶えず、死んだような周囲の自然の静寂《しじま》の中に響き続けているのだ。だから、そういう氷河の上では、ピストルなぞ何発撃ったとても、周囲の恐ろしい裂罅《クレバス》の開閉音に打消されてまるでわからない。

そういう恐ろしい舞台の上で、米人達は連れ出した十八人のエスキモーを惨殺すると、その死骸を、間もなく、永久に口を閉ざしてしまう氷河の裂目《クレバス》の中へ放り込んで、何喰わぬ顔をしていたというわけだ。

ところで、エナは、すっかり狂気のようになって、その追々狭くなって行く氷の深い裂目《クレバス》の側《そば》に踏みとどまったまま、山の上から氷河の肌に転落している鋭い岩片の堆石を拾いあげて来て、氷の裂目《さけめ》をけずり拡《ひ》ろげようと空《むな》しい努力を続けるのだった。

全くそれは、空しい努力だった。いったい裂罅《クレバス》なぞとひとくちにいっても、色々の大きさがあり、氷河によっては、幅十呎《フイート》から深さ百呎《フイート》にも達する巨大な奴もあるのであって、それがしかも、人間の頭では到底計算出来ないような物凄い圧力によって絶えずジリジリと押されて来るのであるから、そいつを人間の力で掘りあけようとしたりゴジ拡ろげようとしたりするなぞは、まるで深い川の底に沈んだ品物を、両手で水を掻き分けて水の中に隙間を作ってから拾いあげようとすると同じようにまるで空しい努力なのだ。

むろん、極北の住民で氷河のなんたるかくらい知らないエナではなかったけれど、はるばる永《なが》の日時を費してあとを追って来た父や恋人の、変りはてた姿をすぐ眼の前にしながら取りすがることも出来ない恐ろしさに、思わず逆上して、流れる氷の河を掘りはじめたのだった。

だが、その裂罅《クレバス》は、間もなくその日のうちに、十八人のエスキモーを氷の中にムッチリと包み込んだまま、遂に口を閉じてしまった。そしてその口は永劫に、二度と再び拡ろがることはないのだ。

エナは、もう何も見えない、血潮ばかりが薄汚れて残っている氷河のその位置の上に立ったまま、二日も三日も、五日も十日も、泣き狂った。父と恋人を一時に失ったエナの胸には、もう故郷もなにもなかった。ただ、その踏みしめた足の下の、深い厚い、動きつづける氷の壁の中にとじこめられた懐しい人達の屍骸にたった一度だけ取縋《とりすが》りたい——それだけだった。絶対に望み得ない空しい願いではあったけれども、狂気のような、熱烈きわまる願いだった。

——だが、やがてそのエナの胸に、或る一つの、恐ろしいばかりに確実な希望の道が浮び上ったのだ。彼女は狂喜した。そして遂に、その人間界を遠く離れたような、恐ろしい岩山の麓《ふもと》を永住の地と定めて、今日《こんにち》まで四十年を過してしまったのだ。

四

──なに、エナの摑んだ確実な希望とはなんだって？

さア、問題はそれなんだ。実際それは驚くばかり確実で、そして又恐ろしいような希望の道なんだ。

──つまりエナは、氷河が、絶えず刻々と流下しつつあることに気づいたのだ。で、永い間には、その、懐しい人達をまるでサンドウィッチみたいに深くしっかりと押包んだ氷河の上流の一地点もやがては段々と流れ下って来て、例の麓の、氷河の末端まで来て、細かに崩れ割れながら、解けはじめるのだ。これはもう避けることの出来ない、氷河の自然の運命なんだ。すると、その問題の地点の氷の中深く包まれた十八人のエスキモーの屍体も、その時こそは完全に氷の中から解放されて、岩山の麓の洞穴に永住の居を構えて、毎日のように氷河の末端に狂わしい待望の眼を輝やかせながら待ち続けるエナの腕に、はじめて拾いあげられる時が確実にやって来るのだ。

で、問題は、その氷河の流速なんだが、これはエナの、永い間の気狂い染みた熱心さによる計算と、私自身、氷河の上に棒を立てて一日実測してみた結果から判定するに、氷河の中心ほど流れは速く、又、冬よりも夏のほうが速いことは何処の氷河でも同じだが、大体一年を平均して、その氷河の流速は、一日に約一米突《メートル》くらいのものだということが判った。で一日約一米突《メートル》というと十日で十米突《メートル》、百日で百米突《メートル》、一年で三百六十五米突《メートル》……その計算で行って、十八人のエスキモー達が氷の中に埋もれてしまった氷河の上流の位置からその麓の末端までの距離を十五粁《キロ》と見ても——氷河の谷は曲りくねっているから、近いようでも充分それくらいはあったであろうか——としても、その懐しい人達の屍体が大自然の手からエナの手に返されるまでは四十幾年かかる計算なのだ。

——なに、そんなに永い間には屍体が腐敗してしまうって?、冗談をいってはいけない。そのへんの冷蔵庫とはわけが違う。アラスカの氷河の底で完全な氷詰めになっているんだ。殆んど原形のままの、一種の屍蠟《しろう》となって、やがて彼女の前に出て来るに違いない。実際また、そういうことは、各地の氷河で今までにも例のあったことなんだ。あの有名な欧洲のポッソム氷河では、氷河の雪崩《なだれ》のために埋没された三人の案内者の死体が、四十何年目かにそのままで発見されて、生き残っていた女房たちのほうが、皺《しわ》だらけの婆さんになっていたという話もあるくらいだからね。

——いや、ずいぶん永話をしたが、これで、(氷河婆さん)の話は終りなんだ。その話を、婆さん自身の口から、もう間もなく懐しい父やマルクイの屍体を手に取って、厚く葬ることが出来ると、深い喜びを以って語り聴かされた時に、私は全くボーッとなってしまった。なんという、恐ろしいばかりの情熱だろうか、愛情だろうかと思ってね。むろんその話は、氷河の調査に同行したアメリカ人達には、婆さんの申出に従って、学術上の興味を押えながらも、遂に黙って通してしまったが、あの婆さんこそ、どうしてセルカークの人々が噂するような、気狂い婆さんでないことを、私は今でも堅く信じている。——恐らく、あれから数年たったのだから、もう婆さんは、十八人のエスキモー達の死体を本当に葬ることが出来たかも知れない。よしんば、まだ出来ていないにしても、いま婆さんの上には、いっそう大きな希望が現れはじめているに違いない。それは、他でもない。日本軍のアリューシャン上陸だ。日本軍による、アメリカへの大いなる復讐だ。と私は思う……

（「にっぽん」昭和十七年九月号）

夏芝居四谷怪談

弓太郎捕物帖・第二話・
夏芝居四谷怪談《なつしばゐよつやかいだん》
大阪圭吉
繪 大森照保

二人お岩様

「……やや、着物の色合、つむりの様子。こりゃ、これ、ほんに妾《わし》が面《おもて》が、この様な悪女の顔に。何で、まア。こりゃ、妾かいの妾かいの。妾がほんまに顔かいのう……」

「ささ、それにも外《ほか》に作者がござるわ。即ち隣家の喜兵衛《きへえ》様、手前の孫のお梅《うめ》どの、あの子の婿に伊右衛門《いえもん》を、貰いたいにも女房持ち、さすが向うは金持でも、ちっとはお前に義理もあり、断らしったを曲事《まがごと》と、血の道の薬と詐《いつわ》って人の面を変えるの妙薬、お前に飲ませて顔を変え、亭主に愛想をつかさす工面。そうとは知らいでうかうかと、一ぱい参ったお岩様、近頃以って気毒千万《きのどくせんばん》……」

「そうとは知らず、隣家の伊藤、妾が所へ心づけ、日毎に贈る真実は、忝《かたじけ》ないと思うから、乳母や端女《はしため》へ最前も、この身を果す毒薬を、両手をついての一礼は、今に思えば恥かしい。……ええ、もうこの上は、気を揉み死《じに》に、息あるうちに喜兵衛どの、この礼いうて……」

「ささ、そのお姿でござっては、人が見たらば狂人《きちがい》か。姿もそぼろなその上に、顔の構えもただならぬ」

「髪もおどろのこの姿。せめて女の身躾《みだしな》み、鉄漿《かね》なとつけて、髪を梳《す》きあげ、喜兵衛親娘《おやこ》に礼の詞《ことば》を……お鉄漿《はぐろ》道具揃えてここへ」

「産婦のお前が鉄漿《かね》つけても……」

「大事ない。ささ、早う」

「すりゃ、どうあっても」

「ええ、持たぬかいのう……」

ここは浅草、猿若町《さるわかちょう》の中村座——

吉例の盆興行が初日の蓋あけで、鶴屋南北《つるやなんぼく》作の世話物狂言「東海道四谷怪談」の上演中。

劇場《こや》の外は、折からの夕立で、盆を覆すようなドシャ降りだが、舞台はいまし、有名な髪梳きの場で、菊五郎《きくごろう》のお岩が、宅悦《たくえつ》相手に恨みの口説《くぜつ》かずかず、凄惨な断末魔の至芸を見せていようという。観客席《けんぶつせき》にぎっしり詰った男も女も、ピッタリ息をつめて、咳《しわぶき》ひとつする者はない。

――やがて、

チョボ床《どこ》の御簾《みす》越しに、泣き出したいようなめりやすの独吟がはじまれば、その唄につれて舞台の宅悦、筋書通りに鉄漿《かね》つけ道具を運ぶ事、蚊いぶし火鉢に鉄漿《かね》をかけ、さん炊の半挿《はんぞう》、粗末なる小道具よろしく、お岩《いわ》が鉄漿《かね》をつけ終れば、泣きだす赤子を、宅悦かけよりて抱きあげ、いぶりつける。やがて、いっぱいに唄が切れると、お岩は鏡の前の櫛をとって、

「母の遺品《かたみ》のこの櫛も、妾《わし》が死んだら、どうぞ妹へ……ああ、さはさりながらお遺品《かたみ》の、せめて櫛の歯を通し、もつれし髪を、おお、そうじゃ……」

と、再び唄になって、いよいよ髪を梳きはじめる。と、お岩の髪は櫛の歯にひっかかってみるみる脱けはじめ、落毛《おちげ》が山のように溜りはじめる。それに気づいたお岩は、見る見る形相をかえながら、落毛の束をひとつかみにして、よろよろッと立ちあがり、

「いまをも知れぬこの岩が、死なばまさしく、その娘、祝言さするはこれ眼前。ただ、恨めしきは伊右衛門どの。喜兵衛一家の者どもも、なに、安穏に置くべきや。思えば思えば、ええ、恨めしや……」

と、持ってる落毛を櫛もろとも、一つに摑んでキッとねじ切れば、髪のうちより、血潮タラ

タラと流れ落ちて、前なる白地の衝立《ついたて》へその血のかかるを、宅悦眺めて、おどろきふるえながら、

「ややや ッ、あの落毛から滴る生血は……」

「一念、通さで、おくべきかア……」

と、よろよろと立上り、向《むこう》をキッと見詰めて、立ちながら物凄く息を引とる思入れ。

宅悦は、子供を抱いてかけよりながら、

「これこれ、お岩様、もし……」

と、思わずお岩の立身へ手をかけて、ゆするると、その体はよろよろとして、上の屋台へバッタリ倒れ、そのはずみに、先に投げたる白刃が程よきように立掛りいて、お岩の喉のあたりを貫きし態《てい》にて、血まみれの顔になってよろよろと屏風の間からよろめき出で、床《とこ》の上へバッタリ倒れ、呻《うめ》いて落入《ことき》る。宅悦うろたえながら、そのさまをすかし見て、

「やアやア、あの小平《こへい》めが白刃があって、思はずとどめも……こりゃ、大変々々……」

と、うろたえる。物凄き合方《あいかた》、ゴーンと捨鐘《すてがね》ひとつ。同時に、お誂《あつら》えの猫一匹、飛出して幕あきの切溜《きりだめ》へかかるを、宅悦、見て、

「この畜生め、死人に猫は禁物々々。シッシッ」

と、追廻わせば、猫は逃げて、障子のうちへかけ込む。この時、いきなり「ドロドロ」の鳴物にて、障子へタラタラと血がふりかかる。と、とたんに欄間《らんま》の上へ、猫の大きさ位の鼠一匹、件の猫をくわえて走り出で、殺した猫をふり落せば、そのまま鼠は、「ドロドロ」と共に、火

の玉となって消え去る。宅悦は、その様を見て、

「こりゃ、この家には、居られぬ居られぬ」

と、抱き子を捨てて、下手のかたへ逃げ込んで行く……

さて――

こうして、陰惨な髪梳きの場は、最初の怪異をチラと見せて、やがて幕になり、観客《けんぶつ》たちにホッと息を入れさしたのであるが、だが、この時、舞台裏では、大変なことが起上っていた。

というのは、お岩に扮した立女形《たておやま》の菊五郎はじめ宅悦を楽屋に送り込むべく、拍子木を首にブラ下げた狂言方から道具方、部屋附の若い者等が一緒になって、わいのわいのと騒ぎながら、舞台裏の暗闇にさしかかると、大臣柱の内側に、いま頃こんな処にいるべき筈でない、十三人の奈落人足が、全部一緒になって固りながら、蒼い顔をしてぶるぶると顫《ふる》えている。

いうまでもなく、奈落人足というのは、廻舞台の縁の下カビ臭い奈落の中がその職場で、狂言方の合図の拍子木につれて、舞台の下に突出ている担ぎ棒を肩にあて、一斉に力を合せて舞台をグルグル廻すというのがその仕事、いわば大事な縁の下の力持ちだ。

その連中が、いま頃こんな処にいるのだから、吃驚《びっくり》したのは演出役の狂言方、

「やや、お前《めえ》さん達。なにをこんなところでマゴマゴしてるんだ。もうすぐ次の幕前で、廻しにかからにゃアなんねえというに、な、なにを愚図々々してるんだ!」

と、さっそくきめつけると、その内の一人、富蔵《とみぞう》という律義な男が進み出て、

――実は、つい今しがた、自分等十三人が奈落の溜りへ固って、合図を待つ間の一《い》ッ時を、

とぼしい蠟燭の灯をたよりに、蚊にさされながら手なぐさみの将棋にふけっていると、楽屋口へ通ずる階段から、白い衣裳のお岩様が、いきなり一人で奈落へ降りて来た。尤も、お岩様がこのあなぐらへ降りて来るぶんには、何も珍らしいことではなく、もうやがて、隠亡堀《おんぼうぼり》の戸板返しの幕があけば、いやでも舞台下のセリ上げ口まで来られるんだし、不思議はないことではあるが、待てよ、菊五郎様が一人でおいでになるとはちと妙だと、ふと気づいて天井の上の舞台の気配に耳をすますと、なんと上では、まだ髪梳きのお岩様が絶息したばかり、折から囃子《はやし》座で鳴らす例の捨鐘がゴーンとひとつ響いて来る。お岩様は正《まさ》しく上の舞台にいられるわけ。とすると、あのお岩様は……一同はとたんに水を浴びたようになってしまった。と、件の白装束のお岩様は、舞台下へはやって来ずに、そのまま花道の地下道の闇へ、スウーッと煙のように消えてしまった……

という、まことに奇怪千万な報告をしたのだった。並居る人達は蒼くなって顫えだした。

「そ、そりゃ、ほんとにか?」

と、狂言方が魂《たま》げてただせば、富蔵は、

「な、なんでいつわりなぞ申しましょう。十三人が二十六の眼で、間違《まちげえ》もなく、その足の無えお岩様を見ましたんで……もう、あっし共、奈落へ参るのは真ッ平でして……南無お岩稲荷大明神、南無お岩稲荷大明神……」

手を合さんばかりに顫えだした。

戸外《そと》の雨は、いよいよはげしく、車軸を流さんばかりのドシャ降りとなって来た。

重なる怪異

「——と、まア、いったようなわけでござんして、それからの中村座は、ちゃぶ台をひっくり返《けえ》したような大騒ぎ、なんしろ奈落人足があがってしまって、舞台が廻らねえのじゃアこいつアお芝居になりません。で、早速、座元、帳元、楽屋頭取にいたるまで、主だった連中が提灯をともし、ぶるぶる顫えながら奈落へ様子をうかがいに出掛けたんですが、もうお岩様ア煙のように消えちまって、袋小路の奈落の中にゃ、バタバタ舞い飛ぶ蝙蝠《こうもり》のほか猫の仔一匹いねえという始末、そこでいよいよ一同は顫えはじめたんでござんすが、なんしろ初日の蓋あけ芝居を、このままましまっちまうわけにもならず、座元帳元が手を合さんばかりにして人足衆に頼み込み、特に祝儀もはずむことにして、兎《と》に角《かく》一応奈落へはいって貰い、ま、どうやら曲りながらもその日の芝居は、大切りまで漕ぎつけたというわけなんですが、ところが、さアそれからがまた大変、なにか落度があっての祟りであろうと、翌日早速、場内のお岩稲荷へ供物を一段とふやすやら、祈禱師を連れて来るやらの大供養、だが、それもなんのききめもなく、その晩再びお岩様が、奈落の中へ——恰度今度《ちょうど》は、深川隠亡堀の場で、戸板づけにされた菊五郎のお岩様が土堤《どて》の上の團十郎《だんじゅうろう》の伊右衛門に、うらみつらみのかずかずをのべ立てていようという最中、例によってスーッと白装束の本物のお岩様が、奈落の中へ現れたという次第。この時ア奈落の中には、人足衆に混って、道具方も二三人、顔を見せていたんですが、重なる怪異に腰を抜かした連中は、大事な戸板をささえている、セリ上げ口の仕事を投げ出し、蒼くなって道具部屋へかけ上ると、もう金輪際奈落へは下りぬとの固い断り、一方、舞台の上では、大事な当り場で戸板が落ちてしまった大騒ぎから、いつの間にか事情を知った見物衆が煮え返り、とうとう芝居はわれてしまって、盆興行はひとまずお預け、九月半ばの秋狂言まで、中村座は一応休場という、いやとんでもねえ騒ぎになったという次第でござんす……」

語り手は、南町番所のお手附、昨今売出しの岡ッ引銀次《ぎんじ》。

ところは、浅草蔵前《くらまえ》の札差《ふださし》、車屋《くるまや》千次郎宅の数寄をこらした離座敷。中村座に最初の怪異が起ってから、四日目のめっぽう暑い午下りのことだった。

さっきから銀次の話を、あぐらをかいたまま、団扇《うちわ》を使いながら、ニヤリニヤリと聞いているのは、読者も既に先回でお馴染みの、豪商車屋の大事な食客《かかりうど》、いまをときめく南町奉行所、吟味与力筆頭香月三左衛門《こうづきさんざえもん》の長男弓太郎《ゆみたろう》。この家の一人娘で、蔵前小町と呼ばれるお花さんから、そこはかとない想いをよせられていようという、横から見ても縦から見ても、ふるいつきたいような苦味走ったいい男だが、どっこい、この先生には、いつも尻ッ穂《しっぽ》に犬が一匹喰ッついとる。

徳川幕府にとっては命取りの勤皇思想。勘当同様にして飛出している倅《せがれ》とはいえ、大江戸八百八町の治安取締にあたるこの身の跡取息子が、その危険思想にかぶれているとあっては、夜もおちおち睡《ねむ》られぬ香月三左衛門、切っても切れぬ親子の情にひかされて、時どき言動監視に放《はな》いてよこすその犬というのが、ほかでもない配下の岡ッ引銀次。

だが、勤皇侍の弓太郎、なかなか志を枉《ま》げない。どころか、読書の片手間、頭やすめの気保養に、持って生れた捕物のかんを、時どき餌にくれてやり、うるさくつきまとう銀次を追ッ払えば、また銀次も銀次で、親旦那にたのまれた大事な役目は、いまではどうやら忘れ勝ちで、若旦那の投げて呉れる餌欲しさに、困った事件が起るたびごと、よだれを垂らしてセッセと蔵前通いをするという。

もとより弓太郎、心ひそかに回天の大志を抱くほどの男だ。片々たる捕物の手柄位を自分のものにしようとは思わぬ。アッサリ銀次にくれてやるので、銀次の親分、いまでは神様のように弓太郎をあがめまつって、場合によっては足の裏でも舐めかねまじい打込みよう。

で、きょうも今日とて——

ひょっこりやって来ると、早速持出したのが中村座の怪異譚、ひと通り弓太郎の前へぶちまけて、懇願奉ったという次第。

「ふム。なる程ナ」

と、聞き終った弓太郎は、相変らずニヤニヤ笑いながら、

「それでお前は、いったいこの事件をどう考えてるんだ」

「考えるも考えねえも、旦那。なんしろ、相手がお岩様じゃア、とんとその……」

「じゃア、神妙に手を引いて、念仏でもとなえとれ。別に人殺《ころ》しがあったわけじゃアなし、俺もお岩様に祟られるなア真ッ平だ」

「まア旦那。そう薄情におっしゃらねえで、お願《ねげ》えいたしますよ。御承知の通り、今月ア南町《みな》

奉行《み》のお月番で、江戸三座の取締りゃア番所のお仕事、その三座の中村座が、届けて出した盆興行休場のお届書《とどけがき》、なにやら曰《いわ》くがあるようだから、一応事情を調べて置けとのお達しで、この銀次が乗出したからにゃア、ただのお化けでござんすと、味のねえお報告《こたえ》をするのも業《ごう》ッ腹《ぱら》、ね、旦那。なんとかひとつ、色をつけておくんなせえやし」

「うるさい男だな。……よし。じゃア片附けてやる……駕籠《かご》を呼べ」

「え。お聞届け下さるんで。ありがてえッ。へえ、駕籠はもう、路地に待たしてござんすので……」

「二挺だぞ」

「へえ、辻駕籠二挺」

「なんだ、もう始めっからそのつもりか。抜け目のねえ男だナ」

奈　落

中村座の劇場《こや》前では、片隅に不浄除けの注連縄《しめなわ》を張って大工が二人、しきりに、お岩稲荷の祠《ほこら》の改築にかかっている。多分、巫女か祈禱師の差金であろう。

大扉《おおど》をとざした休場中の劇場《こや》の中というものは、まことに気味の悪いもので、劇場番《こやばん》の男に案内されて、中村座へやって来た弓太郎、銀次の二人、舞台裏を抜けて、楽屋寄りの奈落の降り口のあたりへやって来る頃には、遠くの節穴から洩れて来る青白い昼の光にさえ、もう銀次は、内心ビクビクらしい様子だった。

蠟燭をともして、奈落へおりる。

闇の中から、ヒンヤリした空気が、カビの匂いと一緒にスーッと衿元《えりもと》へ吹つけて来る。

「うわーッ、旦那！」

「どうした。ふン。馬鹿な奴だな銀次。手前《てめえ》で手前の影に驚いていやがる。口程にもねえ男だ」

「そ、そういうわけではござんせん。ちょ、ちょっとそのけつまずいたんでして……」

「どっちにしても同じこんだ。こっちの劇場番衆《こやばんしゅう》を見ろ、じっと辛棒してござる」

「わ、わっちは、も、ものが、いえませんのでえへへ」

こうして、四半刻《しはんどき》近くも、しきりに何か探し求めるようにして、腰をかがめながら、奈落の中を歩き廻っていた弓太郎は、やがて、奈落を引上げて、階段を登ると、ふと、そこの近くの、大道具置場の傍らに、劇場《こや》裏の戸外《そと》へ通ずる非常口のあるのに気づいて、ツカツカと寄添うと、滅多にあけないのでボロボロになっている閂《かんぬき》を押上げ、そこの開扉《ひらきど》を引きあけた。

サッ、とまぶしいほどの光線が闇を切って流れ込む。

弓太郎は及び腰になって、その辺一帯を、大道具の蔭まで探していたが、やがて腰を伸すと、両手の塵《ちり》を払いながら、

「銀次。どうやら発見《みつ》けたぜ」

「え？　な、なにを発見《みつ》けられましたんで」

「足だよ」

「足？」

「そうだ。幽霊の足だ」

「じょ、冗談じゃねえ」

「まア、こっちへ来て見ろ」

　銀次が顫えながら寄添って、指差されたところを覗いてみると、非常口から大道具の蔭にかけて、床の上に、乾いた泥まみれの、裸足の足跡がベタベタと幾つもついている。

「こ、こいつが、旦那がさっきから、探していらした奴でござんすかい。へええ。これが、幽霊の足でござんすかねえ……？」

　だが、それには答えず、弓太郎、ジッとなにかを考えている風であったが、やがて、いきなり別の事をいった。

「銀次。お前これから、直ぐに、市村座と森田座へ出掛けて、その二座のうちの役者の中で、恰度この中村座の奈落へ、お岩様が出現したあの二夕晩のあの時刻に、それぞれの劇場《こや》をはずした男はいるかいないか、楽屋頭取に当って間違いのねえところを調

べて来い」

「へえ、合点《がってん》でござんす。でも、いってえ旦那。それが、どうしたと……」

「ええ、うるさい。訳はあとで話して

やる。さっさと出掛けろ……あ、それから、こいつア劇場番衆《こやばんしゅう》でもいい。一寸《ちょつと》訊ねたいが、この中村座が盆興行の休場になってから、控　櫓《ひかえやぐら》の三座の中《うち》で、桐座《きりざ》、都座《みやこざ》、河原崎座《かわらざきざ》の三座の中《うち》で、蓋あけをした劇場《こや》があるかな？」

「へえ、旦那様」

と、劇場番《こやばん》の男が乗出した。

「ついこの先の都座が、上方役者を迎入れまして、恰度今日から、院本劇《まるほんげき》を引ッさげて、華々しく蓋開けをいたしておりやすが……」

「そうか。よし。じゃア銀次。俺はその都座の座附茶屋《ざつきぢやや》——ええと、川清《かわせい》というのがあったな。あそこで一服やっとるから、返事は向うへ持って来い。判ったか」

「へえ、合点でござんす」

と、早くも銀次、いっ時も早くこの気味悪い劇場《こや》から逃げ出したい、といわぬばかりの足どりで、いそいそと飛出して行った。

からくり怪談

寺や社《やしろ》の境内にある、宮地芝居は別として、江戸三座に控櫓の三座を合せた六座の劇場《こや》は、水野越前の処断を受けて、凡《すべ》て猿若町に限られている。

で、半刻《はんとき》足らずの間に、市村座と森田座を調べ上げた岡ッ引の銀次は、だが、妙に浮かぬ顔をしながら、都座の附茶屋、川清の二階へやって来た。

「旦那。行ってめえりやした」

「おう、調べて来たか。まア坐れ」

「へい。――それがその、いっこうにかんばしくねえ御返事でして、二座とも、この銀次が、腕によりをかけて調べて見ましたが、結局、あの二タ晩、お岩様の出た刻限に、劇場《こや》をあけた役者というなア、恰度芝居の盛り時で、一人もいねえという始末。なんともはや……」

「そうか。ふン、やっぱりそうか。どうでそんなことだろうと思った」

「え？――と仰有《おつしや》ると？」

「いや、銀次。それでいいんだ」

と弓太郎は笑いながら、

「念のため、お前を一寸走らせて見たまで、もうこの事件の綾《あや》アとけた。なんでもねえからくりさ。ひとつ、いきなり尻から、種アカシをするとしようか……」

弓太郎は、盃の中味を口に含みながら、呆《あ》ッ気《け》にとられている銀次へ、いった。

「――この都座の櫓主で、菱川伝兵衛《ひしかわでんべえ》という男。銀次、お前は知っとるか。そうそう、その座元の伝兵衛が、今度の騒動の張本人というわけさ。――いままで、この川清のお内儀《かみ》や出方女を相手に、それとなく、すっかり調べ上げたんだが、座元の伝兵衛というその男、ひと通りでねえ痴漢《しれもの》で、日本橋の某《なにがし》という、大事な金主にも、昨年の節季限り見離され、つのる不しだらに昨今は、盆をひかえて二《に》ッ進《ち》も三《さ》ッ進《ち》も行かなくなっていたという。――尤も、これにゃア他にも理《わけ》のあることで、お前も承知の通り、正徳の昔、あの有名な奥女中江島《えじま》と生島新五郎《いくしましんごろう》の事件があって、山村座がとりこわされて以来、江戸の芝居は三座限りときめられて、その三座に休場がない限り、控櫓のあとの三座は、芝居を打ちたくとも勝手に打つわけに行かねえという始末、ま、いって見りゃア一種の娯楽統制というわけだ。おっと、こんな新らしい言葉を使ったんじゃ、お前《めえ》にゃ判るめえが、兎に角、江戸三座の季節々々の休場以外には、控櫓の興行は許されねえことくらい、忝《かたじ》けなくも幕府の御用をうけたまわる、銀次の親分にはとっくの昔に御存じの筈。で、こういうお上の御法度が、手前《てめえ》の不しだらから招いた不如意と重なり、伝兵衛にとっては苦しい二重の枷《かせ》となって、どうでもこの盆の苦境を切抜ける為めには、少しは（闇）の手段《てだて》を構えても、ひと興行こっちへふんだくらねばやり切れねえ、と、まア考えたとしても、不思議はあるめえ……」

ポン――とこの時、銀次は手をうって、

「旦那。判りやした。つまり旦那の仰有るなア、その伝兵衛の奴、金の工面に困った揚句、この盆興行に眼をつけて、ひと旗あげようと目論んだが、それについちゃア、三座のうちの一座を休場させなくっちゃ、公儀のお許しが頂けねえ。で、早速白羽の矢を立てたのが、『四谷怪談』の中村座。こいつへお岩様のからくりを持ちかけて、まんまと芝居をわってしまい、早速こっちへ株を奪《と》っちまった、というわけでござんしょう」

「ま、そんなところだな」

「ふむ。成程ね。流石《さすが》ア旦那……」

「待て待て。こんなこたア感心するにゃア及ばねえ。あたりまえに考えさえすりゃ、誰にだって見破られる簡単きわまる綾なんだ。それに今まで気がつかねえというのも、畢竟《ひっきょう》、お岩様の祟りとやら、らちもねえ御幣《ごへい》をかつぐからなんだ。俺がどうしてこうと見破ったか、教えてやろう。——足のねえお岩様がドロンと出て来たなんていうなア、たださえ怪談芝居の蓋あけで、ビクビクしている奈落の連中の、それ、幽霊の姿を見たり枯尾花、とかいうあれだよ。まず、まともに考えりゃア、これは誰かの悪だくみで、その誰かというのは、場内の者か、場外の者か。まず、仮に場外の者とすると、お前の話を引あいに出すまでもなく、あとの晩はそうでもなかったが、先の晩にはあの通りのドシャ降り、化物の通ったあとには、よごれた足あとがついているかも知れねえと睨んで、さっきの通りの奈落調べさ」

「なる程ね」

「ところで、奈落の中にゃア足跡はなかったが、運よく、奈落の入口近くの非常口に、とうとう怪しい足あとをみつけてしまった。やっぱり、お岩様の正体は、そとから来ている。つまりあの、滅多に使わねえ非常口が、秘密の出入口で、扉《と》の隙間から古びた門をコジあけ、中にはいったびしょ濡れの男は、あの大道具の蔭でお岩様に化け、それから時を見はからってスーッと奈落へはいった、というわけさ。ところで、如何《いか》に相手がビクビクしている時とは云え、まんまと劇場者《こや》達を騙しおわす程の化け上手、こいつア前後の関係《かかわり》から見ても、役者にきまってる。で、ここですぐに、他の五座の劇場《こや》のいきさつを頭に浮べながら、念のためお前を市村座と森田座へ走らせ、俺はこうして、この都座を洗い立てたという次第。どうだ。判ったか。な

んでもねえだろう。——判ったら、すぐにこれから、この都座へ乗込んでみろ、そしてここの役者の中で、あの中村座の妙な裸足の足あとに、ピッタリはまる足うらを持った役者を探し出せば、それでこの事件はチョンになる。さア、もう、これだけ教えてやればいいだろう。俺は帰るから駕籠を呼んでくれ……」

×

その晩——

車屋の一人娘お花さんのお給仕で、弓太郎が晩飯を食べていると、女中のお米《よね》が廊下に手をつかえ、

「あの、香月の旦那様。只今、銀次親分さんからのお使いで、中村座の一件、万事お眼鏡通りに落着いたしました、とのお伝言《ことづけ》でございますが……」

それで、おきゃんなお花さん、すっかりふくれてしまった。

「まア、弓様の嘘つき。わたしが三筋町《みすじまち》のお師匠さんへ行っていたのを幸いに、観音様へお参りして来たなんて、とんでもない嘘っぱち。やっぱり捕物だったんでしょ。どうやらそれも、

あのお岩様の中村座……」

「ははは……とうとう暴《ば》れてしまいましたか。やっぱり化けの皮ア、すぐ剝《は》げてしまうものと見えますな」

「にくらしい」

「そう、ムキになりなさんな。悪気があっての嘘じゃなし。お岩様の祟りとか、らちもない話

なので、ついバカバカしくて……」

「いいえ、違いますわ。貴男《あなた》が嘘をおっしゃったのは、捕物と相《し》ってあたしが、根掘り葉掘り

うかがうままに、お話し下さるのが、面倒臭かったからなんでしょ」

「いや、決してそんなわけでは……」

「いいえ、判ってますわ。もういいの……」

盆を膝に立てたまま、そっぽを向いて、ふと淋しそうな顔を見せるお花さん。

してやられたといわぬばかりの呆れ顔で、早々に立去って行く女中のお米。

居候先生は、にがにがしげに、頭を、かいたものである。

(「にっぽん」昭和十六年八月号)

ちくてん奇談

雲隠れ

門松が、並んでいる。

小枝を紙に包んで、門口に釘づけにした、いかにも小戸《しょうこ》らしいもの。根もとに薪《まき》を廻わして、台をつけたもの。三本足に太縄を垣根結びにした、松竹梅のやや気どったもの……

いろいろある。

元旦の早朝のこととて、ゆうべのうちに掃き清められた通りには、まだ殆《ほと》んど人影も見えない。

近くの安宿に、泊っているらしい正月門附《かどづけ》のちょろけんが一人、妙な張抜《はりぬき》を冠《かぶ》り、編木《ささら》を両手に持って、犬に吠えられながら稼ぎに出かけて行くばかり。

ここは、京橋の五郎兵衛町《ごろべえちょう》——

横丁の角にある枡《ます》酒屋、三河屋《みかわや》の中から、

「ちょっと、お前さん……お前さんッてばよ……妙だね、いないのかい?……」

少し前から、しきりに亭主を呼び立てる、女房の声が聞えて来る。

うらじろにゆづりはを挾み、昆布や橙《だいだい》をくッつけた不浄払いの七五三縄《しめなわ》が、軒先で、朝風にゆれており、すぐ下の、油障子の隙間から、雑煮の匂いが流れて来る。

ガラガラッと障子をあけて、やがて女房が、表へ顔を出した。すきあげ髪の、まだ若い女である。

表の通りを、妙に腑《ふ》に落ちかねた顔つきで、しばらく眺めまわしていたが、やがて思いついたように家を出ると、隣りの、錺屋《かざりや》へはいって行った。

「おはようございます。ごめんなさいな」

「……おや、まア、おしのさん。これはこれは、はやばやと……」

錺屋の女房が襷《たすき》をはずしかけるのへ、

「あら、おかみさん、待って下さいよ。お正月の御挨拶は、あとでゆっくりさして貰いますからネ……なんしろ、元旦の朝ッぱらから、うちのが見えないものですからネ。ひょっと、こちらへお邪魔してるんじゃないかと思って……」

「おや、まア、お宅もですか？」

と錺屋の女房は眼をみはりながら、

「そのことでしたら、あたしもいま、お宅へ伺いに行こうと思っていたンですよ」

「あら、お宅の旦那もお留守ですか？」

「留守にもなにも、ゆうべは確かに家で寝《やす》みましたのに、今朝みれば床《とこ》の中は藻抜《もぬ》けのから。元旦の朝ッぱらから何処《どこ》へ出掛けているのやら、きょうは朝から、お出入り先へ御年始に廻らねばならないっていうに、ほんとに気を揉ませるったら、ありゃしませんよ」

「まア、驚ろいた。でもネ、おかみさん」

と、三河屋のおしのは顔をしかめながら、

「うちのは、そりゃア妙なんですよ。着物もちゃんとあるし、寝巻もちゃんとあるし、履物も全部あるし、それでいて御本尊の姿は、押入はおろか、かわやの中にも見えないんですよ……」

「あらまア、いよいよ可怪《おか》しいネ。うちでもお宅とそっくり同じ。ゆうべ枕元へ置いておいた、年始廻りの一張羅《いっちょうら》にも袖は通してないし、寝巻も脱いであるし、履物も全部残っているし……気に入らないんで、ほかの着物でも勝手に出したかと思って、念のために箪笥《たんす》の中を、いま調べていたところなんですが、やっぱりその中にも、あの人の着物は一枚も無くなってはいないし……」

「おやおや。なにからなにまで、そっくり同じ……まさか、この寒空に、裸で出掛けるわけもなし……」

「ずいぶんけったいな、狐につままれたような話ですよ。正月早々から、縁起でもない……」

二人揃って顔をしかめているところへ、バタバタ駈け込んで来たのは、向いの米屋、近江屋《おうみや》の小僧忠吉《ちゆうきち》。

「おかみさん。ごめんなさい」

「おや、これは忠どん。なに用ですかい」

「うちの番頭さんが、ひょっとこちらへ、お邪魔していませんか？」

「峰吉《みねきち》つぁんかい？　いませんよ……」といいかけて、急いで三河屋の女房と顔を見合せながら、「……でもネ。ちょっとお待ちよ、忠どん。……その峰吉つぁんお家にいないのかい？」

「へい。どうもね、おかみさん。それが、妙な話なんでね。ゆうべのうちに、番頭さんの寝床が、藻抜けのからになってるんですよ。着物も、寝巻も、履物もあるんだから、わたしは、きっと家の中のどこかにいると思うんだけど、旦那やおかみさんが、御近所を尋ねて来いと仰有《おつしや》るもんですからネ」

「おやおや、これはおどろいた。すると妙な雲隠れは、うちとお隣りだけじゃないんだね。——いよいよ変だよ、おしのさん。……これは、こうしちゃいられない。忠どんちょっとお待ち。わたしも、お宅の旦那に、お眼にかかりたいことがあるから」

と錺屋の女房が、下駄をつッかけはじめれば、おしのもあわてて衣紋《えもん》をつくろいながら、

「おかみさん。あたしも一緒に参りましょう」

三人揃って通りへ出た。

と、この時、横丁から、鋳掛屋《いかけや》の女房お近《ちか》が、小走りに駈け出して来て、バッタリ顔を見合せるなり、

「おやまア、これはお揃いで……あのね、おしのさん。ひょんなことを伺いますが、ひょっとうちの宿六を、お見かけになりませんでしたかネ?」

「おやおや。お近さん。お前さんちの御亭主も、藻抜けのからかい」

錺屋のおかみが、呆れた顔で乗出せば、お近は大袈裟に眼をみはりながら、

「もぬけのからにもなにも……おかみさん。うちの宿六ア、あッちに何んの断りもなく、この寒空に、裸で何処かへいっちまいましたよ。気狂い奴郎《やろう》ッたらありゃしない!」

「おやおや」

「まアまア」

ガヤガヤと往来で騒ぎはじめたところへ、今度は、向い隣りの塗師屋《ぬしや》の女房と、相模屋《さがみや》という紙屋の亭主の二人が、飛出して来た。

塗師屋の女房は、亭主の松蔵《まつぞう》を探し、相模屋の主人は、番頭の小助《こすけ》が藻抜けのからという訴え。

騒ぎがいよいよ大きくなったところへ、もう一人。いちばんしまいに駈出して来たのは、横丁の大工芳太郎《よしたろう》の女房お浜《はま》。みんなの仲間へはいるやいなや、

「おったんちンのどぐされ亭主め！　どこのすべたとかけ落ちしくさってか！」

地団太《じだんだ》踏んで、わめきはじめた。

――いやはや、正月早々大変なさわぎである。

陰謀

「――とまアいったようなわけで、三河屋の亭主に錺屋の亭主、近江屋の番頭に鋳掛屋の亭主、塗師屋の亭主と相模屋の番頭、それに大工の芳太郎と、この七人の大の男が、元旦の朝、くわしくいえば大晦日《おおみそか》の真夜中に、手をとり合って、女房にも主人にも、誰にも告げずにドロンとばかり、妙な雲隠れをしてしまったという、なんともけったいきわまる不思議の出来事。そのまま、二日の蔵開きになっても、四日の鏡開きが過去《すぎ》っても、姿はおろかとんと音沙汰もなく、とうとう今日で、早くも六日目になるという次第。いやも、五郎兵衛町とその界隈は、たいへんな騒ぎでござんして、なかでも気の早いのは三河屋の女房。今年の正月は暮れが忙《せわ》しくて、歳徳棚《としとくたな》に恵方《えほう》様を祀り忘れたから、そのバチがあたって神隠しにあったに相違ないと、もう亭主のいのちは半分ないものとあきらめ、すんでのことで切髪の後家頭にするばかりのところを、あやうく錺屋の女房にとめられましたが、毎日仏壇に燈明をあげて、念仏三昧に日を暮らすと

のこと。笑わせるのは芳太郎の女房で、鋳掛屋の嬶《かかあ》と組になり、夜な夜な石場《いしば》や入船町《いりふねちょう》あたりの岡場所をほっつき廻って、亭主をひッさらった売女奴郎《ばいたやろう》を探すんだと、勝手に思いつめて血《ち》眼《まなこ》になっているといい、また、塗師屋の女房のところへは、少しばかり暮れの借金《のこり》があったとやらで、すわ夜逃げ、とばかり駈けつけた金貸しが、来る日も来る日も坐り込んで矢の催促をしているとか――いやはや、下駄箱をひッくりけえしたような、とんでもねえ騒ぎでござんすよ……」

顔の前で片手を泳がせながら、しきりに口角泡をとばせて喋っているのは、神田三河町《みかわちょう》の、岡ッ引銀次《ぎんじ》。

ところは、蔵前《くらまえ》の札差、車屋《くるまや》千次郎宅の裏座敷で、ニヤニヤ笑いながら銀次の話を聞いているのは、いうまでもなく、この家の大事な掛人香月弓太郎《かかりにんこうづきゆみたろう》。

「ふム。ちっとばかし面白そうだな。で、話というのはそれだけか?」

「ま、まっておくんなせえ。旦那。いまのはホンの序の口で、これからがいよいよ本筋になるってわけなんで……」

弓太郎の言葉に、銀次はあわてて唾を呑みながら、

「ま、そういうわけで、五郎兵衛町のその界隈は、申しあげた通りの騒ぎなんでござんすが、ところが、ここにいよいよ腑《ふ》に落ちねえことには、これと全く同じような出来事が、神田に一つと、芝《しば》に一つ、都合三ケ所で起きあがってるんでござんして、――尤《もっと》も、神田と芝のほうのは、あっしの聞込みましたのもつい二日ばかし前のこと、事件の起きたのも元旦の朝のことで

はなく、――神田のほうは紺屋町《こうやまち》で、三日の朝同じように、職人の亭主やお店《たな》ものが四人。芝のほうは材木町《ざいもくちょう》で、四日の朝、これには、職人やお店者《たなもの》の他に、大家の女中が二人ばかり加って〆《し》めて六人。いずれも、五郎兵衛町とまったく同じのでんで、誰にも断らず、夜中のうちにドロンとばかり、手をとり合って藻抜けのからになっていたという、なんともかとも変テコリンな出来事なんでござんして……実ア、まだ番所のほうからは、なんのお達しもござんせんが、聞き込みましたからにゃアあっしも銀次。早速あたりにかかってみたんでござんすが……ヘッへ……どうも、面目もねえ次第ながら、てんから歯にもかからねえ始末。でまア、こうしてお年始かたがた、お邪魔に上ったという次第。旦那。ひとつお年玉に、なんとかいいお智慧を貸してやっておくんなせえやし」

べらべらといいだけ独りで喋って、ツルンと手の甲で鼻の下をなぜあげる。

弓太郎の父親、南町奉行所の吟味与力筆頭、香月三左衛門《さんざえもん》寵愛の岡っ引で、かねてから国学や水戸派の書物に親しむ弓太郎が勘当同様にして、親爺の手許を飛び出し、この車屋へ厄介になって以来というもの、時折、三左衛門の秘命をうけて、弓太郎の言動監視に出かけて来るという、ま、表向きはそういうことになっている人物だが、ありていに云えばこの頃は、もう言動監視なぞはうわの空で、困った事件が起る度ごと、弓太郎のお智慧拝借——というよりは腰巾着になって、使い走りはいうもおろか、場合によっては雑巾がけでもしかねまじい打込みよう。

「ふふふふ……お年玉とは、コジつけたな」

弓太郎は苦笑しながら、この秋、車屋の番頭にことづけて、京から取寄せた古書の束を、膝のうしろへ押しやると、

「それで、いったいその事件についての、お前の見込はどうなんだ」

「へい、そこでござんすがね、旦那。なんしろ正月早々から、江戸の町内で、あそこからもここからもと、〆めて十七人もの人間が、こっそり影をひそめてしまったんでござんすから、こいつアどうも、ただの逐電《ちくてん》や人攫《ひとさら》いなんぞじゃアなく、どうやらなにか、とてつもねえ大事件の起上る、前兆《さきぶれ》じゃアねえかと……」

「ふム。というと？」

「ま、つまり、その十七人の連中が、なにやら大それた仕事を企てて、いよいよそいつに取り

かかろうと、しめし合せて身をくらました……」

「なるほど、今様忠臣蔵の、赤穂浪士か」

「いやなにも、赤穂浪士の二の舞ってわけでもござんせんが……」

「じゃア、いよいよ、第二の正雪《しょうせつ》、丸橋《まるばし》が出現して、徳川幕府の顚覆を企てるか」

「旦那。そうズバズバとおっしゃるもんじゃアござんせんよ。——ま、兎《と》に角《かく》、いずれにしてもこいつア只事でねえと、あっしゃア睨んで、とりあえず配下の下ッ引を二十名ばかり、それぞれその三ケ所へ差向けて、それとなく探りを入れてるわけでござんすが……」

「ほう、なかなか手廻しがいいな」と弓太郎はニヤニヤ笑いながら「さだめしこいつア、大捕物になるだろう。うまく行けば、さしずめお前は、一躍士分にでも抜擢されて、同心見習いぐれえのところへ……」

「旦那。おだてねえでおくんなせえ。これでもあっしゃア、こんどのこの事件にゃア、ひとかたならぬ力瘤《ちからこぶ》を入れてるんでござんして……」

「よしよし、判った。じゃアひとつ力になってやるが」と相変らずニヤニヤ笑いながら「——しかしな、銀次。どうも俺《わし》の見立てたところでは、どうやらこの陰謀の加盟者どもはお前がいま聞込んで来た、その十七人ばかりじゃアなさそうだぜ」

「え？　とおっしゃると」

「ふふふ……つまり、これからもまだまだ、そのように妙な雲隠れをする、一味徒党が出て来るかも知れねえというんだ。——ところで、お前の話によると、ところや時こそ違え、その十七人は、いずれも、着物も履物も、ひとつも手をつけずに、裸のままで飛出したといったな。が、むろんお前も睨んでいる通り、この寒空に、裸で飛び出すわけもねえから、こいつアどうでも、揃いの打入《うちいり》装束……ふふふ……ちと大袈裟だが、ま、そんなものでも身につけたとしか考えられねえわけだ。そこでだ。これからお前はその三ケ町の近くにある、仕立職を片っ端から調べ立てて、最近のうちに、これこれの人数《にんず》の揃いの衣裳を作ったかどうか。作ったならばどんな装束だったか、ひとつこっそりと調べて来い」

「――なるほどネ。さすがに、お眼が高い」

「いや待て、もうひとつある。ほかでもないが、その妙な逐電組の人数の中に、明けて去年の暮れあたり、上方方面へ旅をした男はないか、そいつもこっそり調べて来い」

「合点《がってん》でござんす。じゃ、早速……」

ひどく張りこんで、銀次は出かけて行った。

勝手元のほうから、この家《や》の一人娘お花が、どうやら女中相手に、七草の 俎《まないた》 を叩くらしい音がホトホトと聞えて来る。

死装束

その翌《あく》る朝――
縁ばなへ出て弓太郎が、いい気持で爪を切っているところへ、銀次が、顔色をかえて飛び込んで来た。

「旦那。驚ろきやしたぜ。お眼鏡通りだ。――たったいまさっきの聞込みでござんすが、例の奇妙な人数は、やっぱり十七人ばかりでなく、またしても今度は、日本橋の小網町《こあみちょう》から六人、前と同じようにして、ゆうべのうちにドロンとばかり雲隠れ……旦那。いよいよこいつア、大捕物になりますぜ」

弓太郎はニコリと笑いながら、

「まア、少し落つけ。ところで、調べのほうはどうだった」

「へい。そいつがまた、大変なんでござんして……どうです、旦那。奴等ア死装束でござんすぜ」

「なに、死装束?」
「へい。昨日あれから、早速お言葉に従って、それぞれ附近の仕立屋を、片っ端から洗ってみましたところ、いずれも、なんの為めの注文かは知らされなんだが、上から下まで揃いの白木綿を、ひそかに人数通り仕立てましたとの申立て、いやどうも、驚ろき入った次

第でござんすよ」

　弓太郎は満足そうにうなずきながら、

「それで、もう一つのほうは？」

「へい。そのほうも、抜かりゃアござんせん。――やっぱりこれも、旦那のお眼鏡通り、五郎兵衛町で相模屋の番頭小助が、去年の秋に、尾張名古屋へ仕入れに出掛けたことがある由、万事上首尾に運んでめえりやした」

「さうか。よしよし」

　弓太郎はニコリと笑って、

「どうやら銀次。目星がついたぞ」

「え？」

「事件の真相が、おぼろげながらも摑めたというんだ」

「えッ、こいつア驚いた。もう、旦那には、あたりがおつきになりましたんで……」

「そうよ」

「テヘッ、こいつア強気《ごうぎ》だ。じゃア早速にも、追い込みにかかりとうござんすから、ひとつお教えのほどを……」

「まア待て。あたりアついたが、いまは教えられぬ」

「えッ？」

「ちとわけがあってな、いま教えるわけには行かぬのだ」

「旦那。じょ、じょうだんじゃアござんせんよ。愚図々々してるうちに、奴郎共に出し抜かれでもしたら、それこそ大変……旦那。これ、この通りでござんす」

「いくら拝んでも、教えぬといったら教えぬのじゃ」

「――では、いつまでお待ち申せば、よろしいんで?」

弓太郎は、トボケたような顔をしながら、

「そうだな。まず、ざっと二タ月ばかり」

「えッ。二タ月?」

「心配するな。それまでには何事も起らねえよ。尤も、雲隠れの仲間は、まだまだ殖えるかも知れぬがの……兎に角、その連中が、お前のいうその死装束とやらを着込んで、堂々と江戸の町々へ現れるのは、まず、ざっと二タ月ばかりはあとのことさ。それまでは何事も起らねえ」

「そ、それは又、いったいどういう……」

「まアそう、うるさく絡むな。その死装束の連中が、誰にも知らせずこっそりと身を隠した、その趣旨を重んじて、その連中が姿を見せはじめるまでは、俺は一切黙っているつもりだからな。尤も、それまでにお前が、事の次第を見破れば、それは又それで結構。ま、せいぜいそれまでの間に、ひとつそのカス頭をひねってみるんだな」

「旦那」

銀次は取りすがるようにして、

「まさか、旦那は、勤皇浪人の謀叛《むほん》とでもあたりをつけて、手控えされるんじゃアござんすまいね」

「ははは……或は、そうかも知れぬぞ。……だがな、銀次。お前《めえ》、まずそういう目明し根性から叩き直さねえことには、まともにものの見える、立派な岡ッ引にゃアなれそうもないぜ……ま、兎に角、ざっと二タ月の間は、俺にまかせて置け。それで気がすまなかったら、せいぜい下ッ引をかり集めて、要所々々をかためて置くもいいだろう。——ところで、その逐電組の身内の者たちへ、ひとつ伝言《ことづけ》を頼む。みんな、死んだでも殺されたでもなく、いずれそのうちに無事な姿を見せるだろうから、決して心配したり、早まったことをするな、とな。いいか。頼んだぞ……」

弓太郎はそう云い捨てて、クルリと日向へ向きなおると、あきれはてている銀次を尻眼《しりめ》にかけ、なにが可笑しいのかニヤニヤ笑いながら、再び静かに、爪を切りはじめた。

ぬけまいり

「ふふふふ……はははは……」

その晩——

同じ車屋の裏座敷で、娘のお花を相手に、弓太郎は腹を抱えて笑っている。

「まア、弓様。ずいぶん面白いお話ではございませんか。さ、そんなに笑ってばかりいなさらず、あとを話して下さいな」

「うははは……これが笑えずにいられるものですか。なんしろそれがし、いままで一所懸命に、笑いの虫を抑えていたようなわけなんで……いや。ま、そんなわけで、つッぱなしてやると、銀次のやつ、あきれはてたような顔をしながら出て行きましたが、それでもいま頃は、配下の下ッ引をかり集めて、あちらこちらと探りを入れ、大張切りに張切って、要所々々をひそかに固めにかかっているかと思うと、つい可笑しくて……はははは……」

「まア弓様。でも、あたしにも、銀次さんと同じことで、今までのお話を伺っただけでは、サッパリなんのことやら判りませんわ。いったい、その妙な逐電だか雲隠れだかした人たちは、どうしたとおっしゃるんですの？」

「いや。話します、話します。だが、銀次には、自分で気がつくまで、黙って置いて下さいよ」

と弓太郎は、懐手をしたままの片手で、せつなさそうに胸をさすりながら、

「――ところで、お花さん。貴女《あなた》は、（抜け参り）というのをご存じですかな」

「ぬけまいり？」

「さよう。（お蔭《かげ》参り）とも云われますがな。そうだ。こないだ、秋に、京へ上《のぼ》った、お宅の番頭はなんと云いましたかな？　それがしが伝言《ことづ》けて、書物など求めて来て貰いましたあのお店の番頭は……？」

「まア、お店の喜助《きすけ》？」

「そうそう。その喜助とやらに訊けば、判りますよ。喜助も、上方で、その抜け参りというの

を、ちょっと見て来たようですからな。——いや、他でもないですよ。その抜け参りというのは、ひとつの流行《はやり》で、去年の暮から、上方方面で盛んに行われはじめているらしいが、なんでもない、ひと風変ったお伊勢参りなんですよ。ご存じの通り、伊勢大神宮と申せば、畏れ多くも国祖をお祀り申上げた大社《おおやしろ》で、われわれ民草が常々参詣することは、いまも昔も変らぬところですが、これが、どういうものか、六七十年に一度ぐらいの割合で、一時にわッと大勢の民草どもが、お蔭参りだの抜参りだのと称して、われもわれもと群をなして参詣することが、上方を中心にして大流行《おおばやり》をするのです。

で、この前流行《はや》ったのが、それがしなどまだ生れもせぬずっと昔の明和《めいわ》八年頃。それから六七十年した今日《こんにち》、また、不思議なことにも流行《はや》りだしたという次第。それで、その抜参りに加わるには、仲間同士を語らって、白装束に身を固め、家人に黙ってコッソリ抜け出すしきたりなんですが、もしもあとで判っても、主人も親兄弟も、それを咎めないという不思議の信心。なんと、お花さん。合点が行きましたかな?……」

「まア……そういえば、わたしの死んだお祖母様《ばあ》が、まだあたしが子供の頃、なんだかそんなお話を、して下さったようにも覚えていますわ」

「そうですよ。ずっと年をとった人なら、よく知っている筈ですよ」

「でも弓様。お伊勢参りなぞするには、さだめし路用も要るでしょうに、よくまア、雇人《やといにん》の人たちまでも……」

「いや、金はいらないですよ。ま、せいぜい、心掛けて置いた小遣いぐらいで、結構行けるんですよ。と申すのは、普通の時に出掛ければ、それア金もいるでしょうが、この抜参りの盛んな時に白装束で出掛ければ、道中筋の接待施行おびただしく、銭、笠、手拭、草鞋《わらじ》なぞは申すに及ばず、餅《もち》だの粥《かゆ》だの様々の食物《くいもの》から、やれ報謝馬だの報謝駕籠だの、――報謝湯だの報謝宿だのと、人の情けのお蔭で結構な旅が出来るという、ま、それでいち名、お蔭参りともいうんでしょうがね……どうです、お花さん。判りましたかな。――いや、実はそれがしも、最初に銀次の訴えを聞いた時には、ちょっと首をひねりましたが、だんだん人数が殖えだしたり、その雲隠れした人間の中に、近頃上方へ旅をした男があると知ったり、また、仕立屋で調べさした衣裳が、白装束であったりしたので、すぐに店の番頭から、一寸聞いた話に思い合せ、苦もなく真相を悟ったという次第。いや、いずれ銀次も、そのうちには悟るでしょうが、なんしろ六七十年ぶりの流行《はやり》だし、おまけに流行《はやり》はじめのこととて、誰も彼もわけが判らず、それで騒いでいるのでしょう。――いや、かりにも国祖を祀る伊勢神宮の参詣に、流行《はやり》なぞと申しては畏れ多いが、ま、それでも、幕府の膝元の江戸の民草どもが、これから盛んに（抜け）だすかと思うと、いささかほほえましき話ですな……どうですお花さん。あんたもひとつ抜けませんか？」

×

それから二タ月ばかり後の、三月はじめのこと、はたして弓太郎の言葉通り、まずいちばん最初に妙な逐電をした、京橋五郎兵衛町の七人組が、旅によごれた白装束で、それでも元気で伊勢の土産《みやげ》なぞ手にしながら、どうやら悟りはじめた人々の前へ、ひょっこり帰って来たことは、いうまでもない。

（「にっぽん」昭和十七年一月号）

随筆・アンケート回答

小栗さんの印象など

　去年の十二月に甲賀先生が例の長谷川、平山、土師《はじ》の諸氏と関西旅行の途次名古屋へ立寄られた際、先生を中心として井上さん始め名古屋のグループで一夕ささやかな晩餐会を催したことがありましたが、末席を汚さして頂いた私は、その席上で甲賀先生から色々と小栗《おぐり》さんのお噂など承わった際、「今度君が上京した折には小栗君に紹介してあげましょう」とご親切にお約束下さいました。

　なにしろ例の怪物いまをときめく小栗さんに逢わして頂けると云うんですから私の悦びようも大変でした。で、今年の五月末雑用を兼ねて上京しました際、とりあえず甲賀先生宅へ参上したものです。あらかじめお電話いたして置きましたので先生の御親切なお取計らいで、「もう間もなく来られるだろうからゆっくりし給え」と云うわけでお世話になり序《つい》でにすっかりお言葉に甘えて待たして頂きました。

　なにしろ小栗さんと云えば相手が相手ですから私も内心少なからず固くなっていったいどんな怪物がいまにも現れるのか？　しょっぱなからお前はあんな小説ばかり書いててはいかんぞ

なんて叱られはしないか？　いやそれより若《も》しもあの黒死館みたいな調子で終始応待されたらなんとしよう？　あのように徹底的に強烈な作家だから或いは日常生活の上にまで激しい作風が押出していて、例の抽象と逆説と暗喩と暗合の素晴らしいベールにくるまっていられるのかもわからない。法水麟太郎《のりみずりんたろう》氏はそれくらいの芝居気は充分ある。こいつア益々油断がならんぞ。勿論《もちろん》小栗さんと私などでは役者が十枚も二十枚もけた違いで竪餅に黄粉《きなこ》でてんからとッてもつきッこない。そこへもって来てあの該博な智識やら堂々たる貫禄の圧迫やら韜晦《とうかい》的な話術やらでみるみるマかれてしまうに違いない。ああはるばる東京くんだりまでやって来ていままであちらで散々ぶちまけて来たボロをいよいよあらいざらいはたき出される時が到来したかとすくなからず憂鬱になってしまって甲賀先生と対座していながらいろいろと先生に御教示を願わねばならない貴重な時間をまるで唖《おし》みたいにむッつり黙り通してしまいました。

　けれどもこのような私の憂鬱をふっとばして間もなくまことに意外な小栗さんがやって来られた。私はその時まで小栗さんと云えば、失礼ながらもっとこう、なんと云うか虫の字みたいに口の曲ったおどろおどろしい人かと思っていましたが、あにはからんや颯爽《さっそう》たる白皙《はくせき》の美壮年？　と云った感じ。よく動く鋭い眼。喰いしばった野心的な唇。精力的ないかり肩。ズボンのバンドをグッとしごき上げてはロイド眼鏡をキラキラと光らせながら辺《あたり》を睥睨《へいげい》される時など寧《むし》ろ剽悍《ひょうかん》な印象をさえ受けました。

　ところが初対面の御挨拶をすまして座につくや否や、いきなり虫太郎氏は甲賀先生に向って、右手の指で左手首の動脈を押えて、首を神経質に傾《か》しげて眉根に繊細なうれいを現わしながら少し鼻にかかった声で、「どうもまだいけませんよ」と云われたものです。

聞けば小栗さんは大分はげしい心気症らしくそれに余り健康もすぐれられないらしい。私は「どうやら体だけは私のほうがうわてだな」などと妙なところでひどく悦に入ったものでした。小栗さんはそれからもしょっちゅう手首を押えては脈搏をみていられたがその掌指の私共百姓じみたんと違ってひどく華奢《きやしや》で美しいのには、またその掌指にもましてお顔の肌の美しいのには驚いた。引き締った鋭い白い顔の中で時々大きな眼玉がぎょろぎょろと神経質な鋭い視線を投げかける。失礼ながらその大きな眼玉やすき透るように白い頰を見ているうちに私はいつしか能面の展覧会で見た「生成《なまなり》」という確か女物の面《おもて》の肌合をなぜか妙に思い出したものでした。

小栗さんの御話しは『黒死館』のように六ケ敷《むつかし》くはない。寧ろ私などにとっては調子を下げていて下さるのか若々しく親しみのあふれた、それでいて能動的な激しい刺戟にみちたものでした。

先生宅を失礼してからの帰り途で、大変御親切に私の今迄の立場や今後の方針やらについて色々とお訊ね下さった上、東京へ出て来てはとおすすめ下さった。

二三日してからもう一度今度は世田谷のお宅へ上ってお眼にかかることが出来ましたが、その折例の『白蟻』を頂きました。この傑作については相変らず各方面で問題にされているし私などただださえ批評など苦手の処へもって来て作品がとてつもなく大きいので只々感銘を重ねるばかりですが、あの御本の巻末の推讃文は三氏三様の風格がしのばれてわけもなくうれしくなりました。

ともあれ小栗さんは偉大だ。どこからどこまでずばぬけている。けれども流石《さすが》の小栗さんも健康だけはどうやら私以下だ。早く丈夫になられて私ごときにこのように巾《はば》ったい口を叩かせぬようにして下さい。では、重々の失礼お許し願います。

十、八、一七

（「探偵文学」昭和十年十月号）

犯罪時代と探偵小説

新聞の三面記事を見ていると、最近特に兇悪な犯罪が続出して、なんだかひどく世間が喧《やかま》しくなって来た。青酸加里殺人事件、肉親殺し、警官の偽装変死事件、若妻殺し等々いま迄《まで》に類の少い複雑味と惨忍性を加えてわれわれになにか漠然とした不安と義憤を抱かせ、毎日、新聞の三面を開く前に、何故かふと軽いスリルをさえ覚えさせるようになって来た。

けれどもいうまでもなく、こうした吾々の興味の対照となる犯罪事件のニュースの中には只単にあくどい悪の世界があるだけではなく、そこには二つの相反撥する力が陰に陽に卍巴《まんじどもえ》になって、人間の知識を中心にグルグルと無限の追ッ駈けごっこをしているのを見逃してはならない。警察力が新らしい機能を駆使して悪辣な犯罪を摘発すると犯罪者は一層進歩した手段を以って、つまり警察側の裏をかくていの犯罪を作りだす。すると又警察側はその裏の裏をかくていの層一層進歩した捜査の研究に着手する。

ひとくちに云えば犯罪と捜査とのイタチゴッコだ。こうした二つの力の中でも「犯罪」は毒毒しく「捜査」は概して地味だから人々は本能的に犯罪そのものの毒々しさに目を瞠《みは》ってややともするとその捜査面をうっかり見落す。けれども追々に人々の理智が進むに従って、又最近の新聞人の如く事件の報道を単に犯罪そのものの報道にとどめず、捜査機関の真面目な解決への推理過程をも、或る程度までそのニュースの中へとり入れつつある進歩的な現状を来《きた》すに従って、警察側の苦闘は段々人々の面前へ具象化されるようになって来た。

これにまことに喜ばしい事で、またそうした犯罪の捜査面も注意して見ているとなかなか探偵小説的で吾々の詮索本能に訴える興味が深く、紙数がないから茲《ここ》に引例を差控えるがホームズはだしの名推理が最近目立って頻出しはじめた。

そこでいつも思うことだが例の有名な浅草の校長殺しや、又最近の銀行員の若妻殺しなどで、犯人が探偵小説のファンだなどとうそぶいたことから、とすると一部の人々は世の怪奇な犯罪が探偵小説の影響を受けているかのように思いまた云う。

けれどもこれはひどく笑止な観察と云うべきで、そのような人々は犯罪そのものの中に探偵小説的なものを認めながら、一方犯罪の捜査面に一層探偵小説的なものも見落している人々ではあるまいか。また第一探偵小説を読んだからとて犯罪の実行力が出来る訳のものでは決してない。

私など読むだけでは飽き足らず自分で探偵小説を書いてさえいる位だが、さて自分で犯罪するとなると考えただけでも顫《ふる》えて来る。

いったい探偵小説の主なる情緒的な魅力はと云えば、まず第一スリルであってこのスリルなるものは却って臆病な善良な空想的な人でなくては本当に理解出来ないものだ。だから現実の大胆な犯罪なぞは既にそのアトモスフェアに於てすら根本的に異るのだ。してまた現実の犯罪なぞと云うものは、探偵小説的な一種の熱にかられて突発するなぞと云うような子供じみたものではなく、それにはそれ相応にもっと深刻な理由があるもので、いまさら探偵小説なぞと云う野暮臭いものが出て来なくとも、晩《おそ》かれ早かれ早晩突発すべき各自不動の運命を担っているものである。

よしんば時としてその突発する犯罪事件の外形に少しばかり探偵小説的な類似が見られたとしても、その犯罪摘発の捜査機能が又前述の如く著るしく探偵小説化して、日進月歩新らしい理智のメスを加えつつあるとすれば、もはやこれは五分と五分で人間の知識を中心とした犯罪と捜査のメリー・ゴーラウンドであり、無限の鼬《いたち》ごっこであり、この間にあって探偵小説は中心の知識と同様の位置にこそあれ、それ以上の険悪な役割りを買って出るものでは決してない筈である。

いまや捜査機関は不断の意力を以って一層活潑な研究を続けている。新聞は事件全体の正しい報道を目指しはじめた。そして日本の探偵小説にも、いままでの犯罪怪奇小説以外に、本当の意味での探偵小説が生れようとしている。

（「新愛知」昭和十一年一月二十七・二十八日）

鱒を釣る探偵

釣新聞にこんなことを書いたら宮川さんに叱られるかも知れないが、頃日《けいじつ》名古屋在住の井上良夫《よしお》さんが翻訳出版した「赤毛のレドメイン一家」という探偵小説を読んで、少なからず感心した。

と云うのは、この頃一部の探偵小説が、ひどく硬化して、妙に理窟っぽく、（尤《もっと》も私がいままで書いたものも、残念ながら大半は、その寒心すべき一部にはいっていたらしいのだが）読んでいてもなんとはなしに肩の張るような、手ッ取り早く云えば、さかなを釣るほど気楽に読めない奴が多かったのだが、それがこの「赤毛のレドメイン一家」を読んでみると、却々《なかなか》どうして面白い。

◇

この小説の第一章には、マーク・ブレードンと云う愛すべき探偵氏が、小さな数々の草花の咲き乱れた牧場の中の石切り場の川へ、鱒《ます》釣りに出かけて行く美しい場面があるのだが、二章三章と読んで行くに従って、海に向って崖の途中に張り出した恰好な釣場所になりそうな館が現れたり、水播き車の浮んだ美しい湖水が見えだしたりして、殆《ほと》んど全篇がこうした美しい風景に包まれている。むろんこれがこの小説の根本的なよさではないのだが、兎《と》にも角《かく》にも久びさに魚釣りに出かけたような明るい晴ればれとした気持を与えて呉れたこの小説の味は、私にとって懐しくも忘れがたいものであった。併《しか》もその鱒釣りに出かけた探偵は、夕暮ほんの少しばかりの時間に一ダースもの大鱒を釣り上げたのだが、彼はその中の六匹をとって、残りを水の中へ放してやって帰えって行く。ここで私は図《はか》らずも此尨大《このぼうだい》な作中のほんの一二行の片々たる文章の中から、作者の魚釣りの真髄への確かな理解を見つけ出してひどく悦に入って了《しま》った。

◇

そこで私は今更のように考えるのだが、恰度《ちょうど》私が固苦しいものや恐ろしいものばかり読んだり見たりしているうちに、ひょっこりこのような作品にぶつかって、すっかり嬉しくなってしまったと同じように、魚釣りの真面目な意味でのごりやくと云うようなものも、毎日々々都塵《とじん》にまみれて働き終えた或る一日竿《さお》を肩にして口笛吹きつつ美しい健康的な郊外の野道を獲物への期待に燃えながらあちらこちらとぶらつき廻るところにあるんではないか。そしていよいよ釣場がきまって糸を垂れ始めたならば、マーク探偵のように釣れた魚をわざわざ逃がしてやるほどのことはなくとも、精々落ついて浅間しい慾張りをすることなく釣りの釣りたる気持を心ゆくまで味《あじわ》うようにしたいものだ。かく云う私がまだそこまで達しない。恥かしい話だが釣れたとなると三日も四日も続けて行く、が釣れないとなると三月も四月もはては竿に虫がつくまで忘れてしまう。そのような私だから、この愉快な探偵が釣れた魚を逃がしてやったところを読みかけて、まてよ逃がすとは勿体《もったい》ない奴だなとふと立止った。けれどもいくら私だってマーク探偵は何故魚を捨てたか、と云うよりも、何故それほど持って帰り度《た》くもなかったのか――と考えてみれば、そこにある云うようのない微妙ないきと云うかさとりと云うかそれともほんとうの太公望の心理とでも云おうか、兎に角或るなにものかが判るような気がした。判るような気がしただけでは物足りないから、これからは私も精々そう云う気持で釣りに出かけ度いと思う。そうしたら魚釣りも一層純粋な気持で楽しめるだろうし、はっきり云えばそう云う気持で竿を垂れているうちに、魚釣りをするような愉快な探偵小説が出来上るかも知れない。

（「名古屋釣新聞」昭和十一年四月号）

巻末に

早いもので、もう私が、探偵小説の真似事みたいなものを書き始めてから、数年たってしまった。どこを、どんなにしてうろつき歩いたのか、兎《と》に角《かく》数年たってしまった。今ここに、いくつかの短篇を纏《まと》めるに当って振り返って見ると、まったくそれは、細い狭い凸凹《でこぼこ》道だ。その凸凹道へ砂利を敷いて、曲りなりにも松葉のようなレールを並べ、からくも動きだした謂《い》わば、軽便列車——

或るときは、大きな機関車に前から曳かれ、あとから押され、また或るときは、坂道を登りかけたと思うと、ゴトンゴトンと後戻りをしたり、脱線したり……だが、それでも、横腹へ斜めにくッつけた小さなシリンダーから、喘息《ぜんそく》みたいに蒸気を洩らし、ひょろ長い煙突から色の悪い煙を、ボッボッと吐き出しながら、喘《あえ》ぎ喘ぎ、あえぎながらもどうにか、こうにか、最初の停車場へ辿《たど》りつくことが出来た。

ここに収めた短篇は、いままでの私の、貧弱な収穫のほとんど全部と云ってもいい。むろん中には随分気に喰わぬものもあるが、それでも巻頭の「死の快走船」は、軽便列車が、その短い第一コースで体験した、いちばん高い坂道だった。小いさな旧式の機関車は、エッチラ、コッチラ、まともに馬鹿正直につめよって、それでもどうやら登りきることが出来た。尤《もっと》もほかの短篇も、多かれ少なかれ坂道には違いなかった。そしてその坂道を、同じようにして機関車は、喘ぎながらも真面目くさって登って来た。登って来て、いまここで振り返ると、気がついた。

坂道を登るにもいろいろある。まっすぐに登るのもあれば、ジッグザッグにカーブを切るのもあり、また、山ひだを切り開いて鉄橋をかけることも出来れば、トンネルと云う手もある。けれども悲しいかなスコップもセメントも持合せなかった軽便列車は、ただそのオカマの中に煮えたぎる熱と湯と蒸気を頼りにして、ひたむきに登って来た。——甘い、辛い、思い出だ。

だがしかし、いまはつまらぬセンチを起す時でない。ここで、第一コースを終った機関車は、これから、出来るだけ沢山のスコップやセメントを積込み、広く新しく、坂道の登りかたを学びとるようにして、さて、長い嶮《けわ》しい行手に向って、出発することにしよう。

ともあれ「死の快走船」を手にせられた諸賢にして、幸いこの軽便列車の愛すべき猪突《ちょとつ》振りを、私と共に、微笑のうなずきをもって振り返って下さったならば、幸甚です。

なお、上梓に当って、なにかと御多忙中をお割《さ》き下され、巻頭への序文を賜った両大先輩と、軽便列車の最初の停車場へ、綺麗なペンキを塗って下さった高井さんに対して、ここに厚く御礼申上げたい。

一九三六年初夏

三河新城町にて

著　者

（『死の快走船』、ぷろふいる社、昭和十一年、あとがき）

怒れる山（日立鉱山錬成行）

遠くはなれた汽車の窓からも停車場からも、谷川にそって山襞《ひだ》をまがりのぼる小さな鉱山電車の窓からも、その赤茶けた禿山の頂きにそびえ立つ巨大な煙突は、いつもおなじ高さでおなじ姿で私たちの眼の前にあった。いかにも高く、いかにもふしぎな煙突であった。雲の低い日には雲にかくれてしまうというその大煙突の先端からは、黄白い亜硫酸瓦斯《ガス》の毒煙が、それこそ空ゆく雲のような緩慢さで絶えず悠々と吐き出されていた。けれども私たちの電車が山がいに沿って進みのぼるにつれ、その煙突の下にはいっそう異様な魅力をたたえた強烈な風景がひろがりはじめた。まっ黒なカラミのうず高く積みすてられた奇怪な人工の山々。どこから流れてくるのか薄黄色く溷濁《こんだく》して湯気を立てつづける谷川の水。金気焼けのした山から山へ縦横に張りわたされた無数の鉄索、電柱、軌道。——大自然が巨大な切開手術を受けているこの地帯のなまなましい空気が、はやくも私たちの胸を異様な緊張へ締《しめ》あげるのであった。

製錬所のある大雄院から、渓流ぞいに坂道を徒歩でのぼる。家々の軒にはもんぺの少女たちが赤い頬をめぐらして私たちを見送り、時どき学校帰りの少年たちの行列が元気な歌声を残して行違って行く。おなじような着物を着、おなじような家に住み、おなじようにまずしくおなじようにゆたかなこの子たちは、羨望もなく妬《ねた》みもなくみんな一様に幸福そうな光りに包まれている。そういえば、この巨大な大自然の掘返しに従っている山の人たちは、所長も課長も、身なりといいこころもちといい、私たちの眼にはたたかう坑士の一人としかうつらない素朴さであり強さであった。

本山（もとやま）の採鉱場で採鉱課長の案内をうけ、第六竪坑《たてこう》の捲場から二千尺の地下に通ずるマンリフトにのってぐんぐん下った私たちは、延長数十里におよぶというその坑道の一端で、最初のたたかうその人を見た。薄暗いキリハで向うをむいたまま私たちの来たのも知らずに黙々とその人はたたかっていた。両腕にかかえられたヌラリと光る凄いマグロのような鑿岩《さくがん》機《き》は、はげしい爆発音にあたりを圧しながら太いタガネを岩盤ふかく打ちこんでいた。石と鉄のぶつかりあって発する火花の匂いが私たちの嗅覚を痲痺《まひ》をさせ、冬を忘れさす高温と、眼に見える、手で摑める霧のような高湿度が、立っているだけの私たちの肌に汗をながさした。ひとけのない坑道の一角でふと私は立ちどまった。岩肌にアセチレンランプの焰で坑士が焼き描いた落書であろう煤《すす》文字のあともたくましく必勝増産の四文字が明るく私のこころをうった。

掘返されうちくだかれた鉱石どもは、戦士たちの手によって次々と坑車に積みこまれ、ゲージをのぼって地上の選鉱場へはこばれて行く。そこでは、絶えまもなく流れつづけるコンベヤーに追われて、紺絣《こんがすり》の上っ張りにもんぺをはいた乙女たちが鉱石どもの手選にいそがしかった。手選にもれた貧含銅鉱は、となりの片匁処理場で機械的なふるいにかけられる。鉱泥にまみれた分級機、浮選機、濾過機、わけてもたち並ぶ浮選機の中で、鉱片を乗せ選んで湧きたち流れるなん億なん兆というおびただしい泡どものたたかいは思わず私たちのあわただしい歩みをとめさした。

昼食をすまして本山の人びとに別れ、一里の道を製錬所までくだる。私たちの前には再び赤茶けた禿山と雲に聳える煙突が姿を現わした。本山の選鉱場から選び出された鉱石どもは、青空たかく幾条も張渡されたロマンチックな鉄索にのって、さんさんたる早春の陽射しにむき出しに照らされながら、悠々とこの禿山の下の製錬所へはこばれて来るのだ。粉鉱は別の工場で団子にされ焼きかためられ、塊鉱はそのまま戦士たちの手によって熔鉱炉へ投げこまれる。九本の熔鉱炉はまっ赤な火を吹いていた。熱気は炉羽口《ろはぐち》に立った私たちの頬を灼き、ほとばしり出る紅蓮《ぐれん》の溶岩は私たちの眼底をつきつらぬいた。たえまもなく頭上を移動する起重機の轟々《ごうごう》たる響きのなかで、私たちの心もまたまっ赤に燃えたちはじめた。けれども温顔の製錬課長にともなわれてその次に立った錬鉱炉のまえで、私たちの昂奮は最高潮に達した。熔鉱炉よりもはるかにつよい風速と高熱をもつといわれるその巨大なドラム鑵《かん》を横たえたような回転炉の口からは、熔鉱炉から送りこまれたさらに純度の高い熔鉱が緑色の焔をふいて煮えたぎっていたのだが、折から上層高く轟々たる移動起重機にはこばれた一口の梵鐘が煮えたぎるその炉口にむっちりと呑まれてゆくさまをはからずも目撃したのだった。私たちは、前日駅前の買鉱部で、国々からはせあつまったおびただしい梵鐘どもを見た。そのときには通りいっぺんの感慨をしか覚えさせなかった釣鐘どもではあったけれども、いま、起重機につりさげられて熔鉱炉の焔に片頬をカッと染めながらも、従容《しょうよう》として煮えたぎる焔のなかに熔けこんでゆくそのおちつきはらった姿を見た時に、私は思わずはっとなった。鐘は生きている！　まさに、脈々たる生命の鼓動に怒りふるえながら、新らしきたたかいの姿に遷化せんと、よろこびいさんで迎え火のなかにおどりこもうとしているのだ。

——炉前を去った私は、しずかにもういちどあたりの風物を見廻した。思えば、生きているのは鐘ばかりではない。なん万年という永いあいだ日本の国土の地下深くしずかに睡《ねむ》りつづけていた石くれどもも、怒りたたかう山の人たちの手に呼び起されて、瞋恚《しんい》のほむらに燃えたちながら滔々《とうとう》として戦いの庭にはせむかっているではないか。いや、鐘や石ばかりではない。大自然のふり立てた巨大な拳骨のようなこの禿山も、その拳骨に隆々とふくれあがった不気味な静脈管のように、山肌を幾筋もむくむくと這《は》いのぼる長城のような煙道も、絶えず黄白い毒煙を吐きつづけている大煙突も、なにもかもこの山こ の地帯ぜんたいが、はるかの蒼い海をにらんでいきいきと怒りたたかっているではないか。——私たちは、前の日よりもいっそう謙虚な気持になって偉大な山の人たちに別れを告げた。

（「日本学芸新聞」昭和十八年三月十五日）

アンケート回答

ハガキ回答

Ⅰ　読者、作家志望者に読ませたき本、一、二冊を御挙げ下さい。
Ⅱ　最近の興味ある新聞三面記事中、どんな事件を興味深く思われましたか？

Ⅰ○小栗虫太郎氏の「白蟻」
○井上良夫氏訳フィルポッツの、「赤毛のレドメイン一家」（但し、これは近刊の由）
Ⅱ新聞の三面には案外に面白いものが間々ありますが、なかでも約一年程前に、一寸《ちよつと》した記事ですが、ひどく面白い事件をみつけました。けれどもこれはまた、他日素材の一部にして一篇をものしたいと存じていますので、茲《ここ》に発表できないのを至極残念に思います。

（「ぷろふいる」昭和十年十二月号）

ハガキ回答

昭和十一年度の探偵文壇に
一、貴下が最も望まれる事
二、貴下が最も嘱望される新人の名

（一）長篇探偵小説時代化への発足
（二）多士済々、どなたといって申上げようもありません。

（「探偵文学」昭和十一年一月号）

諸家の感想

一、創作、翻訳の傑作各三篇
二、最も傑出せる作へのご感想
三、本年への御希望?

一、創作は色々な意味で次の三篇を挙げたく思います。
「人生の阿呆」「二十世紀鉄仮面」「船富家の惨劇」

翻訳の方はまだ充分目を通していませんし、又昨年に比し振わなかったと思います。勝手ながら左の一篇を挙げたく思います。

「ポンスン事件」
二、清純な気品と真剣味の溢れた作として、「人生の阿呆」を推します。傑作ではなかったかも知れませんが、うれしい作品でした。破綻はありながらも、問題の摑み方に於て無類です。
三、今年出来なかった、書卸し長篇の出版が、少しずつでも実現されて行くこと。
（「探偵春秋」昭和十二年一月号）

海外探偵小説十傑

A、海外長篇探偵小説を傑作順に十篇
B、その第一位推賞作に対する寸感

一、樽　　クロフツ
二、黄色の部屋　　ルルー
三、アクロイド殺し　　クリスティ
四、グリーン家の惨劇　　ヴァン・ダイン
五、赤い家　　ミルン
六、赤毛のレドメイン家　　フィルポッツ

七、矢の家　　　　　　　　　　メースン
八、トレント最後の事件　　　　ベントリー
九、白魔　　　　　　　　　　　スカーレット
十、再び起るべき殺人　　　　　マイヤース

やっぱりイザとなると古色蒼然たるものばかり並べてしまいました。中でも樽はその構成美も今更ながらロンドンのドックに上げられた樽の動きから始まる匂わしいあのロマンチシズムと全篇にじっくり張り渡《みなぎ》ったクソ落着のリアリズムをともすれば奇から奇を追い過ぎたがる流れの一隅にいて時折むしょうに懐しまれてなりません。真似の出来ない世界、して又真似のしたくない世界、それは昔の恋人のようにどうにもならない楽しさだ。

（「新青年」昭和十二年新春増刊）

お問合せ

一、シュピオ直木賞記念号の読後感
二、最近お読みになりました小説一篇につきての御感想

一、乱歩氏編輯の傑作集がそれ自身傑作であったように、これもひとつの傑作であると思いました。こうしたケタの大きな仕事は、その仕事ひとつの正確さ完成さを楽しむと同時に、十人

十色の優れた特色をも楽しむべきかと存じました。それで今度は甲賀、大下両先輩の各々編輯にかかわる同様の書物の出現を期待いたします。
二、アナトール・フランスの「曲芸師」?という短篇、ひとに借りて読んだ本で、七八篇の短篇と一緒に読んだのですが、その中でこいつが妙に頭に残りました。なんでもヘタな曲芸よりほかに能のない男が、人の見ていない教会の神様の前で精一杯、根限り、逆立ちしたりトンボ返りを打ったりしてお祈りするところがあるのですがあれはいい。あんな味の探偵小説も書いてみたいと思いました。

(「シュピオ」昭和十二年六月号)

ハガキ回答

昭和十二年度の気に入った探偵小説二三とその感想

老練さに於て「鉄の舌」、潑溂《はつらつ》とした逞ましさに於て「大浦天主堂」、二つとも読者への狙いはそれぞれ異っていても、作者が何かを云っておりその云っておることがいずれも明るく健全で、卒直に云えば、色々な意味でわれわれに希望を与えても呉れる。尚書き切れなかったが感心した作品はまだこの他にもいくつもありました。

(「シュピオ」昭和十三年一月号)

好きな外国作家と好きな作中人物

一、あなたの大好きな外国作家とその作品
二、あなたの大好きな作中人物
（共に、なるべくならば探偵小説の範囲で）

一、変な回答で恐縮ですが、感心したり敬服したりする欧米の探偵小説家なりその作品なりはありますが、大好きな作家だとか作品とかは、考えてみて自分ながら意外ですが、どうもみつかりません。してみると、感心するということと、好きということは、別々に両立する場合もあるのかと、思われます。それに、面目もないことですが、第一こちらの気持がフワフワしていて、よしんば昨日好きになれそうなものがあったとしても今日はもう嫌いになったり、今日好きでないものが明日好きになったり……サッパリ固定しません。尤《もっと》も、むかし、ポーやドイルや813を耽読していた頃だったら、あつかましくもお答え出来たかも判りません。少くともあの時分の気持はいまシメノンを感心したりする気持とは、まるで違ったものでしたから。
——少し正直過ぎたかな。

二、この回答は、前のよりも一層不備で恐縮ですが、描写が活きていて印象が鮮烈だというようなものは沢山ありますが、好きなのというと、思い出さねば拾って行けません。例えば夢野氏の「白菊」に出て来る泥棒だとか、大下氏の「鉄の舌」に出て来る中風にかかった老政客？だとか、「人生の阿呆」のお祖母《ばあ》さん。等々……

（「新青年」昭和十三年新春増刊）

名士メンタルテスト

問題

（1）歴史上の人物で誰を現代に蘇生させ、何をやらせたいとお思いですか？
（2）ライスカレー、パーマネント・ウェーブ、ファッショ、エスカレーター、カメレオンの漢字は？
（3）あなたが若《も》し唯《ただ》独りで島流しにされるとしたら何を（品物一つ）持って行かれますか？
（4）旅行に出て、次の文句を留守宅に電報したいのですが、生憎《あいにく》十五字分のお金しかありません。何とかまとめて下さい。
「台所の戸棚の中に殺鼠剤入りの饅頭《まんじゅう》があるが子供たちが食べると危険故直ちに取り捨てよ」
（5）来るべきオリンピック大会にあなた独特の新計画がおありでしたら、何でも一つ御披露下さい。
（6）バナナ。赤。煙。金。ん。以上の語から何を聯想なさいますか？

(7) 最も涼しい想像をお書き下さい。
(8) 若しあなたが周囲から狂人扱いを受けたらどうなさいますか?
(9) あなたの自画像をお描き下さい。

〔1〕成吉思汗《ジンギスカン》になった源義経《よしつね》。大亜細亜《アジア》日本帝国建設事業。
〔2〕辛汁飯《ライスカレー》。破巻捻止髪《パーマネントウエーヴ》。右翼独裁《ファッショ》。動階段《エスカレーター》。変色蜥蜴《カメレオン》。
〔3〕「新青年」八月号
〔4〕トタナニトクマンアリステチマエ
〔5〕ソニヤ・ヘニー嬢のナワトビとイシケリを見せて下さい。(但し百メートルの決勝でも済んでからでいいです)
〔6〕バナナ　クレオン画
赤　ロシア
煙　新橋
金　はらがけ
ん　中年の田舎風のお内儀《かみ》さん又はもゝひき
〔7〕新青年の編輯者が机の前で腕組みしながらニヤッと笑ったばかりに、もう大の男数十氏がこのような妙な問題の解答で七転八倒の苦吟をつづける。——このヘンの消息も知らずに、椰子《やし》の葉蔭かなんかで寝ながら読んでりゃ、そりゃ涼しいでしょう。チェッ!

〔8〕これ幸いと狂人になりすまし……あとは云わなくてもいいでしょう。
〔9〕・

（「新青年」昭和十三年八月特別増大号）

解題

本文庫既刊の大阪圭吉傑作集『とむらい機関車』『銀座幽霊』は、概ね昭和7年から12年にかけて発表された本格短篇を収録しているが、その後、圭吉は作風を転換し、ユーモア物、犯罪小説、少女小説、防諜探偵物、軍事冒険物、捕物帖など、様々なジャンルの作品を手掛けている。第三集となる本書では、前二巻に未収録の初期作から、後期のヴァラエティに富んだ作品まで網羅し、あわせて大阪圭吉という作家の全体像を提示しようと試みた。

『死の快走船』（ぷろふいる社、昭和11年）収録の「死の快走船」「なこうど名探偵」「人喰い風呂」については同書を底本とし、雑誌初出を参照した。残りの作品は原則として雑誌初出を底本とし、『ほがらか夫人』（大都書房、昭和18年）、『香水夫人』（大東亜出版社、昭和18年）、『仮面の親日』（大道書房、昭和18年）収録作品はこれを参照した。この三冊では、太平洋戦争開戦後の時局を反映した国策協力的な改稿が施され、また十分な校正が行なわれなかった形跡もあり、今回は雑誌初出版を底本として採用した。単行本収録時に改題された作品もあるが、底本を明らかにする意味から雑誌掲載時の題名を採った。なお、単行本版は『死の快走船』（戎光祥出版）に収録されているので、興味のある読者はご確認いただきたい。

表記を新字・現代仮名遣いに改め、「々」以外の踊り字（ゝ、〳〵）は廃した。また、読みやすさに配慮して、ルビを適宜追加、整理した。作者の用字を尊重したが、明らかな誤字・脱字はこれを正した。

なお、本文中には現在からすれば穏当を欠く表現があるが、著者がすでに他界し、古典として評価すべき作品であることに鑑み、原文のまま掲載した。

「**死の快走船**」初出『死の快走船』（ぷろふいる社、昭和11年刊）。「白鮫号の殺人事件」（「新青年」昭和8年7月号）を改題改稿。初期のシリーズ探偵・青山喬介を、事件の背景にあわせて「燈台鬼」（「新青年」昭和10年12月号）で登場させた水産試験所所長の東屋三郎に変更。全体にわたって細かな加筆が施され、二倍近い長さになっている。作家自身が同短篇集のあとがき（「巻末に」）で「第一コースで体験した、いちばん高い坂道」と振り返っている、初期を代表する力作。初稿版「白鮫号の殺人事件」は本文庫既刊『とむらい機関車』に収録。

「**なこうど名探偵**」初出「新青年」昭和9年7月号。『死の快走船』（ぷろふいる社）に収録。後期作品で顕著になるユーモラスな味は、本作のように初期から見られた。なお、本文中に「てんかんが伝染《うつ》った様」という表現があるが、癲癇は伝染病ではない。念のため記しておく。本篇の主人公、果菜園経営者の大手鴨十氏は「案山子探偵」（「月刊探偵」昭和11年5月号）に再登場し、今度はカボチャ畑荒らしに対峙する。

「**塑像**」初出「新城文学」昭和8年7月号、「花嫁の塑像」（大坂圭吉名義）。作品に付された「あとがき」によると、地元の同人誌「新城文学の編輯者から、何か軽いものを書いて呉れとのお話」があって、「芸術家と科学者とのアイロニカルなコントラスト」を描いたもの。前年「新青年」10月号の「デパートの絞刑吏」で作家デビューを果たしたばかりだった。「ぷろふいる」昭和9年8月号に改題掲載されたものを底本とした。本文に大きな異同はない。

「**人喰い風呂**」初出「新青年」昭和9年12月号。『死の快走船』（ぷろふいる社）に収録。昭和7年、「デパートの絞刑吏」発表前に「日の出」の創刊号懸賞小説に佳作入選した作品を全面的に改稿したもの。銭湯で発生した怪事件に床屋の金さんが乗り出す。

「**水族館異変**」初出「モダン日本」昭和12年6月号。圭吉には珍しい猟奇的なエロティシズムを含む犯罪小説。「モダン日本」は菊池寛が創刊した娯楽雑誌で、この頃には文藝春秋社から独立したモダン日本社の発行となっていた。なお、掲載誌の本文中には×の伏せ字や数字分削除の空白がある。空白については字数分の□を当てた。

「**求婚広告**」初出「週刊朝日」昭和14年1月2日号。『ほがらか夫人』（大都書房、昭和18年刊）に「謹太郎氏の結婚」として改題収録。「坑鬼」（昭和12年）を最後に殺人事件を扱った本格物は影を潜め、昭和13年以降は本作のように〝日常の謎〟的な事件を描いたユーモア色の強い作品が多くなる。戦時体制下で探偵小説への抑圧が高まっていたこともあるが、「新青年」「ぷろふいる」等から一般誌へと発表の場を広げていった圭吉自身の変化もあるだろう。

「**三の字旅行会**」初出「新青年」昭和14年1月号。『香水夫人』（大東亜出版社）に収録。東京駅午後三時着の急行列車、三等車の三輛目から毎日のように降りてくる婦人客の秘密とは……。大東京の玄関口、東京駅の東海道線ホームを舞台に、三の字づくしの謎の背後に隠された意外な犯罪をあばく軽妙な一作。単行本版には、案内人は転業して機械工場で産業戦士として働いている、という戦時体制下の後日譚が追加されている。

「**愛情盗難**」初出「週刊朝日」昭和14年5月7・14・21・28日号。『香水夫人』（大東亜出版社、昭和18年刊）に「香水夫人」として改題収録。このさい末尾に若者に結婚を奨める国策協力的な台詞を追加するなどの改稿が施され、小見出しも変更されている。なお、大東亜出版社は満洲奉天市の出版社。主人公の宇津君の住む芙蓉荘は三階建て、管理人付きのアパート。関東大震災後の東京では近代的な集合住宅が急増、会社勤めのアパート暮らしは、都会人の新しい生活スタイルでもあった。

「**正札騒動**」初出「新青年」昭和14年6月号。『香水夫人』（大東亜出版社）に収録。単行本収録に際し、女性客の髪型の描写から「パーマネント」が削られているが、「パーマネントはやめませう」の標語が作られ、贅沢禁止が叫ばれたのも昭和14年頃から。また、初出の正札「百四十円」が「三百四十円」に変更されるなど、家具の値段が引き上げられている。デビュー作はじめ、圭吉には百貨店を舞台にしたものが少なくないが、百貨店もまたモダン都市の象徴的存在だった。

「**告知板の女**」初出「新青年」昭和14年10月号。『香水夫人』（大東亜出版社）に「告知板の謎」として改題収録。駅や鉄道を舞台とした作品を得意とし、「気狂い機関車」「とむらい機関車」という本格短篇の名作もある大阪圭吉は、無類の鉄道好きだった。「ぷろふいる」昭和10年12月号の編集部便りのページに「脱線機関車」という無署名記事があるのでご紹介しておく。

「愛知県新城町と云えば、豊橋からもっと奥へと入る山の中である。その山の中の宿屋にいるのが、売出しの新進探偵作家大阪圭吉である。宿屋にいると言っても、間借りと違って、その宿屋全部が自分の家——つまり、そのホテルの息子さんが今売出しの大阪圭吉なのだ。

宿屋と探偵小説とがどういう関係にあるか、そんなことを訊いても、大阪圭吉はにやにやと人懐つこそうに笑っているだけで答えやしないが、「幽霊機関車」とか「気狂い機関車」とか汽車ばっかり、なんで書くかと訊ねると、急に座り直って、「僕はその、小さい時からどういうものか、汽車が好きだで——」と、名古屋弁を、チョイチョイ出して喋べりはじめる。そうなると聞手がホイと失敗ったと思ってもあとの祭りで、大阪圭吉はいっかな機関車の話をやめようとはしない。如何にその汽車なるものが愛すべきものであるか、如何にそれが現代に必要欠くべからざるものであるかを説き起して、明治五年新橋から神奈川を走った本邦最初のキシャから、三百四十哩を八時間弱で突破する超特急ツバメに至るまで、長時間滔滔とまくしたてて、聞かんとは言わせない。客はこれを脱線機関車と称して、以後警戒するとか」

「**香水紳士**」初出「少女の友」昭和15年5月号。『ほがらか夫人』（大都書房）に収録。挿絵を担当した松本かつぢの漫画『くるくるクルミちゃん』は「少女の友」の人気連載だが、本作の主人公の名前がクルミなのはそれを意識したものか。

「**空中の散歩者**」初出「冨士」昭和16年10月号。

『仮面の親日』（大道書房、昭和18年刊）に収録。丸ノ内の八紘ビルに事務所を構える国民防諜会の青年探偵・横川禎介は「東京第五部隊」（「講談倶楽部」昭和15年10月号）で初登場し、短篇十作と長篇『海底諜報局』（熊谷書房、昭和16年刊）で、各国のスパイ活動、破壊工作の阻止に尽力する。シリーズ全作が『大阪圭吉探偵小説選』（論創社）にまとめられている。この頃には従来の探偵小説はすでに発表の場を失っており、探偵作家はそれぞれ対応を迫られたが、大阪圭吉は時局の変化に添って、防諜小説、国策小説へ進む道を選んだ。百貨店の屋上からあがるアド・バルーンは都会の風物詩だが、本作で宣伝されているのは「求めよ国債、銃後の力」だ。圭吉自筆の創作ノート『らくがき帖　その二』（解説参照）の本篇の構想を記した箇所には、「従来の間諜技術を使いそれを基礎としての新鮮な空想を以って話を作る」とある。

「**氷河婆さん**」初出「にっぽん」昭和17年9月号。アラスカ奥地を舞台にした奇譚。南樺太のアイヌ部落の物語「トンナイチヤ湖畔の若者」、北洋漂流譚「アラスカ狐」など、圭吉には北方の辺境を舞台に少数民族が登場する作品がいくつかある。前年12月に太平洋戦争が始まり、雑誌でも敵国アメリカを非道の国として描いた読物が増えていく。「にっぽん」は名古屋新聞社出版部発行の雑誌。

「**夏芝居四谷怪談**」初出「にっぽん」昭和16年8月号。戦時下で探偵小説が事実上禁止され、一部の作家は時代物に移行したが、圭吉にも「弓太郎捕物帖」全七話がある。南町奉行所吟味与力筆頭の長男ながら、勤皇思想にかぶれて勘当同然の身の香月弓太郎が、岡っ引の銀次が持ち込む怪事件を解決していく。本篇はその第二話。事件の背景となる『東海道四谷怪談』の中村座初演は文政8年（1825）。初日にして既にお岩様の亡霊姿が周知となっている気配もあるので、再演時という設定かもしれない。なお、弓太郎が居候している蔵前の札差の名は、本篇では車屋「十次郎」、次の「ちくてん奇談」では「千次郎」、また第六話「丸を書く女」では「千次郎」とあり一定しないが、創作ノート『らくがき帖　その二』には

「車屋千次郎」の文字があり、ここでは「千次郎」に統一しておく。

「**ちくてん奇談**」初出「にっぽん」昭和17年1月号。弓太郎捕物帖第七話。元日の朝、町内の男七人が一斉に姿を消してしまう不可解な事件は、江戸時代に実際にあった出来事に想を得ているが、そこから文政13年（1830）の事件とほぼ特定できる。なお、大阪圭吉の自筆作品目録によると、弓太郎捕物帖には幻の第八話「異教詮議」が存在したらしい。やはり「にっぽん」のために書かれたが、なんらかの理由で未掲載となったようだ。

《随筆とアンケート回答》

「**小栗さんの印象など**」「探偵文学」昭和10年10月号。小栗虫太郎との会見記。大阪圭吉は実は小栗より一年早く「新青年」デビューを果たしているのだが、『黒死館殺人事件』（昭和9年）の作者が当時いかに特別な存在と見られていたかが窺える。冒頭に名前のある長谷川伸、平山蘆江、土師清二と、甲賀三郎は大衆小説仲間で、二十六日会などで行動を共にしていた。また翻訳家・評論家の井上良夫は名古屋の探偵小説ファンの中心的存在であり、愛知県新城在住の圭吉とも親交が深かった。

「**犯罪時代と探偵小説**」「新愛知」昭和11年1月27・28日。地元紙への寄稿。「新愛知」は「中日新聞」の前身の一つ。文中の「浅草の校長殺し」は、昭和10年11月21日、浅草の喫茶店で小学校長が青酸カリ入りの紅茶を飲んで殺害された事件。校長は教職員に支払う給料を運ぶ途中で、これを狙った男による計画的犯行だった。「銀行員の若妻殺し」は、昭和11年1月15日、巣鴨の銀行員の若妻が自宅で暴行殺害された事件。発見者の夫が逮捕され自供したが、その後、自供は拷問によるものと一転して犯行を否認、決め手となる証拠がなく、裁判は難航した。

「**鱒を釣る探偵**」「名古屋釣新聞」昭和11年4月号。井上良夫訳のイードン・フィルポッツ『赤毛のレドメイン一家』（柳香書院）は昭和10年刊。圭吉は探偵小説誌のアンケート（後出）でも度々この作を挙げている。

「**巻末に**」大阪圭吉初の短篇集『死の快走船』(ぷろふいる社、昭和11年)のあとがき。初期作品をこの一冊にまとめた後、圭吉は同年夏から「新青年」連続短篇に取り組み、「三狂人」「あやつり裁判」「寒の夜晴れ」などの傑作を六か月連続で発表、さらなる高みへ登っていく。「序文を賜った両大先輩」とは江戸川乱歩と甲賀三郎、「綺麗なペンキを塗って下さった高井さん」は装幀の高井貞二(洋画家)。

「**怒れる山(日立鉱山錬成行)**」「日本学芸新聞」昭和18年3月15日号。内閣情報局の指導で日本文学報国会が昭和17年に発足。これに入会した圭吉は単身上京して総務部部長甲賀三郎の下、会計課に勤務した。同会の機関紙に掲載されたこの小文は、18年3月、茨城県の日立鉱山へ「増産戦士激励と奉仕」に赴いた際のレポート。同行十数人の中には私小説作家の木山捷平もいた。

＊アンケート回答

「**ハガキ回答**」「ぷろふいる」昭和10年12月号。『白蟻』『赤毛のレドメイン一家』については、前出「小栗さんの印象など」「鱒を釣る探偵」も参照のこと。

「**ハガキ回答**」「探偵文学」昭和11年1月号。探偵文壇に望むこととして「長篇探偵小説時代化」を挙げているのは、小栗虫太郎、木々高太郎ら新進の擡頭による「探偵小説第二の山」(江戸川乱歩)の到来を受けてのものだろう。英米同時代の本格長篇も次々に紹介され始めていた。圭吉自身も長篇執筆に意欲があったようだが、生前発表されたのは防諜物の『海底諜報局』一作に留まった。出征前に甲賀三郎に託した長篇原稿があるという話が伝わっているが、現在に至るまで未発見。

「**諸家の感想**」「探偵春秋」昭和12年1月号。回答に作家名を補足しておくと、木々高太郎『人生の阿呆』、小栗虫太郎『二十世紀鉄仮面』、蒼井雄『船富家の惨劇』、クロフツ『ポンスン事件』(井上良夫訳、春秋社、昭和11年)。

「**海外探偵小説十傑**」「新青年」昭和12年新春増

刊。二十六人の作家・翻訳家らが海外作品ベスト10を選んだ雑誌企画。大阪圭吉は本格長篇中心の選択。ちなみに、編集部が順位も加味しながら集計した全体のベスト3は『黄色の部屋』『トレント最後の事件』『赤毛のレドメイン家』だった。

「お問合せ」「シュピオ」昭和12年6月号。読後感を求められた「直木賞記念号」(5月号)は、同年『人生の阿呆』で第四回直木賞を受賞した木々高太郎撰輯による、探偵小説年鑑的な傑作選。圭吉作品は「燈台鬼」が採録されている。「乱歩氏編輯の傑作集」とあるのは、『日本探偵小説傑作集』(春秋社、昭和10年)だろう。また、回答二の「アナトール・フランスの「曲芸師」?」という短篇」は、内容から「聖母の曲芸師」(「聖母の軽業師」)と思われる。

「ハガキ回答」「シュピオ」昭和13年1月号。作家名を補足すると、大下宇陀児『鉄の舌』、木々高太郎「大浦天主堂」。

「好きな外国作家と好きな作中人物」「新青年」昭和13年新春増刊。一年前の「海外探偵小説十傑」とはやや趣の異なる回答だが、ちょうどこの時期、圭吉は論理性重視の本格物からユーモア・風俗味の強い作風へ転換期を迎えていた。ここにもその変化が反映されているのかもしれない。

「名士メンタルテスト」「新青年」昭和13年8月号。「問題5」の「来るべきオリンピック大会」は二年後の昭和15年に東京で開催予定だった幻のオリンピックのこと。日中戦争の勃発等で昭和13年7月に返上することに(この号が出るのとほぼ同時)。その回答で圭吉が挙げた「ソニヤ・ヘニー嬢」はノルウェー出身のフィギュアスケート選手。オリンピック三連覇を達成した後アメリカに渡り、アイスショーで成功を収め、映画女優に転身、第一作『銀盤の女王』(1936)も大ヒットした。なお、S・S・ヴァン・ダインの遺作『ウィンター殺人事件』(1939)は、ヘニー主演の映画原作として書かれたが、結局、映画は製作されなかった。

(藤原編集室)

幻の探偵作家の足跡をたどって

小野純一

鮎川哲也氏のエッセイ「人間・大阪圭吉」が『小説推理』（一九七三年二月号）に掲載された当時は、大阪圭吉はまだ「幻の探偵作家」であり、多くの方々は「そのような探偵作家がいたのか」という認識だったと思います。しかし、一九九二年に国書刊行会から『とむらい機関車』（探偵クラブ）が、二〇〇一年に創元推理文庫から『とむらい機関車』『銀座幽霊』の二冊が刊行され、戦前の本格探偵作家として再評価されました。近年では論創社『大阪圭吉探偵小説選』、戎光祥出版『死の快走船』、光文社文庫『甲賀三郎・大阪圭吉　ミステリー・レガシー』の刊行により、戦前に出版された大阪圭吉の単行本に収録されている作品の多くが読めるようになりました。すでに「幻の探偵作家」から本格探偵小説ファンにはよく知られる探偵作家になったといっても過言ではありません。私自身、創元推理文庫で大阪圭吉を知り、ファンになった一人です。

好きが高じて自費出版をするに至り、二〇一三年に盛林堂ミステリアス文庫『大阪圭吉作品集成』を刊行。そして、二〇一八年より『大阪圭吉　単行本未収録作品集』シリーズで作品探索の成果を不定期でまとめています。このシリーズを刊行したことがきっかけで、大阪圭吉生誕の地・愛知県新城市《しんしろ》に赴き、ご長男である鈴木壮太郎《そうたろう》氏にもお目にかかれることになりました。

新城は、東海道本線・豊橋駅から飯田線で約四十分の新城駅が玄関口。一五七五年に織田・徳川連合軍と武田軍が戦った「長篠《ながしの》の戦い」の合戦場跡があることで有名な場所です。今は、ビジネスホテルや複合型商業施設やチェーン店等も進出していますが、圭吉ゆかりの場所もまだ残っています。圭吉が壮太郎氏と遊びに行った桜淵公園や、圭吉も通い、出征時に見送られた場所である富永神社。新城駅と隣の東新町駅の間にある踏切は、代表作「とむらい機関車」の構想を練ったとされる場所です。また、鈴木家近所にある江戸時代から続く老舗「三河屋薬局」は、圭吉が「豚を線路の上で眠らせる良い薬はないかな……」と「とむらい機関車」のトリックを考えるため、足を運んだ場所とのことです。

圭吉が住んでいた家も、改築こそされていますが、今も同じ場所にあります。今はご長男一家が住んでいる鈴木家の応接間には、圭吉が描いた好物の秋刀魚《さんま》の絵や、『死の快走船』刊行記念会で江戸川乱歩や大下宇陀児《うだる》をはじめとした作家たちと一緒に撮った記念写真が飾られています。そして圭吉関連の雑誌や自著等の様々な資料も大事に保管されています。

鈴木家に保管されている雑誌のなかに、『新城文学』という薄いガリ版刷りの雑誌があります。鈴木家のすぐ近所にあった印刷所が発行元になっている、地元の有志による文芸同人誌で、圭吉は昭和八年七月号に「花嫁の塑像」、昭和八年八月特大号に「氷」という作品を寄稿しています。「花嫁の塑像」が掲載された昭和八年は、『新青年』に「白鮫号の殺人事件」（「死の快走船」原題）が掲載された年になります。新城の町を大事にしていた圭吉ですので、地元の同人誌の執筆依頼を快諾したのではないかと想像します。

「花嫁の塑像」は、「大坂圭吉」の名義で寄稿されています。圭吉の執筆名義は、雑誌『奇譚』（昭和十四年七月号）に発表した「人間氷山」の「岬潮太郎」を除くと「大阪圭吉」と「大坂圭吉」があります。一般的には「大阪圭吉」が有名ですが、「大坂圭吉」は、昭和十七年頃から使い始めています。新城にある圭吉のお墓には「著述名　大坂圭吉」と刻まれ、晩年使用していた名義が残されています。『新城文学』に寄稿された「花嫁の塑像」から、圭吉は昭和八年にすでに「大坂圭吉」名義を使用していることがわかりました。「大阪」と「大坂」の違いには、どのような意図があるのでしょうか。壮太郎氏は、笑いながら「気分で変えていたのかもね」とお話しになっていましたが、実際にその時の気分で変えていたのか、それとも大きな理由があったのか。これは圭吉本人にしかわかりません。

保管されている資料には、原稿等の自筆資料もあり、そのなかでも一番に目を惹くのは「らくがき帖　その二」と題された、昭和十五〜十六年頃に書かれたと思われる創作ノートです。書き損じた原稿を裏返して二つ折りにしたものを、紙を縒《よ》って作った紐で綴《と》じ、ノートの代わりにしていたものです。思いつくまま書きつけたような、いわば殴り書きに近いページもあり、全てを読み解くことは困難な状態です。しかし、取材や、その道中で見てきたものを書き留めたらしいページもあることから、「調べて書く作家」だったというのは、この「らくがき帖」からもよくわかります。

「疑問のＳ」「空中の散歩者」と書かれているページや「弓太郎捕物帖」と書かれているページもあります。「弓太郎捕物帖」については、「コナンドイルの乞食の話」というメモがあります。これは、コナン・ドイルのシャーロック・ホームズシリーズ「唇のねじれた男」のことと思われ、圭吉は「弓太郎捕物帖」を執筆する上で、「唇のねじれた男」を参考にしたのではないかと想像されます。

その他にも、昭和十六年に熊谷書房から刊行された『海底諜報局』の表紙案が彩色された状態で何パターンも描かれていて、函・表紙に使用されている文字も圭吉によるデザインであることがわかります。圭吉は本来画家志望だったらしく、二科展に入選したこともあるほどの腕の持主です。その画力を最大限に発揮し、いろいろなデザイン案を考えたことがうかがえます。

残されている自筆原稿は、「らくがき帖」とは違い、とても綺麗な字でほぼ修正なく書かれています。この原稿は、出版社へ送るために清書したものでしょうか。圭吉は原稿が完成するまで、何回も書き直しながら執筆したのだと想像します。

資料のなかには探偵作家や出版社からの手紙や葉書も残されていて、そのなかでも、井上良夫の手紙は多く残っています。

井上良夫は探偵小説の翻訳・評論家で、当時名古屋に住んでおり、圭吉も参加した「名古屋探偵クラブ」の世話人をしていました。『新青年』に掲載された圭吉の作品を読んで一目惚れし、昭和九年七月に開催された「名古屋探偵クラブ」第一回例会への出席を圭吉に依頼したところから、やりとりが始まったと思われます。

その後、例会への出席の御礼から近況報告、読んだ探偵小説の感想まで、井上良夫はこまめに圭吉に宛てて手紙を送っています。『中央公論』（昭和九年九月号）に掲載された江戸川乱歩「柘榴《ざくろ》」についての世間の批評に対して圭吉に持論を投げかけ、使用されているトリックに疑問を掲げつつ、井上良夫が考える「本格探偵小説」について、熱く語っている手紙もあります。

また、圭吉に多大な期待をよせる手紙、圭吉の作品への感想もあります。『新青年』（昭和十年十二月号）掲載の「燈台鬼」の感想は、便箋を切らしていたからという理由で原稿用紙約六枚にギッシリと書かれ、「形式は新しいものではないが、全然新しい感じに圧倒」「読みながら『全くこれは全篇が新しい創造だ』と感じる」「ホームズやソーンダイクと遜色はどこにあるのか」と、絶賛を寄せています。

井上良夫は、圭吉にとって一番のファンであり、作品の良き理解者だったのかもしれません。井上良夫からの手紙を読んでいると、圭吉はその期待に応えるべく、毎回違ったスタイルの作品を執筆したのではないかとも考えてしまいます。

第一創作集『死の快走船』（ぷろふいる社・昭和十一年六月）の刊行に関して、当時、山本禾太郎《のぎたろう》の斡旋でぷろふいる社の編集部に入った九鬼澹《たん》とのやりとりが残っています。編集部で書籍名の候補として「深夜の帆走者」と「死の快走船」があがっており、結果として書籍名は『死の快走船《ヨット》』になったこと、社長である熊谷晃一の性格で、刊行が予定よりも遅れる知らせ、ぷろふいる社の主催で刊行記念会を東京で開催することなど、細かくやりとりをしています。昭和十一年六月三日に東京・東銀座「レストラン　エーワン」で開催された刊行記念会に関しては、出席予定の作家たちへの伺い人を海野十三《じゅうざ》が務めたらしく、簡単な挨拶のあとに「小栗虫太郎を引っ張り出したく苦労しているが多分難しい」という手紙も残っています。刊行の準備中にも甲賀三郎や井上良夫から、「綺麗な本にしてもらいなさい」「美術の知識をお持ちだろうから大丈夫と思うが、装幀についてしっかり話したほうが良い」など、本の装幀について助言されています。

『死の快走船』の献本リストも残っています。そこには記念会の発起人だった延原謙・木々高太郎・水谷準・甲賀三郎・大下宇陀児・小栗虫太郎・海野十三・荒木十三郎（橋本五郎）・森下雨村・江戸川乱歩や、発起人以外では、横溝正史と井上良夫の名前もあります。その他にも、新城の町の知り合いにも献本をしたようです。

『死の快走船』に関しては、神戸在住で探偵小説の評論・翻訳をしていた西田政治からの手紙も残っています。装幀の立派さに感心した、短篇好きとして「デパートの絞刑吏」を読んだときから将来ある人だと思っていた、「カンカン虫殺人事件」では悪評をしたが、たゆまぬ努力で次から次へと作品を発表され、すっかりファンになってしまった、「燈台鬼」等の作品は、コナン・ドイルの作品と比べても少しも遜色のない傑作、などと評しています。また、『死の快走船』刊行後の井上良夫の手紙には、西田経由で聞いた話として、横溝正史が『死の快走船』を読んで「実に見事なのに一驚」し、その感激を乱歩に手紙で書き送ったことが綴られています。

このように『死の快走船』の刊行は、少なからず当時の探偵小説界に驚きを与えたようです。しかし、圭吉にとっては最大の試練ともいえる『新青年』の六回連続短篇の執筆がすでに始まっており、自著の刊行や評価に喜びつつも、気の抜けない日々が続いていたことでしょう。

この連載に取り組んでいた昭和十一年八月には、圭吉は新城町の書記補を拝命しています。昼間は役所で働き、夜に執筆をするという生活をしていたと推測できます。

そのような状況のなか、昭和十一年八月初めに雑誌『改造』編集部より「原稿を来月にした」という電報が届きます。当時の『改造』は不定期ではありますが、探偵小説を掲載しており、圭吉にも原稿の依頼をしていたようです。

同月末には、編集会議の結果、内容は良いが、現在の原稿掲載を取りやめ、改めて原稿依頼をすることにしたという内容の手紙が届いています。再度の原稿依頼に「『新青年』に書いている短篇くらい、いやそれ以上に複雑な探偵小説的構成を持ったものを書いて欲しい」「編集部の希望は『これが本格探偵小説だ』ということを一度読者に示したい」「乱歩、大下などには、そういうことを言っても、作風から考えてもちょっと難しいので、貴方にお願いしたい」と添えて、原稿用紙七、八十枚くらいでという内容でした。

快諾したと思われる圭吉に、編集部は『新青年』への執筆も大変だろうが、なるべく早めに原稿が欲しい旨を伝えています。昼間は役所仕事のため、執筆は夜。毎月迫ってくる『新青年』の〆切と同時に、「これが本格探偵小説だ」という作品を江戸川乱歩でも大下宇陀児でもなく、大阪圭吉に書いて欲しいというプレッシャー。この時期の状況は、圭吉の妻・雅子氏の「〆切近くになり手紙や電報が届くとイライラし始め、原稿用紙を止める歯止めの音が聞こえてくると、書き終えたのかとホッと一安心した」という証言からもわかるとおり、かなり大変だったと想像できます。

同時期に、甲賀三郎からも手紙が届いていますが、これはかなり厳しい内容です。

甲賀は、自身の眼鏡に適った作家を集めて研究会を催しており、圭吉も会員の一人でした。圭吉以外には小栗虫太郎や海野十三も参加し、各会員が自作を持ちより朗読、互いに批評し、切磋《せっさ》琢磨《たくま》する会だったようです。しかし、特別な理由なく連続三回以上欠席、もしくは特別な理由なく連続二回以上作品の朗読がない場合は、除名処分とする大変厳しい規定も設けられていました。

当時圭吉は頻繁に上京していましたが、これは甲賀の研究会への出席が主な理由だったのかもしれません。しかし、『新青年』の連続短篇執筆の時期に圭吉は研究会を連続三回欠席。それに対して甲賀は、「原稿が書けないから欠席するのではなく、原稿が書けるように出席するという心持ちでなければいけない」「作家志望であれば、田舎にいてはダメであり、少なくとも一月一回は万難を排して上京しなさい」「実のところ、会で将来作家として、一人前になれそうなのは、圭吉一人だけ。極端をいうと圭吉のための会である」「圭吉が不熱心では、今回で皆と相談の上、会を解散しようと思う」と、まずは連絡するようにという言葉を添えた手紙を送っていました。

愛知県の大坂圭吉研究家・杉浦俊彦氏の調査では、この手紙の後、すぐに圭吉は上京をしたことがわかっており、原稿に苦心するなか、甲賀に会いに行ったようです。

甲賀の言葉通り上京したことが功を奏したのか、圭吉はこの後『改造』からの依頼原稿も書き上げ、昭和十一年十一月初めに編集部より原稿を受け取ったという手紙が来ています。書き上げた枚数、約百枚。しかし、多少分量が多いので、掲載が予定よりも遅れるかもしれないという通達も合わせてされています。

編集部の通達通り、やはり予定通りには掲載されず、予定の号に掲載されていないことに気付いた小栗虫太郎から「題材に困っているなら、上京したらいかがでしょうか」と心配する手紙が届いています。また、同時期に井上良夫から、「先日、乱歩が来訪されて、圭吉の『改造』への執筆を喜んでいた」「私もとても楽しみにしている」という期待の連絡もあり、圭吉としては苦心の末に書き上げた原稿が一日でも早く掲載されることを願っていたのではないでしょうか。

しかし編集部からは、掲載号の決定はしたが、紙面の関係上、長さを七十枚前後にして欲しいと書き直しの依頼がありました。圭吉は枚数の調整と修正を行い、作品名を「発火坑」に改めて、編集部に戻しています。昭和十二年四月中旬、修正稿の落手の連絡があるものの、予定していた挿画が間に合わなかったこと、題名を修正前の「坑鬼」にしたことが付け加えられています。

苦心の末、『改造』（昭和十二年五月号）に掲載された「坑鬼」に関して、乱歩は手紙で「例によって、よく調べてあることに敬服。今までの作品よりも一段と特殊知識が濃厚に取入れられ、筋も運びも全く完成品という感じ、それ以上どうしようもないというところまで努力している」「強いていうなら、特殊知識の面白みが探偵小説としての筋立のものの面白みに打ち勝ち、本来の面白みを消している」と評しています。加えて、「欠点に関しては、着想の問題で、力作感と完成味は十分であり、近来の出色作としては、好評を博することを信じている」と感想を送っています。さすがの圭吉も乱歩の期待に少しは応えられたと喜んだに違いありません。

過酷を極めた数ヶ月に及ぶ執筆のためか、昭和十二年の執筆は、小説に関しては、『モダン日本』（昭和十二年六月号）に掲載された「水族館異変」のみと、さすがに少なくなりますが、翌十三年からは少しずつ執筆本数も回復し、十四年頃からは、『週刊朝日』『キング』『講談倶楽部』と、有名大衆雑誌への掲載が増えていきます。

圭吉の執筆記録に関しては、保管されている資料のなかに、自筆の作品目録（記録帳）が残っています。昭和七年に『日の出』創刊号の懸賞に応募し、佳作入選した「人喰ひ風呂」から出征前の昭和十八年七月くらいまでの執筆記録が「執筆年・執筆ジャンル・作品名・掲載誌・原稿料」等、詳細に記録されています。

執筆の記録だけではなく、単行本の印税や刊行部数、作品の舞台化、映画化、ラジオドラマ化についてまで記されており、この記録だけでも、圭吉の仕事が俯瞰《ふかん》できる興味深い資料です。

このなかで、気になることが「執筆ジャンル」の表記についてです。短篇探偵小説・連続短篇探偵小説・短篇・中篇読切・連載小説・冒険小説……と、約三十に近いジャンル分けがされています。圭吉の中では、明確なジャンル分けがされていたのではと思いますが、その基準がどのようなものだったかは、改めて作品にあたり確認しないといけません。しかし、「探偵小説」と表記しているのは、昭和七〜十一年の「短篇探偵小説」「連続短篇探偵小説」だけであり、「坑鬼」に関しては、「中篇読切」となっています。それ以後は、「探偵小説」の表記が一切されていません。圭吉のなかでは、「探偵小説」とは「本格探偵小説」であり、そのことを特に意識して執筆したのは、昭和十一年に『新青年』に六回連続で発表した短篇探偵小説「三狂人」「白妖」「あやつり裁判」「銀座幽霊」「動かぬ鯨群」「寒の夜晴れ」までであり、それ以後は「本格探偵小説」という意識ではなかったのかもしれません。

では、なぜ「本格探偵小説」の執筆をやめてしまったのでしょうか。それは、時勢が大きく関わっていることが多分にあるかと思います。昭和十二年に日中戦争が勃発し、日本国内も徐徐に戦時体制が敷かれていきます。特に昭和十五年には、乱歩が自筆年譜にも「探偵小説全滅ス」と記載するほど、「探偵小説」を書くことが困難な時代になっていき、これは圭吉も例外ではなかったと思います。その他にも「坑鬼」の発表とともに、マイナー誌からメジャー誌に活躍の場が移ったことで、読者も硬派な「探偵小説」を読みたい層から、気楽な「大衆小説」を読みたい層へ変化したこと、そして時勢に合わせて作風が大きく変わっていったことは、周知の事実でしょう。

しかしそれだけではなく、圭吉の心情の変化も大きく関わっていると思います。井上良夫をはじめとした名古屋探偵クラブのメンバーや、探偵小説好きの人たちからの大きな期待から始まり、『死の快走船』『新青年』刊行後、探偵小説界が多少なりとも「大阪圭吉」を意識するようになります。そして、『新青年』の六回連続短篇と「坑鬼」の執筆は、今まで以上の期待に応えるべく、自分の持てる力を出し切った「本格探偵小説」の執筆であり、心身ともに疲弊してしまったのではないでしょうか。また、メジャー誌への執筆を通して、そのニーズに応えながら、圭吉が書きたい作品の傾向も、探偵小説好きが好むような創意工夫に満ちたトリックが盛り込まれた本格探偵小説から、その時代の街や人・生活を様々な形で描いた作品に移っていったのではないでしょうか。エッセイ「鱒を釣る探偵」にあるように、井上良夫翻訳の『赤毛のレドメイン一家』を読んで感じた「硬派で肩の張るような探偵小説ではなく、気楽に久々に魚釣りに出かけたような明るい晴れ晴れとした気持ち」を与えてくれる作品を書きたかったのかもしれません。

昭和十一年の『死の快走船』刊行後、しばらくは出版に恵まれなかった圭吉も、昭和十六年から十八年の間に七冊の本が刊行されています。自筆資料によると、『海底諜報局』（熊谷書房）、『ほがらか夫人』（大都書房）、『仮面の親日』（大道書房）は、重版または増刷もされています。『海底諜報局』に関しては、公共機関や軍事施設、病院等からの寄贈の御礼の手紙や、映画化された記録が残っています。防諜小説という内容と、刊行された昭和十六年という時代も相まって、多くの方々の手に取られたのでしょう。

しかし、圭吉の生前に刊行された最後の書籍と思われる、昭和十八年八月に神戸・上崎書店から刊行されたはずの『誓ひの魚雷』は、未だに書籍の存在が確認されていません。自筆資料に印税を受け取った記録は残っていますが、鈴木家にも本はありません。圭吉が出征中に送った葉書から、上崎書店と直接やりとりをしていたのではなく、『海底諜報局』を刊行した神戸・熊谷書房が間に入っていることがわかっています。上崎書店は実際に存在した出版社ですが、なぜ熊谷書房が間に入って刊行が進められていたのかは、現在見つかっている資料からはわかっていません。また、昭和十八年八月頃は、神戸ではまだ大きな空襲もありませんので、出荷前に戦災で失われたということもなさそうです。同月の出征前に家族に残した仕事の覚え書きには、本はまだ受け取っていないこと、出来上がったら貰うこと、とメモされています。『誓ひの魚雷』に関して、当時どのようなやりとりをしていたのか、本当に刊行されているのか、謎は深まるばかりです。

昭和十八年七月三十日に、圭吉にも召集令状が下ります。そして、八月三日午前八時に新城駅近くの富永神社に他の応召者とともに集合し、多くの町民に見送られながら、新城駅午前八時五十一分発の列車にて出征します。

出征前に圭吉は、自分の仕事についての覚え書きを残しており、そこには、『死の快走船』以外の書籍のことや、捺印する書類、御礼状を出す先等が、便箋五枚にわたり細かく書かれています。

書籍については、刊行部数や印税のこと、重版時の印税の増減希望の記載もあります。そのなかに、『仮面の親日』を刊行した大道書房から『姿なき敵兵』という書籍が初版一万部で予定されている記録があります。また、『誓ひの魚雷』も昭和十八年九月頃に再版を出す予定となっています。このような話が実際に進んでいたと考えてよいでしょう。新城の町を舞台した異色長篇である『ここに家郷あり』(新興亜社・昭和十八年)も、再版発行を予定していたらしく、もし話がうまくいかなかった場合は、書名を『村に医者あり』に変更して、他の出版社に刊行をお願いすることや、満洲・大東亜出版社から話があった場合は、『死の快走船』以外の書籍を一冊ずつ送り、満洲で刊行して貰うように頼むこと、との記載もあります。

自著の重版に関しては、出征中の葉書にも生活費がかかるのだから、積極的に出版してもらうようにと強く書かれています。

記録上ではありますが、圭吉は、妻・雅子氏宛てに出征先から二回は手紙を出していることがわかっています。

一度目は、昭和十八年八月三十一日頃。この手紙は現在見つかっていませんが、雅子氏が鮎川哲也氏に話したという、甲賀三郎に預けたとされる「幻の原稿」について書かれていたと思われます。

二度目は、満洲から翌九月二十四日に「第二信」と書かれた手紙です。この手紙は、現在、鈴木家に残っており、今までに記した「出征中の手紙」はこの「第二信」の内容に当たります。内容は、出版に関して、雅子氏に対しての不満を含め、小さな字で隙間なく書かれています。相手が雅子氏であるからか、家族を心配しながらも亭主関白な雰囲気が色濃く出ています。

手紙の最後には、「甲賀さんに報導班のことを又たのんでくれ」と読める一文があります。「又」とありますので、前に同じことを書いているのだと思われますが、何のことなのかはわかりません。しかし、この手紙には甲賀三郎に預けたとされる原稿についての記載は一切ありません。また、自筆の作品目録や出征前の仕事の覚え書きにも原稿についての記載はありません。自身の出版や仕事について事細かく記している圭吉が、自分の原稿について言及が全くないのは不思議です。

鮎川哲也氏が言及した「幻の長篇」は本当に執筆されていたのか、そして甲賀三郎に本当に預けられたのか、鈴木家に保管されている資料を改めて確認しても、大阪圭吉最大の謎は、迷宮入りするばかりです。

圭吉は、昭和二十年にフィリピン・ルソン島の山中にて病死し、遺体は帰ってきていません。唯一戦地から戻ってきた遺品が、「従軍手帳」です。

文藝春秋社から支給された小さな手帳には、昭和十八年初頭から応召後について細かく書かれていました。約八十年前に鉛筆で書かれた手記ということもあり、かなり字が擦れてしまって、読めないところも多くあります。しかし、入隊後の移動の記録や、従軍中に上官から叱責されたこと、一日のスケジュール、自分の体調について、自分の悩みや、所持した歩兵銃のスケッチなど、読み取れるところだけでも「調べて書く作家」といわれた圭吉らしい自身や周りの記録が克明に記されています。

そのなかに「従軍している兵隊を見ていると、今までのように兵隊を描くことはできない」と読み取れる箇所があります。作家として思い描いていた兵隊の現実は、圭吉の予想をはるかに越えていたのかもしれません。しかし、戦地から戻り、また執筆する気持ちは持ち続けていたのではないかと思われます。

ここまでに取り上げた「らくがき帖 その二」「作品目録（記録帳）」「出征前に書き記した仕事についての覚え書き」「出征先からの手紙（第二信）」等の自筆資料は、壮太郎氏からお借りし、その他の自筆資料と一緒に『大阪圭吉 自筆資料集成』として、二〇二〇年四月に自費出版をしました。圭吉について、より深くお知りになりたい方は、ご覧頂けますと幸いです。

また、井上良夫をはじめとした関係者からの書簡や葉書に関しては、整理が終わりしだい、多くの方にご覧頂けるように準備を進めています。

大阪圭吉が戦地から生きて戻ってきていたら、どのような作品を残したのでしょうか。同じような質問を何度もされているであろう壮太郎氏に改めて聞いたところ「ユーモア小説を書いたんじゃないかな……探偵小説は、とにかく書くのに力がいるからね……」と仰《おつしや》っていました。

目まぐるしく変化していった戦後の日本は、圭吉の眼にはどのように映ったのでしょうか。圭吉のことなので、創作意欲が刺激され、「探偵小説」をはじめとした多くの作品をきっと書き続けてくれたのではないかと思います。

大阪圭吉の足跡を追う私の旅は、大坂圭吉研究家・杉浦俊彦氏や小林文庫オーナー・小林眞氏の先行研究、今まで刊行された大阪圭吉関係書籍があったからこそ進めていくことができたものです。それらの研究結果や資料の多くを参考にさせて頂きました。

今まで「大阪圭吉」に関わった多くの諸先輩の方々に心から尊敬と敬意を表し、御礼を申し上げます。

「夏芝居四谷怪談」「ちくてん奇談」の挿絵を描かれた大森照保氏の消息が不明です。ご存じの方がいらっしゃいましたら、当社編集部までお知らせいただければ幸いです。

検印
廃止

著者紹介　1912年愛知県生まれ。本名鈴木福太郎。32年、「デパートの絞刑吏」を〈新青年〉に発表。本格短篇の名手として活躍、その後ユーモア小説等に転じた。短篇集に『死の快走船』『香水夫人』などがある。43年応召、45年ルソン島にて病死。

死の快走船

2020年8月12日　初版

著者　大《おお》阪《さか》圭《けい》吉《きち》

発行所（株）東京創元社
代表者　渋谷健太郎

162-0814/東京都新宿区新小川町1-5
電話　03・3268・8231-営業部
03・3268・8204-編集部
URL　http://www.tsogen.co.jp
萩原印刷・本間製本

ISBN978-4-488-43703-9　C0193

鮎川哲也短編傑作選 I

BEST SHORT STORIES OF TETSUYA AYUKAWA vol.1

五つの時計

鮎川哲也　北村薫 編

創元推理文庫

◆

過ぐる昭和の半ば、探偵小説専門誌〈宝石〉の刷新に
乗り出した江戸川乱歩から届いた一通の書状が、
伸び盛りの駿馬に天翔る機縁を与えることとなる。
乱歩編輯の第一号に掲載された「五つの時計」を始め、
三箇月連続作「白い密室」「早春に死す」
「愛に朽ちなん」、花森安治氏が解答を寄せた
名高い犯人当て小説「薔薇荘殺人事件」など、
巨星乱歩が手ずからルーブリックを附した
全短編十編を収録。

◆

収録作品＝五つの時計，白い密室，早春に死す，
愛に朽ちなん，道化師の檻，薔薇荘殺人事件，
二ノ宮心中，悪魔はここに，不完全犯罪，急行出雲

黒岩涙香から横溝正史まで、戦前派作家による探偵小説の精粋！

日本探偵小説全集

全12巻

監修＝中島河太郎

刊行に際して

現代ミステリ出版の盛況は、まことに目ざましい。創作はもとより、海外作品の夥しい生産と紹介は、店頭にあってどれを手に取るか、戸惑い、躊躇すら覚える。

しかし、この盛況の蔭に、明治以来の探偵小説の伸展が果たした役割を忘れてはなるまい。これら先駆者、先人たちは、浪漫伝奇の炬火を掲げ、論理分析の妙味を会得して、従来の日本文学に欠如していた領域を開拓した。その足跡はきわめて大きい。

いま新たに戦前派作家による探偵小説の精粋を集めて、新しい世代に贈ろうとする。

少年の日に乱歩の紡ぎ出す妖しい夢に陶酔しなかったものはないだろうし、ひと度夢野や小栗を垣間見たら、狂気と絢爛におののかないものはないだろう。やがて十蘭の巧緻に魅せられ、正史の耽美推理に眩惑されて、探偵小説の鬼にとり憑かれた思い出が濃い。

いまあらためて探偵小説の原点に戻って、新文学を生んだ浪漫世界に、こころゆくまで遊んで欲しいと念願している。

中島河太郎